DARKISS

Alle Rechte, einschließlich das des vollständigen oder auszugsweisen Nachdrucks in jeglicher Form, sind vorbehalten.

Sämtliche Personen dieser Ausgabe sind frei erfunden. Ähnlichkeiten mit lebenden oder verstorbenen Personen sind rein zufällig.

Der Preis dieses Bandes versteht sich einschließlich der gesetzlichen Mehrwertsteuer.

Umwelthinweis:
Dieses Buch wurde auf chlor- und säurefreiem Papier gedruckt.

Samantha Young

Das Erbe des Flammenmädchens

Roman

Aus dem Amerikanischen von
Alexandra Hinrichsen

DARKISS

darkiss®
Band 65100
1. Auflage: Oktober 2014
Deutsche Erstveröffentlichung

darkiss® BÜCHER
erscheinen in der Harlequin Enterprises GmbH,
Valentinskamp 24, 20354 Hamburg
im Vertrieb von MIRA® Taschenbuch
Geschäftsführer: Thomas Beckmann

Copyright © 2014 by MIRA Taschenbuch
in der Harlequin Enterprises GmbH

Titel der englischen Originalausgabe:
Scorched Skies
Copyright © 2012 by Samantha Young

Konzeption / Reihengestaltung: fredebold&partner GmbH, Köln
Umschlaggestaltung: pecher und soiron, Köln
Redaktion: Mareike Müller
Titelabbildung: Thinkstock / Getty Images, München; pecher und soiron, Köln
Autorenfoto: © Mark Archibald Photography
Satz: GGP Media GmbH, Pößneck
Druck und Bindearbeiten: CPI – Ebner & Spiegel, Ulm
Printed in Germany
Dieses Buch wurde auf FSC®-zertifiziertem Papier gedruckt.
ISBN 978-3-95649-056-9

www.mira-taschenbuch.de

Werden Sie Fan von darkiss auf Facebook!

PROLOG

TANZ DER RIESEN

Der rostrote Boden unter Aris Füßen bebte, aus den ~~Spalten,~~ die sich darin auftaten, leuchtete es in der Dunkelheit wie geschmolzener Bernstein. Ari spürte die sengend heiße Luft an ihren Wangen, als ob sie in einem Kreis aus unsichtbarem Feuer gefangen wäre – sie kriegte kaum Luft, und ihr Mund war trocken. Verwirrt blinzelnd schaute sie sich um. Wo war sie? Und wie war sie hierhergekommen? Hektisch sah sie nach links und rechts. Doch in der Finsternis konnte sie nicht das Geringste erkennen. Die Nacht hatte unendliche Dunkelheit über sie gebreitet.

„Hallo?", brachte sie hervor. Ihre Stimme hallte heiser im Nichts wider.

Wo bin ich?

Kaum hatte sie die Frage in Gedanken in die Nacht geschickt, da hörte sie aus der Ferne auch schon ein bedrohliches Grollen. Es wurde immer lauter und ließ nichts Gutes erahnen. Ein unerklärliches Dröhnen setzte ein, das die Erde erzittern ließ.

Kriegsgeschrei zerriss die Nacht. Ari sah aus dem Augenwinkel ein Knäuel aus gigantischen Armen und Beinen donnernd zu Boden fallen. Sie verlor die Balance und stürzte.

Es dauerte einen Moment, bis sie wieder atmen konnte. Stöhnend fühlte sie, dass sie sich den Ellbogen und die nackten Beine am scharfkantigen Fels abgeschürft hatte.

Entsetzt verfolgte sie den grausamen Kampf, der von markerschütterndem Schlachtgebrüll begleitet wurde, und hatte keine Zeit mehr, sich zu fragen, wo sie war und wieso sie eigentlich noch immer die Pyjamahose und ein T-Shirt trug.

„Ach, du heilige Sch…ande", flüsterte sie und kam schwankend auf die Füße. „Aah!" Kaum hatte sie ihr Gleichgewicht wiedergefunden, musste sie auch schon einem durch die Luft rasenden Erdklumpen ausweichen, geworfen von der größten Faust, die Ari je gesehen hatte. Vor ihr kämpften zwei Dschinn miteinander. Zwei gewaltige, zwölf Meter große Dschinn. Ari war ein gutes Stück von ihnen entfernt aufgeprallt. Sie musste den Hals recken, um die beiden beobachten zu können. Bestimmt wäre es jetzt klüger gewesen, sich zu verstecken. Ihr natürlicher Fluchtinstinkt versagte jedoch, obwohl das Adrenalin durch ihre Adern pumpte. Es war die Faszination des Grauens, die es ihr unmöglich machte, den Blick abzuwenden. Ari musterte die beiden Dschinn. Sie kämpften wie von Sinnen miteinander und gingen dabei immer wieder in Flammen auf, bevor sie wieder Gestalt annahmen. Einer der beiden Gegner war weiblich. Das lange Haar und die Stirn der Dschinniya waren blutverschmiert, ihr schönes Gesicht war allerdings ansonsten unversehrt. Ihr männlicher Widersacher hatte nicht so viel Glück gehabt. Blut strömte aus tiefen Schnitten in seinen Wangen, während die Dschinniya ihm immer wieder neue Wunden zufügte, sobald die anderen heilten. Strähnen seines mitternachtsschwarzen Haars lösten sich aus dem Zopf, an dem die Dschinniya nun zog, als wollte sie ihn ausreißen. Ari erschien es so, als würde der schöne Dschinn versuchen, sich seine Gegnerin vom Leibe zu halten, ohne sie zu verletzen. So gut es jedenfalls möglich war.

Die Dschinniya warf sich nun auf ihn. Die beiden gingen zu Boden, und Ari verlor ebenfalls wieder die Balance. Blut rann über ihren Arm, doch sie bemerkte es gar nicht, als sie sich eilig wieder aufrappelte. Die Dschinniya packte jetzt den Hals ihres Widersachers. Atemlos beobachtete Ari, wie sich die langen Fingernägel in seine Haut bohrten. Der Dschinn griff nach oben und versuchte, die Hand wegzuziehen. Über seinem Bizeps spannte sich ein goldener Reif, der mit frischem hellrotem Blut bedeckt war. Die Farbe entsprach in etwa dem Rubin, der die Mitte des Schmuckstücks zierte. Ängstlich betrachtete Ari wieder das Gesicht des Dschinns. Traurig schaute er der Dschinniya in die Augen, ohne einen Laut von sich zu geben. Die Dschinniya erstarrte, löste jedoch nicht die Hand von seiner Kehle.

Ohne nachzudenken, trat Ari einen Schritt auf die Kontrahenten zu. Der Schmerz in den Augen des männlichen

Dschinns ließ ihr Herz schneller schlagen. Sie wünschte sich, sie hätte ihm helfen können. Irgendwie kam es ihr so vor, als würde sie ihn kennen. Zugleich spürte sie aber auch, was die Dschinniya fühlte … Ihre Sehnsucht … Ihren verzweifelten Wunsch … Aber wonach? **Wonach?**

„Es tut mir leid, Bruder", flüsterte die Dschinniya, und eine Träne rollte ihr über die Wange. „Ich muss es machen."

Doch bevor die Dschinniya tun konnte, was sie tun musste, wurde sie von einer unsichtbaren Hand zu Boden geschleudert. Die Erde erbebte. Dieses Mal war Ari jedoch vorbereitet und schwankte zwar, blieb allerdings auf den Beinen. Mit weit aufgerissenen Augen starrte sie den riesigen Fuß an, der genau vor ihr lag und größer war als sie selbst. Sie schluckte. Fasziniert musterte sie das goldene Fußkettchen und den goldenen Zehenring, durch den sie mühelos ihren Kopf hätte stecken können.

Ein Luftzug traf ihre Wangen, und Ari spürte eine ungeheure Hitze. Ein dritter Dschinn näherte sich langsam. Sie ließ den Blick von seinen Füßen über die blaue Seidenhose und seinen muskulösen Bauch bis hin zu den kräftigen Armen mit den beiden Goldreifen gleiten …

Ari blinzelte. Der Kopf des Dschinns schien im Nachthimmel zu verschwinden. Taumelnd wich sie ein paar Schritte zurück. Die Erde bebte, bis der Dschinn schließlich stehen blieb und über dem am Boden Liegenden aufragte.

„Du wirst ihn nie bekommen, Mutter", dröhnte seine Stimme.

Die Dschinniya sah zu ihm hoch und setzte sich auf.

„Dann schützt du ihn also vor mir, Gebieter?" Ihre Stimme klang wie Sphärengesang, bei dessen Melodie die Erde seufzte.

„Ich will dich vor dir selbst schützen."

„Nein!" Ihr Schrei zerriss die Nacht, und die Sterne zersplitterten. Instinktiv hielt Ari sich die Ohren zu und wurde nun zum gefühlt fünfzehnten Mal zu Boden geschleudert. Fieberhaft dachte sie nach. Was ging hier vor? Was hatte er gesagt? Was bedeuteten seine Worte? Wieso empfand sie eine solche Verzweiflung?

Ihr Körper landete auf einem weichen Untergrund, und Ari öffnete die Augen.

„Ach, du …", hauchte sie, während ihre Augen sich langsam an die Dunkelheit in ihrem Schlafzimmer gewöhnten. Ihr Puls raste noch immer, und sie bewegte sich unbehaglich. Hätte sie die normale Körpertemperatur eines gewöhnlichen Menschen gehabt, wäre sie nach diesem Traum wahrscheinlich vollkommen durchgeschwitzt aufgewacht. Ein angenehmer Luftzug wehte durch das gekippte Fenster herein, und Ari rollte sich auf die Seite, um die sanfte Kühle auf ihrem Gesicht zu spüren. Gut, es wäre wundervoll kühl gewesen, wenn sie die Kälte wirklich hätte fühlen können. Dieses verrückte Temperaturempfinden machte sie fertig.

Ist das echt dein größtes Problem? fragte sie sich sarkastisch. *Was ist denn mit diesem Traum?*

Was zum Teufel hatte das alles zu bedeuten? Drehte sie jetzt endgültig durch?

Das musste am Stress liegen. An den Schwierigkeiten mit ihrem Vater Derek. Mit Charlie. Mit Jai. Ganz zu schweigen von denen mit ihrem leiblichen Vater, der irgendwo in der Dunkelheit geduldig auf sie lauerte. Ari vergrub ihr Gesicht im Kissen und versuchte, wieder einzuschlafen, damit sie sich erst am Morgen mit all den Problemen beschäftigen musste. Hoffentlich träumte sie nicht wieder von dem merkwürdigen Riesendschinn. Konnte sie nicht wie alle anderen Menschen sein?

Sie stöhnte auf.

Ach ja, richtig.

„Ich bin ja nicht wie alle anderen."

1. KAPITEL

EINE DUNKLE WOLKE
AUS GESTOHLENEN TRÄUMEN

Ari schaffte es nicht, wieder einzuschlafen. In aller Herrgottsfrühe quälte sie sich aus dem Bett, duschte wie ferngesteuert und bereitete sich innerlich auf einen weiteren chaotischen Tag vor. Ihr Vater Derek war inzwischen glücklicherweise aus dem Koma erwacht, mit dem der Dämon Pazuzu ihn belegt hatte. Seitdem klingelte schon frühmorgens das Telefon. Nachbarn und Kollegen von Derek aus Sandford Ridge riefen an, um ihm gute Besserung zu wünschen – natürlich hatten sie keine Ahnung, was wirklich passiert war. Auch an diesem Morgen stand das Telefon nicht still. Wie immer erzählte Ari allen, dass Derek noch Zeit brauche, um sich zu erholen, dass er sich aber bestimmt bald melden würde. Als Derek um elf Uhr noch immer nicht sein Zimmer verlassen hatte – wieder einmal –, ging Ari mit seinem Frühstück auf einem Tablett hinauf – kalter Toast, Eier, Kaffee. Sie klopfte an und horchte, ob sich drinnen etwas rührte. Seit mehreren Tagen hatte sie Derek nicht zu Gesicht bekommen. Nicht einmal, als Jai und Charlie sich vor ein paar Tagen lautstark gestritten hatten. Derek schien das völlig verschlafen zu haben. Ari stellte ihm für gewöhnlich das

Essen auf einem Tablett vor die Tür und holte das benutzte Geschirr später wieder ab. Vielleicht war es an der Zeit, sein Zimmer zu belagern, bis er herauskommen würde.

„Dad", fragte sie leise. „Bist du wach?"

Es kam zwar keine Antwort, aber sie hörte, dass sich im Zimmer etwas bewegte.

„Ich bringe dir dein Frühstück."

Erneut keine Antwort.

Allmählich riss Ari der Geduldsfaden. Mühsam zwang sie sich, ruhig zu bleiben. „Mr Zellman aus deinem Büro hat wieder angerufen." Als ob sie gerade keine anderen Probleme hätte.

„Ich rufe ihn später zurück", antwortete Derek. Es klang, als würde er direkt hinter der Tür stehen.

„Das hast du gestern schon gesagt."

„Ich werde ihn anrufen, Ari. Ich bin nur … müde, mein Schatz. Wir reden später."

Diese ständige Zurückweisung wurde mit jedem Tag schwerer zu ertragen. Ari hatte es satt, immer wieder wie eine Idiotin vor verschlossener Tür zu stehen. Wütend stellte sie das Tablett so schwungvoll auf den Boden, dass das Geschirr klapperte. Dann drehte sie sich um. „Das habe ich gestern auch schon gehört", stieß sie verärgert hervor.

Wütend flüchtete sie vor der Einsamkeit des Hauses. Sie trat hinaus, knallte die Hintertür zu und lief in den Garten.

Die Sonne schien hämisch auf sie herunter zu grinsen. Am liebsten hätte Ari sie ausgeknipst.

Ihr ganzes Leben war ein einziges Durcheinander. Mit Charlie hatte sie nicht mehr gesprochen, seit sie Jai gebeten hatte, ihn rauszuwerfen. Das war an dem verhängnisvollen Morgen passiert, an dem sie erfahren hatte, dass Charlie sich in einen Zauberer hatte verwandeln lassen. Ari war zu aufgebracht gewesen, um sich auch nur im selben Raum wie Charlie aufzuhalten. Noch immer wollte sie ihn nicht sehen, geschweige denn mit ihm sprechen. Und weil er ständig anrief, weil er mit ihr reden wollte, hatte sie ihr Handy ausgestellt.

Zauberer? Laut Jais Buch waren Zauberer ausgesprochen zwiespältige Wesen. Ein Mischblut wurde bei ihnen schon nervös, ganz zu schweigen von einem Menschen, der zufällig Dschinn-Kräfte hatte.

Wer konnte ahnen, was diese Verwandlung bei Charlie auslösen würde? Und warum hatte er es überhaupt gemacht? Bei dem Gedanken wurde Ari schwer ums Herz. Wieso wollte Charlie unbedingt Teil dieser Welt werden? Einer Welt, der sie, wie sie ihm gesagt hatte, liebend gern sofort und für immer den Rücken kehren würde? Ari schaute mit finsterer Miene hinauf in den blauen Himmel. Nein, sie war nicht so dumm, zu glauben, dass Charlies Entscheidung etwas mit ihr zu tun hatte. Ihm ging es nur um Rache. Ausschließlich darum. Und wahrscheinlich würde das seinen Tod bedeuten.

Dass er nicht verraten wollte, wer ihm seinen Wunsch erfüllt hatte, hatte die Situation zwischen ihnen nicht gerade entspannt. Jai vermutete, dass es ein Marid oder Shaitan gewesen war. Ari hingegen wollte auch nicht ausschließen, dass ihr leiblicher Vater dahintersteckte.

Dass es allerdings auch ihr Onkel, der Red King, gewesen sein könnte, mochte sie sich nicht einmal vorstellen. Nein, das durfte einfach nicht sein! Auf gar keinen Fall! Sie brauchte in all diesem Wahnsinn wenigstens einen mächtigen und zuverlässigen Verbündeten.

Aris Niedergeschlagenheit verwandelte sich plötzlich in heißen Zorn. Nichts war noch so zwischen ihr und Charlie wie früher, und es würde auch nie wieder so werden. Sie konnten die Zeit nicht zurückdrehen. Um sich abzulenken, konzentrierte sie sich auf den blauen Himmel und ließ schwarze Wolken über sich aufziehen, aus denen im Gleichklang mit ihrem Schmerz dicke Tropfen fielen.

Hör auf damit, Ari.

Ari zuckte zusammen, als sie die gebieterische Stimme in ihrem Kopf hörte. Sie wirbelte herum. In der Tür stand Jai, die Hände zu Fäusten geballt. Eindringlich musterte er sie. Er wirkte angespannt. Ari konnte ihm an den Augen ablesen, dass er verärgert war. Tja, sie war auch wütend. Seit er Charlie auf ihren Wunsch hin rausgeschmissen hatte, kam er kaum noch zu ihr. Und wenn er sie ausnahmsweise mal mit seiner Anwesenheit beehrte, schaffte er es kaum, ihr in die Augen zu schauen. Ari musste daran denken, wie er sie in jener Nacht zurückgewiesen hatte, und sie wurde rot. Sie war nicht dumm. Seitdem fühlte Jai sich offensichtlich unwohl in ihrer Gegenwart.

Obwohl Ari enttäuscht von ihm war, wollte sie im Moment nicht näher darüber nachdenken. Also zuckte sie nur mit den Schultern und sah wieder hoch zum Himmel. *Mir geht es dadurch besser.*

Hör auf. Sofort.

Was ist denn los? Sie seufzte erschöpft. *Was hast du?*

„Ich habe gesagt, du sollst damit aufhören, Ari", erklang es hinter ihr.

Ari drehte sich um. Was bildete er sich eigentlich ein, sie so herumzukommandieren? Um sich zu sammeln, ehe sie unangemessen reagierte, holte sie tief Luft und ließ den Regen weiter über ihre Wangen und hinunter zu ihren Lippen laufen. Schließlich gab sie nach, konzentrierte sich und ließ die Wolken verschwinden. Über ihnen wurde der Himmel wieder blau, und die Sonne schien. „Was ist mit dir?", fragte sie ungeduldig.

Jai seufzte. Erst jetzt bemerkte Ari die dunklen Schatten unter seinen Augen. Er strich sich übers Haar – eine Geste, die Ari inzwischen vertraut war. Gegen ihren Willen ließ sie ihren Blick ein bisschen zu lange über sein schönes Gesicht, hinunter zu den muskulösen Armen und wieder hinauf zu dem winzigen Diamanten in seinem rechten Ohr wandern, der im Sonnenlicht funkelte. Sie runzelte die Stirn. Der Diamant war neu.

Jai räusperte sich. Unsicher betastete er den Ohrring. „Von meinem Freund Trey. Ein Geschenk. Ich konnte es nicht ablehnen. Er meint es nur gut."

Sein verlegenes Lächeln ließ Ari erschauern. O Gott, warum hatte er bloß so eine sinnliche Wirkung auf sie? Mann! „Steht dir." Der Ohrstecker war so klein, dass man ihn kaum bemerkte. Stilvoll. Trotzdem war ihr danach, Jai noch ein bisschen aufzuziehen. „Jetzt siehst du aus wie die Dschinn aus *Tausendundeine Nacht*."

„Das hatte ich befürchtet."

„Nein, wirklich – es sieht echt gut aus", versicherte sie und wünschte sich im selben Moment, sie hätte den Mund gehalten. Es hatte geklungen, als würde sie mit ihm flirten ... Ari wurde rot, Jais Blick verfinsterte sich, und sie spürte, wie angespannt die Atmosphäre zwischen ihnen auf einmal wieder war. Wortlos starrten sie einander einen Moment lang an. Ja, vielleicht hatte sie tatsächlich geflirtet. Und ja, Jai war erneut daran erinnert worden, dass sie in ihn verknallt war. Ari konnte den Blick einfach nicht von ihm wenden. Seine Augen zogen sie magisch an.

Eigentlich müsste er sich jetzt nur noch zu ihr herunterbeugen und ...

Ja, tu es, bitte tu es …

Ari biss sich auf die Unterlippe und dachte daran, wie leicht Jai ihre Gedanken lesen konnte, wenn sie nicht aufpasste. Mann, warum stand zwischen ihnen nicht ein Blitzableiter, an dem sich die aufgeladene Atmosphäre entladen könnte, damit alles wieder normal würde?

Was machte sie hier überhaupt? Wollte sie sich noch mal einen Korb holen? Jai war in eine andere verliebt, verdammt! Kopfschüttelnd senkte Ari den Blick. „Wieso hast du eigentlich so miese Laune und meckerst wegen des bisschen Regens?"

Jais Miene wurde erneut undurchdringlich. Ihre Frage erinnerte ihn daran, weswegen er hierhergekommen war. „Es wird Zeit, dass wir uns über Magie unterhalten." Er sprach leise und klang erstaunlich unsicher. „Und dieses Mal ganz ehrlich und offen."

Ari runzelte die Stirn und wunderte sich über seine Wortwahl. „Ehrlich und offen?"

„Würdest du bitte mit reinkommen?"

Ihr Herz schlug schneller. Ari nickte nur. Was sie da hörte, klang gar nicht gut. Dennoch folgte sie ihm ins Haus, ohne lange zu fragen, und bemühte sich, dabei nicht auf seinen Po zu starren. Stattdessen musterte sie seine breiten Schultern, und sofort wurde ihr wieder heiß. Wie es wohl wäre, ihn zu umarmen? Bestimmt wunderbar. Sie würde sich sicherlich geborgen fühlen. Versonnen malte sie sich aus, wie sie die Wange an seinen Hals schmiegte und seinen Duft einatmete, während er sie festhielt. Im Wohnzimmer setzte Jai sich auf einen Sessel und sah sie an. Schnell wandte Ari den Blick ab, damit er ihr nicht an den Augen ablas, was sie dachte. Was nicht sonderlich schwer gewesen wäre. Ari unterdrückte ihre Sehnsüchte – auch wenn ihr das nicht leichtfiel –, setzte sich ebenfalls und fragte: „Was ist los?"

„Magie hat immer ihren Preis."

Verwirrt blinzelte sie. „Ähm … Was?"

Jai stöhnte und fühlte sich offensichtlich unwohl in seiner Haut. Er schaffte es nicht, ihr in die Augen zu sehen. „Als … Als ich dich ausgebildet habe, durfte ich dir auf Anweisung des Red Kings nicht alles über das Wesen der Magie verraten. Für den Fall, dass du dich dann geweigert hättest, sie anzuwenden. Wir brauchten dich und deine Fähigkeiten. Genau wie dein Dad."

Aufregung ergriff sie. „Preis? Was soll das heißen, Jai?"

„Als du es eben regnen lassen hast … Damit hast du woanders eine Dürre heraufbeschworen."

Ari blieb der Mund offen stehen. „Okay. Ich begreife kein Wort."

„Dschinn-Magie basiert auf einem Gleichgewicht. Nur wenn wir uns verteidigen oder anderen helfen, ihr Schicksal zu erfüllen, speist sich unsere Magie wirklich nur aus unseren

Kräften. Wir können uns und alle, die bei uns sind, durch Zauberei schützen, wenn es notwendig wird. Auch der Peripatos funktioniert so. Das sind Formen unserer ureigenen Dschinn-Kräfte. Genau wie das Fliegen und die Telepathie. Wünsche zu erfüllen und anderen Türen auf ihrem vorgezeichneten Lebensweg zu öffnen sind natürliche Fähigkeiten, die auch die Marid und Shaitane besitzen. Und sogar manche Ifrit. Wie du ja weißt, haben die Ifrit auch immer eine ganz individuelle Gabe, die ihre Magie zu etwas Besonderem macht. Diese Kräfte sind genetisch bedingt und deshalb frei für uns verfügbar. Sie machen uns aus. Die anderen Dinge aber ... Na ja, man kann die eigenen Kräfte mit Talismanen und durch andere Möglichkeiten verstärken. Deshalb benutzen Zauberer sie gern."

„Die anderen Dinge?", fragte Ari gepresst. Ihr gefiel nicht, was sie gerade hörte.

„Der unnötige Einsatz von Magie – zum Beispiel für Nahrung, Kleidung, Geld. Dabei handelt es sich immer um Dinge, die dann woanders fehlen. All diese Dinge existieren bereits und materialisieren sich nicht einfach aus dem Nichts. Das Geld befand sich vorher in einer fremden Brieftasche, die Kleidung in einem Geschäft ..."

Ari riss die Augen auf. „Auch die Lederjacke, die ich mir herbeigezaubert habe? Habe ich die aus einem Geschäft geklaut?"

Jai ignorierte, wie aufgeregt sie klang, und nickte nur ruhig. „Ja."

Ari traute ihren Ohren nicht. Sie hatte jemanden bestohlen! Wütend starrte sie Jai an. „Und was ist mit den Sachen, die du dir zauberst?"

„Das sind alles Dinge, die mir tatsächlich gehören. In den meisten Fällen zumindest. Frische Kleider aus meinem Schrank zu Hause. Geld von meinem Konto. Doch solche Sachen wie zum Beispiel der Ananassaft für die Bruderschaft der Aissawa – tja, der kam von woanders."

„Und woher bitte genau?"

„Wahrscheinlich aus dem Kühlschrank von irgendeinem Nachbarn. Solche Dinge stammen für gewöhnlich aus der nächstgelegenen Quelle."

„Um genau zu sein, hast du den Saft also geklaut", stellte Ari aufgebracht fest.

Jai zuckte mit den Schultern, und sie hätte am liebsten die Fernbedienung nach ihm geworfen.

„Warum hast du mir das nicht erzählt?" Aris Herz zog sich zusammen. Bitte nicht auch noch Jai. Er mochte ja ihre Gefühle nicht erwidern, bisher allerdings hatte sie ihm vollkommen vertraut. „Dann hast du mich also absichtlich in dem Glauben gelassen, dass meine Magie ein toller Trostpreis für die grässliche Situation ist, in der ich mich plötzlich befinde?"

„Dein Onkel hatte es mir befohlen, Ari. Ich habe es dir schon erklärt. Er wusste, dass du deine Magie wegen moralischer Bedenken sonst nicht eingesetzt hättest. Das musstest du aber, um deine Macht als Siegel zu aktivieren."

„Aber hättest du es mir nicht trotzdem sagen können? So hätte ich eben nur Sachen herbeigezaubert, die mir auch gehören."

Ungeduldig schüttelte Jai den Kopf. „Nein, du musstest lernen, auch schwierige magische Aufgaben zu bewältigen, die dich zwangen, deine Kräfte fast komplett auszuschöpfen."

„Du hättest mir die Wahrheit sagen müssen." Ari klang verbittert. „Ich dachte, du wärst mein Freund."

Ein Schatten huschte über Jais Gesicht, bevor er sich wieder im Griff hatte und Ari scheinbar unbewegt ansah. „Ein Auftrag vom Red King ist ziemlich bedeutend. Das wollte ich nicht vermasseln."

„Und dennoch hast du mir das Buch gegeben, obwohl du das nicht durftest", widersprach sie.

„Das war etwas anderes. Dieses Buch hat dir viele grundsätzliche Informationen vermittelt, die du für deine Ausbildung brauchtest."

„Doch das hier war auch eine wichtige Information! Ich hätte das unbedingt wissen müssen."

„Es tut mir leid, Ari. Ich hatte meine Anweisungen."

Jai klang nicht besonders schuldbewusst, aber Ari war zu wütend, um sich darüber aufzuregen. „Gut, dann weiß ich jetzt wenigstens, wo deine Prioritäten liegen."

„Komm schon, Ari ..."

„Was hast du mir noch alles vorenthalten?", unterbrach sie Jai und musterte ihn misstrauisch aus leicht zusammengekniffenen Augen.

Bevor er darauf etwas entgegnen konnte, waren Dereks schwere Schritte auf der Treppe zu hören. Ari sprang auf und drehte sich um. Ihr Vater stürmte durch den Flur und griff nach seinen Autoschlüsseln. Er sah furchtbar aus. „Dad?", rief sie und lief zu ihm.

„Ich muss hier raus", murmelte Derek, ohne sie anzuschauen. Dass Jai Ari folgte, schien ihm gar nicht bewusst zu sein.

„Nein, Dad, wir müssen unbedingt miteinander reden."

„Nicht jetzt, Ari." Damit verschwand er und knallte die Tür hinter sich zu.

Geschockt und zornig stand Ari da und lauschte, wie draußen der Wagen angelassen wurde. Sie wirbelte herum und sah Jai an, dem keine Zeit mehr blieb, seinen besorgten Blick zu verbergen. „O nein!" Sie biss die Zähne zusammen. „Kommt gar nicht infrage!" Ari konzentrierte sich auf ihre Autoschlüssel, die sich gleich darauf in ihrer Hand befanden.

2. KAPITEL

AUCH WENN ICH TRINKE, BLEIBEN MEINE LIPPEN TROCKEN UND MEIN DURST WIRD NICHT GESTILLT

Es war bitterkalt, und auf Dalís Armen bildete sich eine Gänsehaut. Er trug nichts als ein T-Shirt und begann nun, leicht zu zittern, als er sich über die Brüstung des Balkons beugte. Wie immer bei seinen sehr seltenen Besuchen wohnte er in einem Gästezimmer. Dalí konnte von Glück sagen, dass sein Vater ihn wenigstens einmal im Jahr nach Mount Qaf einlud. Vom Balkon aus betrachtete Dalí die Berge. Sie glitzerten und funkelten in der Wintersonne. Das dunkle Grün der im Fels sitzenden Smaragde weckte Dalís Sehnsucht – den unstillbaren Hunger nach Macht und Einfluss, danach, mehr zu sein als das, was er war. Um sie zu wecken, brauchte es nicht viel, und die Smaragde von Mount Qaf befeuerten dieses Verlangen ganz besonders ... Seufzend dachte er an die Macht seines Vaters, an sein Reich in diesem Teil der Berge. Überall hier gab es wunderbare Häuser.

Schmale Pfade verbanden sie miteinander. Das Tor zum Palast seines Vaters war mit wallenden Vorhängen versehen, und wie alle Paläste der Dschinn-Könige war auch der Herrschaftssitz seines Vaters in den Fels der Berge gehauen.

Aus dem Augenwinkel bemerkte Dalí plötzlich eine Bewegung. Es war eine Gruppe von Dschinn, die sich über einen der Pfade auf den Palast und sein verhängtes Tor zubewegten. Sein Vater erklärte die Vorhänge damit, dass sie einladend wirken sollten. Die Gruppe bestand aus mehreren Dschinn in leichter, farbenfroher Kleidung. Dalí hätte darin gefroren. Die Männer und Frauen begleiteten einen fliegenden Teppich, der direkt aus der Erzählung *Tausendundeine Nacht* hätte stammen können. Auf dem wundervoll geknüpften marokkanischen Teppich kniete eine schöne Dschinniya. Ihre Familie geleitete sie hierher zum Palast.

Noch nie hatte Dalí einen fliegenden Teppich gesehen. Gut, in aufgerollter Form hatte er sie schon hier im Palast liegen sehen. Doch er hatte nie einen in Aktion erlebt. So viele fliegende Teppiche gab es nicht. Sie waren sehr selten. Dass die Familie, die sich dem Palast näherte, einen der Teppiche benutzte, sprach dafür, dass es sich um einen feierlichen Anlass handelte. Die verführerische Schönheit auf dem Teppich war ein Geschenk für seinen Vater. Dalí runzelte die Stirn. Mit seinem Vater verband ihn schon sein Leben lang eine Hassliebe – bittersüß, wie Schokolade und zugleich Salz auf der Zunge. Es war schwer, in der Welt der Menschen zu leben, die keine Ahnung davon hatten, wie außergewöhnlich er tatsächlich war. Im Laufe der Jahre hatte er eine gewisse Anhängerschaft um sich versammelt, etwas Geld verdient, Kontakte geknüpft – und dennoch sah er seinen Vater nur einmal im Jahr. Ihm wurde nie mehr als ein flüchtiger Blick auf Mount Qaf gewährt. Dann musste er sich wieder losreißen und wurde zurückgeschickt in die graue Realität der Menschen, während er sich nach allem verzehrte, was sein Vater besaß. Dass er nie die Macht besitzen würde, die sein Vater innehatte, zerfraß Dalí innerlich, zerstörte die Liebe zu seinem Vater. Da spielte es auch keine Rolle, wie liebevoll und großzügig der sich ihm gegenüber stets zeigte. Sein Vater erkundigte sich bei jedem von Dalís Besuchen danach, wie es seiner Mutter ging, und gab ihm Geschenke für sie mit. Dank dieser Geschenke hatten Dalí und seine Mutter immer ein angenehmes Leben geführt.

Wenn es seiner Mutter das Herz gebrochen hätte, dass sein Vater sie beide bei den Menschen zurückgelassen hatte, wäre es Dalí leichter gefallen, ihn zu hassen. Doch so war es nicht. Ganz im Gegenteil. Seine Mutter war seinem Vater dankbar – dankbar für die Geschenke, dankbar für Dalí, dankbar dafür, dass jemand wie er sie einmal begehrt hatte. Dalí presste die Lippen aufeinander, als er daran dachte. Unten öffneten sich die Vorhänge wie von selbst, und das Tor schwang auf. Die Gruppe, der die Kälte offensichtlich nichts ausmachte, näherte sich fröhlich dem Palast. Das Mädchen auf dem Teppich lächelte unsicher. O Mann, sie war so schön! Dalí seufzte, und Verlangen durchströmte ihn – nicht das Verlangen nach ihr, sondern nach alldem, was sie repräsentierte. Sie war eine Dschinniya, eine echte Dschinniya, und sie wurde seinem Vater zum Geschenk gemacht. Was hätte Dalí nicht darum gegeben, so viel Macht und Ansehen zu besitzen wie sein Vater.

Jemand klopfte an, und Dalí kehrte schnell ins Zimmer zurück. Es gehörte zu dem Teil des Gebäudes, der nicht in den Fels gehauen war, daher waren die Wände hell, und es funkelten keine Smaragde darin. Das Himmelbett war aus dunklem Mahagoni gefertigt, und es gab bequeme Sessel und weitere solide Holzmöbel. Auf dem Bett lagen unzählige Kissen, die man erst zur Seite räumen musste, um sich hinlegen zu können. Dalís Reisetasche lag am Fußende des Bettes. Es lohnte sich nicht, sie auszupacken. Die Besuche bei seinem Vater dauerten nie länger als ein paar Tage. Außerdem durfte Dalí seine kriminelle Organisation nicht allzu lange allein lassen. Ohne ihn würden seine Leute sonst schnell vergessen, dass sie überhaupt eine Organisation waren. „Ja?"

Die Tür öffnete sich, und ein Shaitan mit blutroten Augen kam herein. Bei seinem Anblick rann Dalí ein Schauer über den Rücken. Dieses Wesen war so viel mächtiger, als er es jemals sein würde. Andererseits war er aber auch nicht mächtig genug, um sich aus der Knechtschaft des Königs zu befreien. Dalí drängte die Gedanken beiseite und straffte die Schultern.

„Mein Gebieter erwartet dich."

Dalí hätte schwören können, dass der Shaitan ihn so verächtlich ansah, als wüsste er, wie viel Angst er vor ihm hatte. Dalí ermahnte sich selbst, dass er ein erwachsener Mann, ein Mischblut und ein Zauberer war. Instinktiv legte er die Hand auf den smaragdgrünen Talisman, der um seinen Hals hing. Sofort pulsierte Dalís Aura durch den Raum.

Der Shaitan lächelte angesichts dieser kindischen Machtdemonstration nur herablassend. Sein Blick sprach Bände: „Ja, ja, du bist der Sohn meines Meisters. Ich zittere wie Espenlaub!"

Dalí zeigte nicht, wie gedemütigt er sich fühlte. „Bring mich zu ihm."

Der Shaitan lachte, und seine roten Augen glühten. Dalí folgte dem kleinen Dämon hinaus, der keine Schuhe trug und auf dem kalten Steinboden kein Geräusch machte.

Sie passierten hell gestrichene Flure, in denen zahlreiche Porträts und Landschaftsgemälde hingen. Schließlich gelangten sie in einen weiteren Korridor. Mehrere Shaitane standen hier und hielten Wache. Sie starrten unbeirrt geradeaus und würdigten Dalí keines Blickes. Weiter ging es durch noch mehr Flure, die immer dunkler wurden. Inzwischen hatten sie den Teil des Gebäudes erreicht, der in den Berg gebaut war. Kerzen erhellten ihren Weg, in deren Licht die Smaragde in den Wänden glitzerten. Ohne darüber nachzudenken, berührte Dalí einen der Edelsteine und spürte, wie Stärke ihn erfüllte, die er später für seine Magie verwenden konnte. Begehrlich fasste Dalí einen weiteren Stein an.

„Lass das!", befahl der Shaitan, ohne sich umzudrehen. Dalí zog die Hand zurück, obwohl sein ganzer Körper sich dagegen zu wehren schien.

Es kam Dalí wie eine Ewigkeit vor, bis der Shaitan endlich an eine Tür klopfte, sie öffnete und zur Seite trat, um den Sohn seines Meisters vorbeizulassen.

„Mein Sohn", erklang eine tiefe warme Stimme vom anderen Ende des Raumes. Dalí befand sich in einem der kleinen Thronsäle. An den Wänden stand ein Dutzend Shaitane aufgereiht. Tänzerinnen saßen zu Füßen des Königs, lachten und boten ihm Wein und Leckereien an. Dalís Vater saß auf einem hohen weißgoldenen Thron und lächelte ihm zu.

„Vater." Dalí erwiderte das Lächeln des Gleaming Kings, als er kurz darauf vor dem Thron stand. In ihm kämpften seine Liebe zu diesem Mann mit dem Neid auf dessen Macht und Reichtum. Der Gleaming King hatte die schwärzesten Augen und den undurchdringlichsten Blick, die Dalí je gesehen hatte. Doch wenn der König ihn ansah, standen in ebendiesen Augen Warmherzigkeit und Lachen. Der kahle Kopf des Gleaming Kings glänzte im Schein der flackernden Kerzen, und das funkelnde Gold der Schmuckstücke an seinen Fingern und in seinen Ohren machte seinem Namen alle Ehre.

„Wie schön, dich zu sehen." Sein Vater erhob sich, und seine kräftige Gestalt warf im Kerzenlicht einen langen Schatten. Langsam stieg er die Stufen vor dem Thron hinunter und blieb vor Dalí stehen, der nur ein paar Zentimeter kleiner war als er. „Du machst dich. Offenbar hast du einen Weg gefunden, deine Fähigkeiten … produktiv einzusetzen."

Wenn er damit die perfektesten Banküberfälle aller Zeiten meinte, die Dalí mithilfe seiner magischen Kräfte und seines Talismans erfolgreich eingefädelt und durchgeführt hatte, konnte er seinem Vater nur zustimmen.

„Danke, Vater."

„Es gibt Neuigkeiten." Der Gleaming King legte ihm den Arm um die Schultern und führte ihn fort von den Tänzerinnen.

„Falls du damit die bezaubernde Dschinniya meinst, die man dir zum Geschenk gemacht hat – die habe ich bereits gesehen. Sehr hübsch."

Der Gleaming King lachte, aber dieses Lachen hatte einen scharfen Unterton. Dalís Nackenhaare stellten sich auf. „Die meinte ich damit nicht, Dalí, obwohl ich mich sehr über sie gefreut habe. Nein, ich wollte dir vielmehr mitteilen, dass der Krieg zwischen meinem Bruder und meinem Vater sich zuspitzt."

„Du meinst den White King?" Dalí runzelte die Stirn. Sein Vater hatte ihm vom *Krieg der Flammen* berichtet und auch davon, wie Azazil die Welt der Sieben Könige aus dem Gleichgewicht gebracht hatte. Die Aufgabe der Sieben Könige der Dschinn war es, das Schicksal der Bedeutenden zu lenken und zu formen. Seitdem die Einigkeit zwischen den sieben Brüdern zerstört war, bemühte sich der White King darum, die alte Balance wiederherzustellen. Gleichzeitig wollte er selbst den Platz des Sultans aller Dschinn einnehmen. Für Dalí klang dieser Plan vollkommen verrückt. Doch das behielt er für sich, denn sein Vater unterstützte den White King.

Mein Bruder hat einen Weg gefunden, um seine Chancen in diesem Konflikt entscheidend zu verbessern. Der Gleaming King kommunizierte nun telepathisch mit seinem Sohn, damit die anderen Anwesenden sie nicht hörten.

Wie das?

Er hat es vor mir geheim gehalten. Es betrifft das Siegel.

Dalís Augen weiteten sich. Das berühmte Siegel des Salomon. Der Ring, der an einem Lederband um Asmodeus' Hals hing. Wie es hieß, verlieh das Siegel seinem Träger die Macht, alle Dschinn zu beherrschen – ganz gleich, ob sie nun gut oder böse sein mochten. *Was ist mit dem Siegel?*

Sein Vater grinste ihn an. *Es gibt da dieses Mädchen ...*

Und dann erzählte er Dalí eine Geschichte, die unglaublich klang. Doch falls sie der Wahrheit entsprach, könnte es noch höchst interessant werden.

3. KAPITEL

DIE WAHRHEIT ERHÄLT IHRE LETZTE CHANCE

Aris Herz klopfte, und sie bekam kaum Luft. Fast hatte sie das Gefühl, als wäre sie ihrem Vater durch die gesamte Stadt bis zu diesem abgelegenen Winkel von Vickers Woods hintergerannt und nicht gefahren. Sie hielt an und sprang aus dem Wagen. Derek war natürlich nicht entgangen, dass sie ihn verfolgte. Er lief in den Wald und rief Ari über die Schulter hinweg zu, dass er einfach Zeit für sich brauche.

Die hatte er gehabt. Tagelang.

Zu ihrer Überraschung hielt er genau dort an, wo sie Charlie die Wahrheit über ihre Herkunft verraten hatte. Ironie des Schicksals, dachte sie sarkastisch und rang nach Luft, während sie ihren Vater umkreiste.

Derek musterte sie misstrauisch. Zwischen seinen Augenbrauen bildete sich eine steile Sorgenfalte. „Ich habe dir doch gesagt, dass ich Zeit für mich brauche."

„Die hattest du, Dad, und zwar weiß Gott genug. Was willst du ausgerechnet hier im Wald?"

Er zuckte mit den Schultern und sah sich um, als hätte er sich verirrt. „Nachdem meine Eltern gestorben waren, bin ich oft hierhergekommen. Es schien der einzige ruhige Platz in der Stadt zu sein."

Erstaunt blieb Ari stehen. Nie zuvor hatte ihr Dad freiwillig seine Eltern erwähnt. Offenbar erahnte er ihre Gedanken und lächelte unglücklich.

„Ja, Mom und Dad." Er ließ sich auf einen Baumstumpf fallen, und Ari bemerkte zum ersten Mal die kleinen Fältchen um seine Augen und sah, dass sein Haar allmählich grau wurde. Vor Kurzem war ihr das noch nicht so deutlich aufgefallen. Derek sah Ari mit so traurigem Blick an, dass sie erstarrte. „Mein Vater war nicht oft zu Hause. Und wenn er mal da war, trank er. Meine Mutter war eine zurückhaltende Frau, die mit dem Verhalten meines Vaters nicht umgehen konnte. Also ließ sie irgendwann nichts und niemanden mehr an sich heran. Auch mich nicht. Deshalb musste ich mich mehr oder weniger selbst großziehen. Wusstest du, dass mein Vater betrunken war, als der Unfall passierte, bei dem die beiden starben?"

Ari keuchte auf. „Nein, das wusste ich nicht." *Du hast es mir ja nie erzählt.*

Zitternd zuckte Derek mit den Schultern, fuhr sich durchs Haar und ließ schließlich frustriert die Hand wieder sinken. „Ich hatte einfach keine Ahnung, wie das ging – Familie. Weil ich niemals eine hatte, Ari. Ich war immer auf mich allein gestellt. Ich wusste nicht einmal, ob ich es überhaupt wollte.

Sala war die erste Frau, die ich je geliebt habe." Er nickte Ari zu, und sie horchte auf, als der Name ihrer geheimnisvollen Mutter fiel.

„Wie war Sala denn?"

„Du siehst ihr sehr ähnlich. Aber es war nicht nur ihre Schönheit ... Sie hatte Humor, war leidenschaftlich und glaubte an das Unmögliche. Mit ihr zusammen zu sein war wie ein einziger großer Rausch. Ich war vollkommen gefesselt von ihr, beinahe schon abhängig, obwohl sie in mein Leben platzte und wieder abtauchte, wie es ihr gerade passte. Wenn ich wissen wollte, wohin sie verschwand, oder wenn ich sie nach ihrer Vergangenheit fragte, zog sie sich zurück. Das machte mir Angst. Also hörte ich auf, danach zu fragen. Ich wollte sie nicht verlieren. Doch am Ende hielt auch das sie nicht davon ab, mich zu verlassen. Als sie fortging, brach es mir das Herz. Und als sie neun Monate später hochschwanger wieder vor der Tür stand, war das für mich wie der Hauptgewinn in der Lotterie. Ich dachte, sie würde jetzt endgültig bei mir bleiben, Ari. Wenn schon nicht um meinetwillen, dann doch immerhin deinetwegen. Aber kaum warst du auf der Welt ... ging sie einfach. Meine innere Stimme flüsterte mir zu, dass ich einen Vaterschaftstest durchführen lassen solle, doch ich hatte Angst, dass du vielleicht wirklich nicht von mir sein könntest. Und glaube mir, ich wollte dich. Du warst ein Stück von Sala." Mit Tränen in den Augen sah Derek seine

Tochter an, die ebenfalls einen Kloß im Hals hatte. „Ich liebe dich, meine Kleine, nur habe ich dich wohl nie genug geliebt."

Seine Worte trafen Ari wie Stiche ins Herz. Es tat so furchtbar weh, dass es ihr einen Moment lang den Atem und auch die Sprache verschlug.

Als Derek bemerkte, welche Wirkung sein Geständnis auf Ari hatte, rollte ihm eine Träne über die Wange. „Ich wollte dir nie wehtun, mein Schatz. Trotzdem weißt du doch selbst, was für ein schlechter Vater ich war. Als du klein warst, war ja noch alles in Ordnung, aber je älter du wurdest, desto ähnlicher wurdest du ihr auch. Das war für mich kaum zu ertragen ... Es fiel mir schwer, in deiner Nähe zu sein. Ich war immer allein, Ari. Ich kenne es nicht anders. Es war selbstsüchtig, dich bei mir zu behalten."

„Dad ..." Ari schluchzte leise.

„Ich wünschte wirklich, ich wäre ein besserer Vater gewesen. Ein besserer Mensch. Und dass ich dich so geliebt hätte, wie du es verdienst. Ich trage seit Jahren diesen Zorn in mir, Ari. Aber erst als ich die Wahrheit über dich und Sala herausgefunden habe, konnte ich meine Wut auf deine Mutter überhaupt wahrnehmen."

Ari wusste nicht, ob sie noch mehr hören wollte. „Dad, bitte ..."

„Ich würde im Nachhinein gern so vieles ändern, Ari, und ich bereue meine Fehler. Aber als ich die unfassbare Wahrheit erfuhr – also, dass diese Wesen real sind, wer du bist und was sie von dir wollen … Es hat einen Moment gedauert, bis ich das alles verarbeiten konnte." Derek unterbrach sich und holte tief Luft. „Was ich eigentlich sagen will, ist Folgendes: Trotz allem, trotz meiner Fehler werde ich nie bereuen, dass ich dir so lange eine gewisse Sicherheit bei mir geben durfte. Obwohl mir nicht einmal bewusst war, dass ich dich beschützt habe."

Diese bittersüße Offenbarung war das ehrlichste Gespräch, das sie je miteinander geführt hatten. Ohne genau zu wissen, was sie erwidern wollte, öffnete Ari den Mund, um zu antworten …

Doch bevor sie auch nur eine Silbe herausbringen konnte, stand der Wald in Flammen. Sie sprang auf. Ihr Körper spürte die Gefahr, bevor ihr Verstand sie registrierte. Aber es war zu spät. Irgendetwas traf ihren Kopf, und ohne dass Ari auch nur einen Gedanken fassen konnte, wurde es schwarz um sie.

Seit Jai Ari damals geküsst hatte, konnte er sie orten und ihre Emotionen wahrnehmen – ganz gleich, wo sie sich aufhielt. Jetzt gerade schienen die widersprüchlichsten Gefühle in ihr zu toben. Jai konnte es spüren und wusste, dass sie in Vickers Woods war.

Er ließ sich in Dereks Sessel fallen und überlegte, was da draußen im Wald wohl gerade passierte. Natürlich war es allerhöchste Zeit, dass die beiden sich aussprachen. Andererseits hatte Jai aber auch Angst, dass Derek Ari mit seinen Worten wehtun könnte. Insbesondere, weil sie heute schon einmal verletzt worden war. *Und zwar von mir.* Verunsichert fuhr Jai sich übers Haar. Es war die richtige Entscheidung gewesen, Ari nicht gleich die ganze Wahrheit über das Wesen der Magie zu verraten. Er hatte nur seinen Job erledigt. Was wollte sie eigentlich von ihm? Sie wusste doch, dass er für den Red King arbeitete und ihr Bodyguard war, nicht ihr Freund. Wieso also die Vorwürfe? Jai fluchte leise, als in diesem Moment sein Handy klingelte. Er zog es aus der Hosentasche, klappte es auf und warf einen Blick aufs Display. „Hallo, Trey. Was gibt's?"

„Hat er ihr gefallen?", fragte sein Freund, und man hörte Treys Stimme an, dass er grinste.

„Wem soll was gefallen haben?"

„Ari. Hat ihr der Ohrring gefallen?"

Jai presste die Lippen aufeinander. Es wäre wirklich besser gewesen, er hätte Ari niemals erwähnt. Ebenso wenig wie den unsicheren, heißen Moment an ihrer Tür, als sie ihn hatte küssen wollen. Er war versucht gewesen, einzulenken und ihrem Wunsch nachzugeben. Seine Sehnsucht nach ihr war kaum noch zu beherrschen gewesen. „Hast du mir den Ohrring deshalb aufgedrängt? Du meintest, es wäre ein Geschenk dafür, dass ich diesen Auftrag an Land gezogen habe. Also ein Geschenk, das ein Freund schlecht ablehnen kann. Wenn es aber in Wirklichkeit mit irgendeiner kranken Idee bezüglich Ari zu tun hatte …"

„Was ist dir denn für eine Laus über die Leber gelaufen?", unterbrach Trey ihn.

„Ich habe Ari die Wahrheit über unsere Magie gesagt."

„Wurde auch Zeit."

„Stimmt schon, aber sie hat es nicht gerade entspannt aufgenommen."

„Und du hast jetzt ein schlechtes Gewissen, weil du etwas für sie empfindest."

„Hör auf, mich analysieren zu wollen. Ich habe kein schlechtes Gewissen. Ich bin nur genervt. Außerdem sitze ich hier herum und warte darauf, dass sie nach Hause zurückkehrt. Sie ist vorhin mit ihrem Dad verschwunden."

„Hat er sich also doch noch dazu aufgerafft, sein Zimmer zu verlassen?"

Jai verdrehte die Augen. Trey hatte ein erschreckend gutes Gedächtnis und vergaß nie auch nur eine Silbe von dem, was man ihm erzählte. „Ja, das hat er."

„Tja, wenn sie zurückkommt und dir deine Lüge verziehen hat, bring sie mit nach L. A. Ich würde sie auch gern mal kennenlernen."

Jai stellte erstaunt fest, dass er eifersüchtig wurde. „Die Frau ist tabu für dich, Trey."

Sein Freund lachte. „So meinte ich das nicht. Außerdem bin ich gerade mit jemand anders zusammen. Ihm gehört ein Club in der Innenstadt, und der Mann ist richtig heiß. Diesmal ist es übrigens ein Mensch. Die letzte Dschinniya, mit der ich zusammen war, konnte ganz schön anstrengend werden. Bei jedem Streit hat sie sich mit dem Peripatos einfach aus dem Staub gemacht."

„War sie der Grund für deine Frauenabstinenz?"

„Ja. Es hat aber nicht lange gehalten. Wobei … Schon seit einer *vollen* Woche hatte ich nichts mehr mit einer Frau."

„Dann ist der Clubbesitzer neu?"

„Ja, wir kennen uns ungefähr seit einem Monat."

Jai seufzte und dachte daran, dass Treys Vater Rik der Schlag treffen würde, wenn er die Wahrheit über seinen Sohn erfahren würde. Rik vertrat noch mittelalterliche Ansichten und war ein schlimmer Schwulenhasser. Trey behauptete immer, dass Rik nicht völlig durchdrehen würde, wenn er es herausfand, weil er sich ja auch mit Frauen traf. Dennoch wusste Jai, dass Trey eine Riesenangst vor dem Tag hatte, an dem sein Vater alles herausbekommen würde.

„Was ist?", fragte Trey lachend. „Wir haben uns keine Treue geschworen oder so etwas. Mit solchen Versprechungen bin ich durch."

Das lag nur daran, dass seine letzte längere Beziehung ihn fast umgebracht hätte. Trey war nicht nur ein Dschinn-Bodyguard, ein Wächter, sondern auch Maler. Noch etwas, das sein Vater nicht wissen durfte.

Er hatte sich damals in einen Kunsthändler aus L. A. verliebt. Nachdem sie ein Jahr zusammen gewesen waren, hatte der Typ keine Lust mehr gehabt, geduldig zu warten, bis Trey es seiner Familie sagen wollte. Also hatte er Trey verlassen und ihm damit das Herz gebrochen.

„Ja." Jai seufzte noch einmal. „Hast du nur deshalb angerufen? Um mich wegen Ari zu nerven?"

„Sie klingt toll, Mann. Und heiß. Vergiss deinen alten Herrn und schnapp sie dir."

„Woher willst du denn wissen, ob sie heiß ist? Ich habe dir ja nicht mal erzählt, wie sie aussieht."

„Aber ich erkenne doch diesen Blick bei einem Mann, wenn er über jemanden redet, den er gut findet. Du hast ja schon fast gesabbert."

Jai wurde rot. „Du hast keine Ahnung, wovon du sprichst."

„Idiot."

„Selber."

„Klingt sehr erwachsen", sagte Trey lachend. „Aber mal im Ernst, Jai. Du darfst dich nicht länger von Luca so lenken lassen. Mach dich frei, triff deine eigenen Entscheidungen."

„Sie ist noch ein Mädchen."

„Okay, mag ja sein. Du solltest trotzdem für dich einstehen, Jai."

„Das mache ich, sobald du deinem Dad sagst, dass du für die andere Mannschaft spielst."

„Das tue ich doch gar nicht. Ich spiele für beide Teams."

„Du weißt schon, was ich meine."

Erst herrschte Schweigen am anderen Ende der Leitung, dann seufzte Trey schwer. „Wir sitzen beide in der Falle, stimmt's?"

Der Satz traf Jai tief, denn er stimmte leider. Es war nicht besonders unwahrscheinlich, dass er den Rest seines Lebens versuchen würde, die überzogenen Erwartungen seines Vaters zu erfüllen. Und bei diesem Versuch könnte er leicht alles verlieren, was ihm eigentlich wichtig war. „Ja, sieht so aus."

Nach einem weiteren Augenblick des Schweigens fragte Trey: „Und – mochte sie den Ohrring nun?"

Jai schüttelte den Kopf und musste widerwillig lächeln. „Ich glaube schon."

„Tust du immer noch so, als wäre zwischen euch nichts?"

„Mir bleibt nichts anderes übrig, Trey."

„Okay. Dann beantworte mir noch eine Frage …"

„Ja?"

„Ist sie nun heiß?"

„Auf Wiedersehen, Trey."

„Komm schon, Mann, ich will eine genaue Beschreibung."

„Finger weg von der Frau, Trey", warnte Jai und spürte schon wieder, dass er eifersüchtig wurde. Warum war Trey so interessiert an Ari?

„Keine Sorge, Jai. Ich dachte, den Punkt hätten wir vorhin geklärt. Mann, da spielt aber jemand den ganz großen Beschützer. Ich will doch nur wissen, ob die Frau, die dir so den Kopf verdreht hat, auch gut aussieht."

„Sie hat mir nicht den Kopf verdreht."

„Nein, aber du wünschst dir, sie würde es tun", spottete Trey.

Jai seufzte schwer. „Also gut: Sie ist heiß. Und jetzt lass mich in Ruhe." Erschöpft legte er auf. Unterhaltungen mit Trey waren wie Gespräche mit einem Politiker – sie führten meistens zu nichts.

Plötzlich wurde Jai eiskalt. Er erstarrte. Normalerweise spürten Dschinn die Kälte kaum, aber Jai überlief jedes Mal ein eisiger Schauer, wenn eine Person, die er schützte und die er mit seinem Kuss markiert hatte, in Gefahr war.

Ari!

Mit pochendem Herzen erhob er sich und ging im nächsten Moment in den Flammen des Peripatos auf. Zwei Sekunden später stand er in Vickers Woods und blickte sich entsetzt um. Derek lag reglos vor einem Shaitan am Boden. Neben ihm befand sich Ari zu Füßen eines weiteren Shaitans. Der große Shaitan neben Dereks leblosem Körper grinste Jai an und entblößte dabei scharfe Zähne, die im Licht der Nachmittagssonne silbrig funkelten.

„Ich bringe eine Nachricht vom White King."

Jai spürte, wie heißer Zorn in ihm aufstieg. „Ja?"

Der Shaitan zwinkerte ihm zu. „Schachmatt."

Jai sprang auf die beiden zu, doch mit einem letzten höhnischen Grinsen gingen sie in Flammen auf und verschwanden – zurück nach Mount Qaf, von wo sie geschickt worden waren. Voller Angst kniete Jai sich neben Ari, drehte sie um und tastete am Hals nach ihrem Puls. Als er ihn schließlich fand, holte er erleichtert Luft. Er beugte sich zu ihr hinunter, küsste sanft ihre Stirn und atmete ihren vertrauten Duft nach Vanille ein. Mit zitternder Hand streichelte er über ihre Wange. Niemals hatte er so zarte Haut gefühlt. Als müsste er sich ihr Gesicht für immer einprägen, starrte er sie an – die langen Wimpern, die kleine Nase, die vollen Lippen. Als ihn das Verlangen nach ihr zu überwältigen drohte, riss er sich los. Mann, das wurde langsam lächerlich.

Jai wandte sich Derek zu. Aris Vater sah unnatürlich blass aus. Angespannt fühlte Jai auch nach seinem Puls, fand aber nichts. Stirnrunzelnd versuchte er es erneut.

Nichts.

Jai konnte es nicht glauben. Kein Puls. Die Worte des Shaitans schossen ihm durch den Kopf. Er hockte sich hin, ließ die Hände über Dereks Körper schweben und suchte nach einem Zeichen von Dschinn-Magie. Erst als er die Hände über Dereks Kopf hielt, fingen sie an zu prickeln. Er konnte die Gewalt, die tödliche Verletzung fühlen, die die Shaitane Derek beigebracht hatten.

„Das kann nicht sein", flüsterte Jai fassungslos und ließ sich auf den Boden sinken.

Während er Ari wie ein verliebter Schuljunge angehimmelt hatte, war Aris Dad …

Hinter ihm knisterte die Luft. Jai fuhr blitzschnell hoch und stellte sich schützend vor Ari und ihren Vater. Als der Red King erschien, straffte Jai die Schultern. Sein Auftraggeber machte einen Schritt auf ihn zu und schüttelte traurig den Kopf. Sein hüftlanges rotes Haar schwang hin und her. „Er ist tot", sagte der Dschinn-König bedrückt. „Mein Bruder hat mir die Nachricht zu spät geschickt, ich konnte es nicht mehr verhindern – genau wie er es geplant hatte."

„Ist das etwa ein Racheakt?"

„Ja." Die Augen des Red Kings funkelten gefährlich. „Das ist die Quittung dafür, dass ich mich ihm nicht anschließe."

„Ari", brachte Jai erstickt hervor und betrachtete ihren noch immer reglos im Gras liegenden Körper.

Der Red King schwieg einen Moment lang. Dann ging er an Jai vorbei und hob Ari mühelos hoch. „Ich bringe sie nach Hause", sagte er sanft. „Ich muss ihr das alles erklären, bevor sie etwas Unbesonnenes tut."

„Und Derek?"

„Mein Bruder hat dem Shaitan befohlen, eine Ader in seinem Gehirn platzen zu lassen. Selbst bei einem Auftragsmord legt er Wert darauf, dass alles sauber abgeht und leicht zu vertuschen ist." Einen Moment lang begann das Gesicht des Red Kings, gefährlich zu leuchten, seine Augen wurden schwarz und dunkle Schatten schienen unter seiner Haut herumzuwirbeln. Doch genauso schnell wirkte er wieder wie er selbst. „Sorge dafür, dass Derek gefunden wird. Setz ihn wieder in seinen Wagen und bring ihn an einen Ort, an dem er schnell entdeckt wird. Es muss aussehen, als wäre er eines natürlichen Todes gestorben. Kein Mensch darf einen Zweifel daran haben. Das macht die ganze Angelegenheit für Ari leichter."

„Leichter für Ari", wiederholte Jai und fuhr sich verzweifelt über die kurzen Haare. „Wie soll … Darüber wird sie nie hinwegkommen."

„Ihr wird gar nichts anderes übrig bleiben." Der Red King betrachtete seine Nichte, und Jai hätte schwören können, dass er zärtliche Zuneigung in diesem Blick wahrnahm. „Damit hat der White King uns den Fehdehandschuh zugeworfen."

4. KAPITEL

ICH BESCHÜTZE DICH, WENN ICH MICH ERST SELBST GERETTET HABE

Seltsamerweise wirkte das Schnarchen beruhigend auf Charlie. Schweigend saß er seinem Vater gegenüber und beobachtete, wie sich sein Brustkorb hob und senkte, während er seinen Rausch ausschlief. Der Fernseher lief ohne Ton, und Charlie konnte aus dem Augenwinkel sehen, dass ein Footballspiel gezeigt wurde. Neben den Füßen seines Dads lag eine Flasche Scotch. Es war schwer, der Wahrheit ins Gesicht zu sehen: Sein Vater war ein Trinker. Und seine Mutter schien sich nicht gerade anzustrengen, um ihrem Mann zu helfen, die Sucht zu überwinden. Gut, das Haus war wieder sauberer, sie kümmerte sich auch mehr um Charlie – heute hatte sie ihn sogar umarmt –, aber Mikes Geist war noch immer überall zu spüren. Der Gedanke versetzte Charlie einen tiefen, scharfen Schmerz. Er schloss die Augen. Kaum zu glauben, wie frisch seine Trauer um Mike noch immer war. Wenn seine Beziehung zu Mike wie bei vielen Brüdern nicht so eng oder Mike eine Nervensäge gewesen wäre, hätte er seinen Tod vielleicht leichter verarbeiten können. Aber Mike war einfach ein toller Junge gewesen. Sein Freund …

Das Klopfen an der Tür überraschte Charlie nicht. Seufzend ließ er den Stift auf sein Matheheft fallen und drehte sich zur Zimmertür um. „Komm rein", rief er etwas ungeduldig.

Die Tür öffnete sich langsam, und Mike steckte den Kopf ins Zimmer. Er sah noch sehr kindlich aus, auch wenn er in letzter Zeit ziemlich gewachsen war. Für Charlie war er noch immer sein kleiner Bruder, den er beschützen musste, obwohl Mike inzwischen ganz gut auf sich selbst aufpassen konnte und genug Charme für drei besaß. Mike war der beliebteste Junge in seiner ganzen Klasse und auch in seiner Baseballmannschaft. Selbst die Lehrer waren begeistert von ihm.

Aber davon mal ganz abgesehen, gehörte er um diese Uhrzeit eigentlich ins Bett.

Mike sah seinen Bruder aus seinen großen, schokoladenbraunen Augen an und kam herein. Er schloss die Tür hinter sich und lächelte verlegen.

„Haben Mom und Dad dich geweckt?", fragte Charlie leise. Es belastete ihn, dass die ewigen Streitereien seiner Eltern Mike so mitnahmen.

Mike zuckte mit den Schultern. Er war in einem Alter, in dem er der Meinung war, dass er immer so tun müsste, als wäre alles in Ordnung. Insbesondere seinem großen Bruder gegenüber. „Ich habe sowieso nicht geschlafen."

Von unten drangen laute Beschimpfungen herauf – ihre Eltern hatten wieder angefangen, sich zu streiten.

Charlie zuckte zusammen, als sein Dad seiner Mom vorwarf, sie würde zu viel Geld für Mikes Klamotten ausgeben. Und noch bevor sie losbrüllte, wusste er, was seine Mutter dazu sagen würde.

„Geh wieder ins Bett, Mike."

Sein kleiner Bruder zuckte wieder die Achseln und hüpfte auf Charlies Bett. „Was machst du gerade? Skypst du mit Ari?", zog er ihn auf und lächelte vielsagend.

„Nein", erwiderte Charlie, den es ärgerte, dass selbst sein kleiner Bruder glaubte, er könnte an nichts anderes denken als an Ari. Es reichte schon, dass seine Schulfreunde ihn dauernd damit ärgerten. „Mathehausaufgaben."

Mike kräuselte die Nase. „Mathe ist so schlimm, da würde ich sogar lieber mit Ari chatten."

„Ich dachte, du magst Mathe."

„Ja, es ist ganz okay."

Charlie musterte seinen Bruder aufmerksam. Da war er wieder, dieser Blick von Mike. Sein kleiner Bruder war nicht nur hierhergekommen, weil ihre Eltern sich unten mal wieder stritten. Nein, Mike hatte irgendetwas auf dem Herzen. Charlie wusste, dass man bei seinem Bruder Geduld haben musste, bis er von allein damit herausrückte. Nachzubohren hatte überhaupt keinen Sinn. Also pfiff er leise vor sich hin, drehte sich langsam auf seinem Schreibtischstuhl und ließ seinen Blick über die Poster in seinem Zimmer gleiten.

„*Na ja …*", *begann Mike.*

Charlie zog eine Augenbraue hoch und sah Mike an. „*Ja?*" *War der Kleine etwa gerade rot geworden? Charlie grinste.* „*Was ist?*"

Mike wand sich ein bisschen. Schließlich seufzte er, als würde das ganze Leid der Welt auf seinen Schultern lasten. Er schaffte es nicht, Charlie in die Augen zu sehen. „*Bei Sarahs Party am Samstag ist was passiert.*"

„*Ach?*" *Charlie musste sich anstrengen, um nicht zu grinsen. Mike war zur Geburtstagsparty einer Achtklässlerin eingeladen worden – das war absolut ungewöhnlich und nur dadurch zu erklären, dass Mike mit ihrer Schwester in dieselbe Klasse ging.* „*Und was?*" *Charlie war ganz sicher, dass er genau wusste, was gleich kommen würde.*

„*Wir haben ‚Wahrheit oder Pflicht' gespielt*", *stieß Mike hastig hervor.*

Charlie konnte nicht anders und musste lachen. „*Und was ist passiert?*"

Jetzt überwand Mike seine Schüchternheit und schaute Charlie in die Augen. „*Ich habe Pflicht gewählt. Mit Sarah*", *gestand er grinsend.*

„*Mit Küssen und so?*"

„*Sogar mit Zunge.*" *Mike lächelte verschmitzt.*

Belustigt schüttelte Charlie den Kopf. „*Volltreffer, kleiner Bruder. Eine ältere Frau. Ich bin stolz auf dich.*"

Da er seinen Bruder mit seiner Eroberung offenbar beeindruckt hatte, straffte Mike die Schultern, und seine Augen funkelten selbstbewusst. „Ich glaube, ich stehe auf ältere Mädchen."

„Ach ja?"

„Ja." *Mike überlegte kurz, bevor er fragte:* „Bist du eigentlich mit Ari zusammen?"

Charlie verschluckte sich fast. „Wieso willst du das denn wissen?"

„Sie ist richtig heiß."

Stöhnend hielt Charlie sich die Ohren zu. „Mann, es ist echt seltsam, zu hören, dass mein kleiner Bruder ein Mädchen ‚heiß' findet."

Mike schnaubte. „Ich habe dir gerade eben erzählt, dass ich am Samstag geknutscht habe."

„Ja, doch mit jemandem, den ich nicht kenne. Wir reden hier von Ari, Mann. Erzähl mir bitte nicht, dass sie heiß ist."

„Aber sie ist es."

„Das weiß ich. Aber ich will das trotzdem nicht von dir hören." *Charlie lachte. Wirklich komisch.*

Mike verzog das Gesicht. „Seid ihr denn nun zusammen?"

War Mike vielleicht in Ari verknallt? Charlie musste wieder lachen. „Noch nicht."

„Aha. Das heißt, dass du mit ihr zusammenkommen willst."

Charlie lachte noch lauter, und Mike stand auf, um ihm gegen den Arm zu boxen. Doch davon wurde es nur noch schlimmer.

„Jetzt hör auf zu lachen", jammerte Mike.

„Warte nur, bis ich ihr das erzählt habe."

„Das würdest du nicht tun!"

„Da wäre ich mir an deiner Stelle nicht so sicher."

„Das wäre der größte Fehler, den du machen könntest", behauptete Mike und machte sich auf den Weg zur Tür.

„Aha? Und wieso?"

„Weil sie dich fallen lassen wird wie eine heiße Kartoffel, wenn sie hört, dass ich mich für sie interessiere."

Charlie wäre vor Lachen fast vom Stuhl gefallen. Als er sich schließlich wieder gesammelt hatte, grinste Mike ihn an und fragte selbstbewusst: „Du glaubst, ich mache Scherze, oder?"

„Halte dich an die Mädchen der achten Klasse, Mikey. Damit fährst du besser."

Nach kurzem Nachdenken erwiderte Mike: „Okay, du kannst sie behalten. Aber nur, wenn du sie anständig behandelst. Sie ist nämlich echt nett und redet nie mit mir, als wäre ich fünf Jahre alt."

Ja, Ari war cool und noch dazu der geduldigste Mensch, den Charlie kannte. Sie konnte den schrecklichsten, lästigsten Leuten stundenlang zuhören. Dieser Nervensäge, mit der sie zusammen Chemie hatte, zum Beispiel. Wie hieß die gleich?

Richtig – Rachel. Aber so war Ari eben. Einfach nett. Das netteste Mädchen, das er je kennengelernt hatte. Mit ihr verband ihn etwas Besonderes. Niemand anders schien sie so gut zu kennen wie er, und umgekehrt war es genauso. Dass sie auch noch „heiß" war, wie Mike es ausdrückte, machte es nicht gerade leichter, die Beziehung als rein platonische Freundschaft zu betrachten. Charlie unterdrückte ein Lächeln. „Danke, kleiner Bruder. Einen Moment lang habe ich mir echt Sorgen gemacht."

Mikey verdrehte die Augen. „Ja, das habe ich gemerkt." Er drehte sich um und wollte das Zimmer verlassen, während Charlie noch immer leise lachte. An der Tür wandte Mike sich noch einmal um. „Du vergisst doch nicht, dass du mich am Samstag vom Baseball abholen sollst?"

Oh, verflucht, hatte er diesen Samstag die Aufgabe, seinen kleinen Bruder abzuholen? Charlie runzelte die Stirn und dachte an seine großen Pläne, die er für Aris sechzehnten Geburtstag geschmiedet hatte. Er hatte einen großen Strauß Rosen bestellt und einen Tisch in einem der teureren Restaurants der Stadt reserviert. Nach dem Essen wollte er mit Ari in die Berge fahren und ihr endlich sagen, was er für sie empfand. Und am Ende des Abends würde er hoffentlich wissen, wie ihre Lippen schmeckten und wie ihre Hüften sich anfühlten, wenn er die Hand darauflegte. Charlie wurde heiß, als er darüber nachdachte.

„Wirst du gerade rot?", fragte Mikey und musterte seinen Bruder misstrauisch.

Charlie hatte ganz vergessen, dass er nicht allein war. Schnell drehte er den Kopf, damit Mike sein Gesicht nicht mehr sehen konnte. „Ich kann dich Samstag fahren. Aber du musst dich beeilen, weil ich Ari zum Essen einladen will. Sie hat Geburtstag."

„Kann ich mitkommen?"

„Nein, aber wenn du willst, bringe ich dich zu Sarah …", zog Charlie ihn auf.

„Sarah ist nicht meine Freundin", schnaubte Mikey und öffnete die Tür. „Sie ist nur eine von vielen."

„Raus hier, Casanova."

Seufzend schloss Mike die Tür hinter sich. Charlie wollte gerade wieder in die Fantasiewelt eintauchen, in der Ari eine Hauptrolle spielte, als die Tür wieder aufflog und er unsanft aus seinen Träumen gerissen wurde.

„Was ist ein Casanova?"

„Eine wandelnde Geschlechtskrankheit", erklärte Charlie und warf seinen Stift in Richtung Tür, die Mikey daraufhin eilig wieder schloss.

„Was ist eine Geschlechtskrankheit?", drangen Mikes gedämpfte Worte durch die Tür.

„Das findest du noch früh genug im Biounterricht raus, Kleiner. Und jetzt ab ins Bett."

„Ich heiße Mike!", war noch durch die Tür zu hören, dann war Mike in seinem Zimmer verschwunden und es herrschte Ruhe.

Unfassbar – der kleine Mikey interessierte sich schon für Mädchen. Charlie schob das Matheheft beiseite. Er sollte nicht vergessen, Ari Bescheid zu geben, dass er sie Samstag eine halbe Stunde später abholen würde. Ach ja, und dass nun gleich zwei Creaghs in sie verknallt waren…

An jenem Wochenende war Mike gestorben. Und danach hatte sich alles verändert. Alle Menschen um ihn herum hatten sich verändert. Ganz gleich, wie sehr Charlie auch versuchte, loszulassen, Mikes Geist würde erst aufhören, ihn zu verfolgen, wenn er das Miststück zur Strecke gebracht hätte, das seinen Bruder auf dem Gewissen hatte. Und genau da fingen seine Probleme mit Ari an.

Ari ignorierte seine Anrufe noch immer und weigerte sich standhaft, sich bei ihm zu melden. Es versetzte ihm einen Stich, dass sie Jai gebeten hatte, ihn rauszuwerfen. Charlie seufzte. Er hatte den einzigen Menschen verletzt, den er auf keinen Fall verletzen wollte. Wieder einmal. Sie musste ihn unbedingt anrufen. Er wollte nur hören, dass sie ihn verstand. Dass sie verstand, dass ihm keine andere Wahl blieb, auch wenn sie wütend auf ihn war. Und er wollte natürlich hören, dass sie diesen … unglaublichen Kuss nicht bereute. Charlie hatte den Kuss während der letzten Tage in Gedanken immer wieder vor seinem geistigen Auge gesehen. Hatte ein Kuss mit einem anderen Mädchen sich je so angefühlt? Nein, niemals. Vielleicht lag es daran, dass er Ari liebte. Die anderen hatten ihm nichts bedeutet.

Bevor das mit Mike passiert war, bevor die Welt zerbrochen war, hatte Charlie große Pläne für sich und Ari geschmiedet.

Nach der Schule hatte er ein Jahr mit ihr durch die Welt reisen, danach mit ihr auf dasselbe College gehen und vielleicht mit ihr zusammenziehen wollen. Vor Mikes Tod war Ari sein Ein und Alles gewesen. Er hatte erlebt, wie sie für ihn zu etwas ganz Besonderem geworden war. Er bezweifelte, dass er je wieder eine Frau treffen würde, die so schön war wie sie. Natürlich war er nicht der Einzige gewesen, der bemerkt hatte, wie großartig Ari war. In der Schule hatten andere Jungs ihn immer wieder gefragt, ob sie zusammen seien, weil sie sich für sie interessiert hatten. Seine Eifersucht hatte ihn überrascht und gleichzeitig aufgeweckt. Bis dahin hatte er nicht gewusst, dass er Ari gewollt hatte. Aber er hatte sich gewünscht, mit ihr zusammen zu sein. An ihrem sechzehnten Geburtstag hatte es endlich so weit sein sollen. Sie hatte gewusst, dass es passieren würde. Er hatte in den Wochen davor oft genug darüber geredet, wie er sich ihre Zukunft vorstelle, und zufrieden festgestellt, dass sie ebenfalls mit ihm zusammenbleiben wollte.

Was für tolle Pläne. Er hatte auf sie aufpassen und sich um sie kümmern wollen, wie er es immer getan hatte. Und er hatte sie nie so vernachlässigen wollen, wie Derek es getan hatte. Aber dann war der Unfall passiert … Und Charlie hatte sich so sehr gehasst, dass er wollte, dass auch alle anderen ihn hassten.

Doch Ari hatte sich schlicht geweigert.

Er hatte sie fortgestoßen, am ausgestreckten Arm verhungern lassen, und trotzdem hatte sie nicht aufgehört, ihn zu lieben. Also hatte er sich immer weiter von ihr entfernt. Ein paarmal hatte sie sich mit anderen Jungen getroffen. Das hatte ihn fast umgebracht, aber er hatte sich trotzdem eingeredet, dass es ihm nichts ausmachen würde. Um nichts mehr zu fühlen, hatte er Affären mit unzähligen anderen Mädchen angefangen, die er immer nur benutzt hatte – auch das tat ihm inzwischen leid.

Und dann die Erleichterung, als er erfahren hatte, wer wirklich für Mikes Tod verantwortlich war. Sein Schmerz hatte der Erleichterung Platz gemacht und der Hass einem unstillbaren Wunsch nach Rache. Zu erfahren, dass Ari eine wichtige Waffe in einem großen Dschinn-Krieg war, hatte ihn nicht erschüttert. Gut, es war ziemlich seltsam und es hatte eine Weile gedauert, bis er sich an den Gedanken gewöhnt hatte. Aber am Ende änderte es nichts an seinen Gefühlen für Ari. Ganz im Gegenteil. Nun wollte er sie erst recht beschützen. Nur brauchte er dafür auch die entsprechenden Fähigkeiten.

Die Kräfte, die ihm der Marid verliehen hatte, würden ihm dabei helfen, die Labartu, die Mike getötet hatte, zur Strecke zu bringen. Und danach wollte er sie dafür einsetzen, Ari zu schützen.

Charlie stöhnte auf. Das würde allerdings nur gelingen, wenn seine Kräfte sich freundlicherweise irgendwann tatsächlich materialisieren würden.

Als der Marid ihn verwandelt hatte, hatte ihn ein Strom ungeheurer Energie durchzuckt, der seinen ganzen Körper durchströmt hatte. Aber jetzt ... Absolut nichts. Hatte der Red King ihn belogen? Sollte das Ganze vielleicht nur ein Test sein?

Oder hatte er versagt? Der Gedanke machte ihn wütend. Schlecht gelaunt beobachtete Charlie, wie sein Vater im Schlaf grunzte. Nein, diese Kräfte mussten real sein. Er wollte Rache, er brauchte seine Rache.

Und er wollte, dass Ari ihn zurückrief.

Als sein Handy in diesem Moment tatsächlich klingelte, machte Charlies Herz einen Hüpfer. Er zog das Telefon aus der Hosentasche, warf einen Blick aufs Display und sah tatsächlich Aris Foto. Er nahm ab. „Ari", stieß er erleichtert hervor.

„Jai hier", antwortete eine vertraute und ausgesprochen männliche Stimme – eindeutig nicht Ari. „Es gibt schlechte Nachrichten."

Charlie blieb fast das Herz stehen. *Nein, bitte nicht.* Er würde nie darüber hinwegkommen, wenn Jai ihm gleich mitteilen würde, dass er Aris Stimme nie wieder hören würde.

„Bist du noch da?"

„Ja, ich bin hier", brachte Charlie mühsam hervor, und das Blut rauschte in seinen Ohren.

„Charlie … Am besten kommst du gleich hierher. Es geht um Derek."

Charlies Herzschlag beruhigte sich ein wenig. Dennoch beschlich Charlie eine böse Vorahnung. „Was ist passiert? Wo ist Ari?"

„Sie ist bewusstlos. Die beiden wurden angegriffen." Jai holte tief Luft und fügte dann ernst hinzu: „Derek ist tot."

Charlie brach das Herz. Es tat ihm unendlich leid für Ari, und ihm wurde eiskalt. „Ich bin gleich da."

Als Charlie bei Ari zu Hause eintraf, bemerkte er sofort, wie komisch Jai ihn ansah. Der Blick des Dschinns schien ihn zu durchbohren, seine ganze Haltung war angespannt, bedrohlich. In diesem Augenblick hätte Charlie einiges dafür gegeben, ein paar Zentimeter größer zu sein, obwohl er weiß Gott nicht klein war.

„Du siehst ganz anders aus", sagte Jai, kniff die Augen ganz leicht zusammen und sah Charlie spöttisch an.

Charlie war die Bemerkung unangenehm. Unsicher fuhr er sich über die kurzen Haare. Er hatte sich die langen Zotteln abschneiden lassen. Sein Haar war jetzt so kurz wie das von Jai. Der Friseurladen lag direkt neben dem Tattoostudio. In einem Moment übertriebenen Selbstbewusstseins hatte Charlie sich am rechten Handgelenk eine Tätowierung stechen lassen. Da hatte er noch geglaubt, dass seine magischen Kräfte sich jeden Moment manifestieren müssten. Unbewusst strich er sich übers Handgelenk. „Ich hatte Langeweile."

„Was bedeutet das Tattoo an deinem Handgelenk?"

Charlie straffte die Schultern, hob beinahe trotzig das Kinn an und blickte Jai in die Augen. „‚Gerechtigkeit' – auf Arabisch."

Für einen winzigen Moment wurde Jais Miene ernst, und er musterte Charlie aufmerksam. Im nächsten Augenblick grinste er jedoch sarkastisch. „Hast du die Übersetzung aus dem Internet?"

Charlie zuckte nur wortlos mit den Schultern, um Jai keine Möglichkeit zu bieten, sich weiter über ihn lustig zu machen.

„Lass mal sehen", forderte Jai ihn auf. „Vielleicht steht da ja auch ‚Ich liebe meine Katze' oder so etwas."

„Was soll's", erwiderte Charlie, streckte Jai aber trotzdem den Arm entgegen. „Und?", fragte er dann.

Jai nickte. „Ja, da steht ‚Gerechtigkeit'. Glück gehabt. Du weißt ja sicher auch, dass man Übersetzungen aus dem Netz nicht trauen sollte."

„Ich bin ja nicht blöd. Natürlich habe ich das auf verschiedenen Seiten online überprüft."

Unterhielten sie sich gerade tatsächlich über sein Tattoo? Kurz nachdem Aris Dad gestorben war?

Als hätte er Charlies Gedanken gelesen, wurde Jai wieder ernst. „Ari ist mit ihrem Onkel oben. Als er sie hierhergebracht hat, war sie noch bewusstlos."

Schnell erklärte Jai ihm, was in Vickers Woods passiert war. Charlie begann zu zittern. Langsam ging er ins Wohnzimmer. Sofort sprang ihm ein Foto von Ari und ihrem Dad ins Auge, auf dem die beiden im Garten Baseball spielten.

Charlie hatte es selbst vor Jahren aufgenommen. Und jetzt war Derek tot. Bei dem Gedanken stockte ihm der Atem. Wie sollte Ari damit bloß fertigwerden?

„Du hast dich also gelangweilt?", fragte Jai, der ihm ins Wohnzimmer gefolgt war.

Dankbar für die Ablenkung nickte Charlie. „Ich dachte, ich würde mich jetzt wie ein völlig neuer Mensch fühlen und dass ich plötzlich ganz andere Dinge tun könnte, aber bisher ist nichts davon eingetroffen."

Der Dschinn sah ihn ausdruckslos an. „Zauberer brauchen normalerweise einen Talisman, um ihre Kräfte zu verstärken.

Die bestehen üblicherweise aus Stein oder Metall. Es sei denn, der Zauberer muss sich verteidigen, dann geht es meistens auch ohne ... O Mann." Jai seufzte schwer und fuhr sich übers Haar. Diese Geste kannte Charlie inzwischen. Sie bedeutete, dass Jai sich gerade in einer Situation befand, die er lieber vermieden hätte. „Okay, am besten sage ich dir, was ich inzwischen auch Ari erklärt habe."

An ein Bücherbord gelehnt und die Arme vor der Brust verschränkt, hörte Charlie aufmerksam zu. Jai legte ihm das Wesen der Magie dar, erklärte ihm, wie man sie benutzte und welche Konsequenzen sie hatte. Charlie konnte sich denken, wie Ari darauf reagiert hatte. Böse lächelte er Jai an und hoffte, dass Ari ihrem Bodyguard das alles richtig übel nahm. Die Beziehung zwischen Jai und ihr beunruhigte ihn.

Manchmal waren ihm die Blicke, die die beiden einander zuwarfen, wenn sie sich unbeobachtet fühlten, nicht entgangen. Diese Blicke waren nicht schwer zu interpretieren. Jai konnte es ruhig abstreiten, aber er empfand etwas für Ari. „Bestimmt ist sie ziemlich sauer auf dich."

„Im Moment dürfte sie wohl eher gerade aufwachen, um erfahren zu müssen, dass ihr Dad tot ist."

„Ich habe Derek nie wirklich verstanden", sagte Charlie kopfschüttelnd.

„Ach ja?"

Charlie zuckte mit den Schultern und setzte sich in einen der Sessel. „Derek hat Ari immer auf Abstand gehalten. Sogar, als wir noch Kinder waren. Als würde er sie zwar lieben, aber auch Angst vor seinen Gefühlen haben."

Die beiden schwiegen eine Weile. Nachdem der erste Schock nun nachließ, wurde Charlie langsam richtig bewusst, was geschehen war. Aris Dad war tot. Ari würde sich schrecklich einsam fühlen. Nein, das würde er nicht zulassen. Er würde sich um sie kümmern.

„Warum hast du es getan, Charlie?", riss Jai ihn unvermittelt aus seinen Gedanken. „Warum hast du dich in einen Zauberer verwandeln lassen? Und wer hat dir den Wunsch erfüllt? Denn wer auch immer es war, hat es nicht gemacht, um dir einen Gefallen zu tun. Das ist dir doch wohl klar, oder?"

„Ich bin nicht dumm. Mir ist bewusst, dass der ... der Dschinn, der mir geholfen hat, dafür eines Tages eine Gegenleistung von mir erwarten wird. Aber mit einem Mal habe ich die Gelegenheit, etwas wegen Mikes Tod zu unternehmen. Jetzt fühle ich mich nicht mehr hilflos." *Ich bin es nur leid, ausgefragt und beäugt zu werden, als wäre ich ein Krimineller.*

„Wenn du versuchst, dich zu rächen, wirst du dabei sterben."

„Ja, das kann passieren."

„Nein, es *wird* passieren."

Charlies Blick verfinsterte sich. Fand Jai es wirklich so unbegreiflich und falsch, dass er den Tod seines kleinen Bruders rächen wollte? Doch bevor Charlie sich eine Erwiderung überlegen konnte, züngelten Flammen empor und der Red King erschien. War es irgendwie seltsam, dass Charlie beim Peripatos-Zauber nicht einmal mehr mit der Wimper zuckte?

„Ari geht es so weit gut", erklärte der Red King ernst. „Sie wird bald aufwachen." Er sah Jai an. „Hast du getan, worum ich dich gebeten habe?"

„Ari wird bald einen Anruf bekommen."

Charlie begriff gar nichts. „Weswegen?"

„Man wird sie darüber informieren, dass man Derek tot aufgefunden hat."

Ach ja, richtig. Jai hatte ihm vorhin erzählt, dass er Derek zurück ins Auto gesetzt habe, damit man ihn am Waldrand entdecken würde. Der Gerichtsmediziner würde dann das Aneurysma feststellen, und niemand würde die Todesursache hinterfragen. Charlie wurde übel. Dereks Tod sollte möglichst unverfänglich aussehen, damit Ari nicht in Erklärungsnot geriet und keine Schwierigkeiten bekam. Irgendwie entmenschlichte es den Mann, über den sie sprachen.

„Wer weiß schon, wie Ari reagieren wird. Wir müssen unbedingt dafür sorgen, dass sie nichts Unüberlegtes tut." Der Ausdruck in den Augen des Red Kings war so entschlossen, dass Charlie nicht die Lust verspürte, sich irgendwie einzumischen.

„Dann steckte also definitiv Aris Vater dahinter? Der White King?"

Der Red King nickte. „Er versucht, Ari nach Mount Qaf zu locken. Sein Plan ist es, sie dazu zu bringen, dass sie sich an dem Dschinn rächt, der Derek umgebracht hat. Oder dass sie sich vielleicht sogar an meinem Bruder selbst rächt. Und wenn sie das tut, wird sie gezwungen, nach Mount Qaf zu kommen, um sich vor Gericht zu verantworten. Mein Bruder wird diese Gelegenheit nutzen, um zu bekommen, was er von ihr will."

„Was unternehmen wir dagegen?", fragte Jai leise.

„Ich warte erst einmal, bis sie aufwacht", sagte der Red King. „Dann werde ich ihr erklären, warum es eine ganz schlechte Idee ist, meinen Bruder umbringen zu wollen. Bleibt nur zu hoffen, dass sich die Macht des Siegels diesmal in den Händen von jemandem befindet, der es nicht für seine Zwecke missbraucht."

„Da können wir uns bei ihr sicher sein", antworteten Charlie und Jai im Chor.

Dann musterten die beiden sich wie zwei Kämpfer, die gleich im Ring gegeneinander antreten sollten.

5. KAPITEL

ZITTERND LAUERT DER KRIEG IN DER DUNKELHEIT

Ich wünschte wirklich, ich wäre ein besserer Vater gewesen. Ein besserer Mensch. Und dass ich dich so geliebt hätte, wie du es verdienst. Ich trage seit Jahren diesen Zorn in mir, Ari. Aber erst als ich die Wahrheit über dich und Sala herausgefunden habe, konnte ich meine Wut auf deine Mutter überhaupt wahrnehmen."

Dad, nein!

Überall um ihn herum stieg Rauch auf, während er sie gequält ansah.

Der Geruch nach versengtem Fleisch verursachte ihr Übelkeit.

„Ich liebe dich, meine Kleine, nur habe ich dich wohl nie genug geliebt."

Nein! Sein Gesicht flackerte unter den Flammen, aber er schrie nicht auf vor Schmerz.

Er lächelte bittersüß, als das Feuer ihn verzehrte.

„Ich werde es nie bereuen, dass ich dir so lange eine gewisse Sicherheit bei mir geben durfte."

Dad, nein!

Sie schlug die Augen auf und schloss sie sofort wieder, weil es in ihrem Schlafzimmer so hell war. Sie holte tief Luft und spürte die Anwesenheit eines Dschinns im Raum. Mühsam kämpfte Ari sich aus dem Albtraum in die Realität. Was machte sie hier im Bett? Was war passiert?

Sie war doch mit ihrem Dad in Vickers Woods gewesen … Wo war ihr Dad?

„Dad?" Unter größter Kraftanstrengung öffnete sie erneut die Augen. Als sie ihren Onkel am Fuße des Bettes erkannte, fing ihr Herz an zu rasen. Heute lächelte er sie nicht wie sonst ganz entspannt an. Im Gegenteil. Sein Gesicht war wie versteinert. Und er sagte kein Wort.

Ari setzte sich auf. Sie trug noch immer dieselben Kleider, die sie auch angehabt hatte, als sie ihren Dad bis Vickers Woods verfolgt hatte. Draußen allerdings schien es bereits dunkel zu werden, also mussten seitdem mehrere Stunden vergangen sein. „Was ist los?"

„Derek ist gestorben."

Zuerst begriff sie nicht, was er da sagte. Ari blinzelte und wiederholte den Satz in Gedanken. „Was?" Ihre Lippen fühlten sich plötzlich taub an.

„Derek ist tot. Er wurde ermordet."

Derek ist tot.

Ari schüttelte den Kopf und stand auf. Sie stolperte ein paarmal, bis sie wieder Kraft in den Beinen hatte. Wortlos rannte sie an ihrem Onkel vorbei aus dem Zimmer, den Flur entlang und in Dereks Schlafzimmer. Sie stieß die Tür auf. Das Zimmer war leer. Aber das hatte nichts zu bedeuten.

Wahrscheinlich war er unten. Zitternd wirbelte Ari herum und wollte aus dem Schlafzimmer stürmen. Doch der Red King versperrte ihr den Weg.

„Er ist tot, Ari."

„Nein." Ihre Augen funkelten wütend. „Du lügst."

Ihr Onkel schüttelte traurig den Kopf. „Der White King hat euch zwei Shaitane hinterhergeschickt. Einer hat dich bewusstlos geschlagen, der andere hat eine Ader in Dereks Kopf platzen lassen."

Der Red King versuchte nicht einmal, die Fakten zu beschönigen. Nein, das ergab alles keinen Sinn! *Dad?* Was ihr Onkel da sagte, klang hart und gefühllos. Es tat weh. *Dad!*

„Ich will ihn sehen", sagte sie mit zitternder Stimme. „Ich will ihn sehen."

„Wir haben ihn wieder in seinen Wagen gesetzt. Irgendjemand wird ihn finden. Der Gerichtsmediziner wird dann einen Tod ohne Fremdverschulden feststellen. So ist es einfacher."

Ohne Fremdverschulden?

Derek ist tot.

Das Zimmer drehte sich, und Ari rang nach Luft. Alles. Es war alles umsonst gewesen. Sie hatte ihn nicht gerettet.

Wem hatte sie eigentlich etwas vormachen wollen? *Derek ist tot.*

„Ich liebe dich wirklich, meine Kleine, nur habe ich dich wohl nie genug geliebt."

„Der White King?", flüsterte sie heiser und sackte zu Boden. Der Red King packte sie bei den Armen und zog sie wieder hoch, als wäre sie so leicht wie eine Feder. Dann setzte er sie aufs Bett und machte zwei Schritte zurück. Ari blickte in seine blauen Augen. „Der White King?", wiederholte sie. Ihr Vater war dafür verantwortlich? Er hatte es absichtlich getan?

Dad.

Der Schmerz explodierte in ihr, sie schrie und schluchzte. Ari konnte nichts mehr spüren außer ihrer Trauer und Qual. Wie aus weiter Ferne nahm sie Geräusche wahr. Sich schnell nähernde Schritte. Vertraute männliche Stimmen, die ängstlich klangen. Und dazwischen die Stimme des Red Kings, der ruhig und gefasst Anweisungen gab. Nach einer Weile wurde Aris Weinen leiser, weniger. Sie fühlte weichen Stoff unter ihrer tränennassen Wange. Erschöpft blinzelte sie und nahm langsam wieder ihre Umgebung wahr. Offenbar lag sie auf dem Bett ihres Dads. Draußen war es inzwischen dunkel. Jetzt spürte sie auch die Anwesenheit eines Dschinns im Zimmer und sah sich nach ihm um. Der Red King saß neben ihr auf dem Bett und betrachtete sie. Sie waren allein. Ari hätte schwören können, dass auch Jai und Charlie im Zimmer gewesen waren.

„Warum?", stieß sie hervor, und eine Träne rollte ihr über die Wange.

Ihr Dad war tot. Warum?

Der Red King strich ihr mit einer väterlichen Geste das Haar aus der Stirn. „Der Plan meines Bruders sollte zwei Dinge erreichen. Erstens war Dereks Tod die Rache dafür, dass du dich ihm genau wie ich widersetzt hast. Zweitens will er dich dazu zwingen, dich für den Mord an Derek zu rächen. Und wenn du den Dschinn tötest, der das getan hat, musst du nach Mount Qaf, um dich dem Gericht zu stellen. Sobald der White King dich auf diese Weise nach Mount Qaf geholt hat, wird er die Gelegenheit nutzen, um dich zu manipulieren und von dir zu bekommen, was er will."

Ari brauchte einen Moment, um das zu verarbeiten.

Mit einem Mal ergriff sie glühender Zorn. „Ich werde den Shaitan, der das getan hat, nicht umbringen. Nein, ich werde meine Macht gegen den White King einsetzen. Ich werde ihn stoppen. Ich kann ihm befehlen, mit seinen Intrigen aufzuhören." Zufrieden stellte sie fest, dass das nicht naiv oder nach einer leeren Drohung klang. Ihre Kräfte waren real – schließlich war sie das Siegel des Salomon.

„Nein." Die Miene des Red Kings verfinsterte sich.

„Nein?" Ari funkelte ihn böse an. „Was soll das heißen? Nein? Ich dachte, du wärst auf meiner Seite."

„Das bin ich. Wenn du einem der Sieben Könige befiehlst, zu tun, was du willst, wirst du für Azazil zur Gefahr. Und dann ist es egal, ob ich auf deiner Seite stehe oder nicht, denn ich werde meinen Vater nicht davon abhalten können, dich zu zerstören."

„Dann befehle ich Azazil eben, sich zurückzuziehen."

Der Red King warf ihr einen herablassenden Blick zu. „Du hast doch das Buch von Jai gelesen … Stand darin nicht, welche Bedeutung Azazil tatsächlich hat?"

„Wie meinst du das?", fragte sie misstrauisch.

„Azazil ist der Vater unserer Art. Der Ursprung, der Erste. Alles hängt von ihm ab. Leben, Schicksal, Chaos, Vernichtung – alles ist an ihn gebunden. Selbst ich, sein Sohn, kann sein Wesen nicht restlos begreifen oder ergründen. Ich kann dir nur sagen, dass er mit allen Reichen und Dimensionen verknüpft ist. Man kennt ihn in vielen Welten und in vielen Kulturen unter den verschiedensten Namen. Die Macht des Siegels mag groß genug sein, um ihn in die Knie zu zwingen. Aber die Konsequenzen wären unabsehbar. Das ist nichts, was man für die Rache eines Teenagers in Kauf nehmen darf."

„Oh." Aris Herz klopfte. „Nein, das stand nicht im Buch."

„Glaube mir, Ari, es tut mir wirklich leid, was passiert ist." Der Red King seufzte. Ari musterte ihn genauer. Sie suchte nach einem Beweis, dass er es aufrichtig meinte. Einen Augenblick lang glaubte sie, echtes Mitgefühl in seinem

Blick gelesen zu haben. Doch nach allem, was Jai ihr erzählt hatte, war sie sich nicht sicher, ob sie diesem Mann wirklich vertrauen konnte.

„Und was soll ich jetzt tun?" Wieder lief Ari eine Träne über die Wange, während sie sich im Zimmer ihres Vaters umsah. „Wie geht es jetzt weiter?"

„Willst du meinen Rat?"

„Ja."

„Regele zuerst die Beerdigung deines Dads. Dann sorgen wir dafür, dass du hier verschwindest. Das war erst der Anfang. Auf gar keinen Fall solltest du tatenlos herumsitzen und warten, bis mein Bruder kommt, um dich zu holen. Wir müssen unseren nächsten Schritt planen."

In dem Moment klingelte das Telefon, und Ari setzte sich erschrocken auf. Ängstlich betrachtete sie den Apparat neben dem Bett ihres Vaters, ehe sie den Red King fragend anblickte. Er nickte ernst, und Ari griff angespannt zum Hörer.

Obwohl sie wusste, was kommen würde, obwohl sie es ja schon erwartet hatte, war es entsetzlich, als der Polizist am anderen Ende der Leitung ihr die Nachricht von Dereks Tod überbrachte. Schließlich bat er sie, in die Leichenhalle zu kommen, um Derek zu identifizieren. Als Ari auflegte, musste sie vor Übelkeit fast würgen. Schnell konzentrierte sie sich auf eine der Wasserflaschen im Kühlschrank. Im nächsten Moment hielt sie die Flasche in der Hand und nahm einen kräftigen Schluck.

„Du hast Jai gezwungen, mich wegen der Konsequenzen, die der Einsatz von Magie hat, anzulügen", flüsterte sie.

„Ja, um deinen Dad zu retten."

„Du hast ihn gerettet." Ari schluckte die Tränen hinunter, sah den Red King an und zuckte mit den Schultern. „Ich nicht."

„Du hättest sie nicht aufhalten können, Ari."

„O doch, das hätte ich. Genau deshalb haben sie mich ja bewusstlos geschlagen."

„Dann müssen wir eben stärker an deiner Ausbildung arbeiten und trainieren. Jai soll dir beibringen, besser auf deine Umgebung zu achten, und deine Fähigkeiten in magischer Verteidigung schulen."

„Wird er mir auch beibringen, die Zeit zurückzudrehen?"

„Nein", sagte der Red King leise.

Ari nickte und stand auf. Sie war noch immer etwas unsicher auf den Beinen. „Mein Dad war heute zum ersten Mal in meinem ganzen Leben ehrlich zu mir."

Der Red King hielt ihrem Blick stand und sah sie voller Mitgefühl an. Ari hoffte so sehr, dass sie ihm vertrauen konnte.

„Eigentlich habe ich ihn nie wirklich gekannt", fuhr sie fort. „Wieso tut es jetzt so weh, wenn er mir nie so nahe war, wie er hätte sein können?"

„Du wusstest eben nur das, was er dir von sich gezeigt hat, Ari. Und du hast ihn geliebt. Ich weiß nicht, was da draußen im Wald zwischen euch beiden passiert ist. Aber was immer es war, es bedeutet keinesfalls, dass du jetzt nicht um ihn trauern darfst."

Ari nickte, ging zur Tür und erblickte im Flur Jai und Charlie, die dort warteten. Charlie sah aus, als würde er sie in die Arme schließen wollen, aber ihr war im Moment nicht nach körperlicher Nähe.

„Jai, begleite Ari bitte in die Leichenhalle", befahl der Red King leise.

„Ich kann sie begleiten", bot Charlie an.

Nein, bitte nicht.

Okay.

Ari hörte die Antwort des Red Kings in Gedanken und bemerkte ein wenig überrascht, dass sie eben zum ersten Mal durch Telepathie kommuniziert hatten. Ari hatte es getan, ohne darüber nachdenken zu müssen.

„Nein, Jai muss sie beschützen. Sie haben wieder vollen Dienst, Mr Bitar. Vierundzwanzig Stunden am Tag, sieben Tage die Woche."

„Selbstverständlich", entgegnete Jai.

Ohne ihm in die Augen zu sehen, ging Ari an Charlie vorbei und die Treppen hinunter. Ihre Autoschlüssel lagen in der kleinen Schale neben der Tür. Jai musste mit ihrem Wagen zurückgefahren sein.

Derek ist tot.

Sie rang nach Luft und drehte sich zu Jai um. Ohne dass sie etwas dagegen hätte tun können, lief ihr eine Träne über die Wangen. Jai war anzumerken, wie weh es ihm tat, dass Ari so litt. Statt wie sonst Abstand zu ihr zu wahren, blieb er nun ganz dicht vor ihr stehen. Er war ihr so nahe, dass sie sein Aftershave riechen konnte. Mit einer zärtlichen Geste wischte er ihr die Träne weg. Ari vergaß, dass sie nicht berührt werden wollte, und schmiegte sich an ihn. Sie wollte in Jais Armen versinken und seinen Herzschlag an ihrer Wange spüren.

„Es tut mir leid", flüsterte er und ließ die Arme wieder sinken.

Ari nickte und sah über Jais Schulter hinweg zu Charlie. Sie bemerkte den verletzten Ausdruck in Charlies Augen und lächelte ihm schwach zu. „Ich bin bald wieder da."

„Ari …", flüsterte Charlie, und sie wusste, dass er zu ihr kommen wollte.

„Ich weiß", erwiderte sie genauso leise. Sie hätte ihm erlauben sollen, sie in den Arm zu nehmen und zu trösten. Sie brauchte Trost. Nur wollte sie den nicht von Charlie …

Und daran würde sich nichts ändern, solange Jai in ihrer Nähe war.

Ari wurde wieder übel. Schnell griff sie nach den Schlüsseln und bereitete sich innerlich auf das Grauen vor, das sie erwartete.

6. KAPITEL

SELBST IN EINEM SCHLOSS BLEIBT EINSAMKEIT DOCH IMMER EINSAMKEIT

Ari stand zitternd in Dereks Schlafzimmer. Alles war geregelt, die Beerdigung sollte am folgenden Tag stattfinden. Jai und Charlie waren ihr eine große Hilfe gewesen. Sie hatte einen Anzug für ihren Dad ausgesucht, den Charlie dann zum Bestattungsinstitut gebracht hatte. Jai und Charlie hatten sich um den gesamten Ablauf gekümmert, und Ari hatte nur noch die Papiere und Rechnungen unterschreiben müssen. Charlie hatte sogar den Sarg ausgesucht, weil Ari nicht dazu in der Lage gewesen war. Schließlich hatten die Jungs sie zum Anwalt begleitet, der das Testament eröffnet hatte. Sie hatte alles geerbt, und mit achtzehn Jahren war sie nun … allein. Ihr Vater hatte eine Wohnung in Philadelphia gekauft, von der sie vorher nichts gewusst hatte und die er ihr bereits überschrieben hatte. Wahrscheinlich damit sie dort während ihres Studiums leben konnte. Nun musste sie nicht nur das Haus verkaufen, sondern auch die Wohnung. Ari hätte nicht hierbleiben können, selbst wenn kein mächtiger Dschinn-König Jagd auf sie gemacht hätte.

Zu viele Erinnerungen, zu viel Schmerz.

Das Zimmer ihres Dads war schrecklich schmutzig gewesen, und Ari hatte sich aufs Putzen gestürzt, weil sie dabei nicht hatte nachdenken müssen. Sie hatte alles in Kisten gepackt, um den Inhalt entweder zu spenden oder wegzuwerfen. Nur wenige Dinge waren übrig geblieben, von denen sie sich nicht trennen konnte.

Auch wenn ein Teil von ihr trotz ihres schlechten Gewissens noch immer böse auf ihren Dad war.

Und jetzt das.

Sie sah sich im Zimmer um, begutachtete ihre Arbeit und hielt den Umschlag fest in der Hand. *Jai.* Sie wartete. Gleich darauf hörte sie seine Schritte auf der Treppe.

„Was ist los?", fragte Jai ruhig und kam herein.

Ari versetzte es einen Stich, weil sie merkte, wie dankbar sie für seine Anwesenheit war. Sie brauchte ihn immer mehr, obwohl sie eigentlich bewusst auf Abstand zu ihm hätte gehen müssen. Seufzend und mit zitternden Händen hielt sie ihm den Umschlag hin, den sie in der Schublade des Nachttischchens gefunden hatte.

„Was ist das?" Jai musterte das Kuvert stirnrunzelnd.

„Das Geschenk zu meinem achtzehnten Geburtstag."

Jai drehte den Umschlag um, und die Schlüssel fielen in seine Hand. Fragend hielt er sie hoch.

Mit klopfendem Herzen zeigte Ari ihm das Blatt Papier, das sich ebenfalls im Umschlag befunden hatte. „Er hat mir zum Geburtstag eine Wohnung in Philadelphia gekauft."

Jai nickte und wusste offensichtlich nicht, was er sagen sollte. „Willst du sie dir mal ansehen?", fragte er achselzuckend.

„Wie denn?"

„Ich bringe dir den Peripatos bei."

„Jetzt?", fragte Ari nervös.

„Ja, jetzt."

„Okay."

„Du hast einen Gegenstand, der mit deinem Ziel verbunden ist, also sollte es nicht allzu schwierig werden." Er ließ die Schlüssel in Aris Hand gleiten und achtete darauf, sie dabei nicht zu berühren. Ari runzelte die Stirn. Er war in eine andere verliebt – das hatte sie bereits begriffen.

„Und nun?", fragte sie.

„Sag mir die Adresse."

Sie gab ihm das Blatt Papier, und er warf einen kurzen Blick darauf, ehe er es ihr wieder in die Hand drückte.

„Gut, du musst dich jetzt wirklich konzentrieren. Schaffst du das?"

„Ja", erklärte sie entschlossen und war sogar ein wenig aufgeregt, weil sie ihre magischen Fähigkeiten gleich einsetzen konnte. „Sag mir nur, was ich machen soll."

„Konzentriere dich auf den Gedanken an die Wohnung, an die Wohnung, die man mit den Schlüsseln in deiner Hand aufschließt. Denk an nichts anderes. Mal dir nicht aus, wie die Wohnung aussieht, stell dir nur vor, wie du den ersten Schritt hinein machst – in die Wohnung, zu der die Schlüssel in deiner Hand passen. Klar?"

„Klar."

„Wenn du den Peripatos anwendest, züngeln um dich herum Flammen auf. Keine Angst, die tun dir nicht weh ... Sie sind ein Teil von dir, also verfalle nicht in Panik, sondern konzentriere dich weiter."

Leider klappte das nicht auf Anhieb.

Die Flammen schlugen aus Aris Körper, und Ari bekam Panik. Die Angst vertrieb jeden Gedanken an die Wohnung und löschte die Flammen des Peripatos wie ein Eimer Wasser.

Ari runzelte die Stirn. Sie befand sich noch immer in Dereks Zimmer und stand Jai gegenüber, der sie geduldig ansah.

Anders als in den Flammen eben wurde ihr bei diesem Lächeln heiß. „Hab diesmal keine Angst. Ich komme sofort hinterher."

Ari holte tief Luft und konzentrierte sich wieder. Als die Flammen nun wieder um sie herum emporzüngelten, blieb sie ruhig und konzentrierte sich voll und ganz auf den Schlüssel. Wind kam auf und zerzauste ihr Haar. Alles um sie herum verschwamm. Das Gefühl war verwirrend, schwindelerregend, aber gleichzeitig auch aufregend und abenteuerlich. Dann zischten die Flammen ein letztes Mal und verschwanden. Ari musste sich gegen die nächste Wand lehnen, um nicht umzufallen. Schon schossen vor ihr wieder Flammen empor, und Jai erschien. Ari konnte die Lässigkeit, mit der er den Zauber benutzte, nur beneiden.

„Geht es dir gut?"

Ari atmete tief durch und sah sich in der kleinen, modernen Wohnung um. „Wegen des Peripatos? Ja, ja. Aber das hier …" Sie unterbrach sich und machte ein paar Schritte ins größte Zimmer der Wohnung. Es war geschmackvoll eingerichtet, bot einen offenen, ausgesprochen luxuriös ausgestatteten Küchenbereich und einen Wohnbereich, der ebenfalls keine Wünsche offenließ. Es gab einen Flachbildfernseher mit Soundsystem und einen Computertisch mit einem Laptop darauf in der Ecke. Um ein paar andere Dinge waren rote Schleifen geschlungen. Offenbar hatte Derek geplant, mit ihr nach Philadelphia zu fahren und sie mit der Wohnung zu überraschen. Jai wartete schweigend, während Ari den schmalen Flur entlanglief. Von ihm ging das große, hell gefliese Bad ab. Der Duschkopf war riesig, und alle Armaturen leuchteten golden. Es war atemberaubend. Auch das Schlafzimmer war sehr groß. Es gab einen begehbaren Kleiderschrank und ein breites Lederbett.

Was für eine fantastische Wohnung.

Und wie einsam sie sich hier fühlte.

All die Wut, die sie so lange unterdrückt und ignoriert hatte, brach sich nun Bahn. Ari hätte sich am liebsten die Haare gerauft und laut geschrien, etwas an die Wand geschleudert oder jemanden geschlagen! Sie stürmte durch den Flur und achtete nicht auf Jai, der überrascht beiseitetrat. Mit offenem Mund starrte er sie an.

„Ari?", fragte er vorsichtig.

„Hast du die Wohnung gesehen?", rief sie aufgewühlt.

„Sie ist doch sehr schön", entgegnete Jai und machte ein verwirrtes Gesicht.

„Das ist eine Wohnung für *eine* Person, Jai. Er hat mir die Wohnung gekauft, damit ich hier einziehe, wenn ich aufs College gehe. Anscheinend hat er überhaupt nicht nachgedacht! Wie soll man denn Leute kennenlernen, wenn man nicht im Studentenwohnheim untergebracht ist? Erst zwingt er mich, mich an diesem blöden College für dieses blöde Fach zu bewerben, und dann denkt er, dass ich glücklich bin, wenn ich hier mutterseelenallein und ohne Freunde wohne! Dass ich vielleicht gern wie alle anderen im Wohnheim leben würde, wo ich so etwas wie menschliche Gesellschaft habe, ist ihm nicht mal in den Sinn gekommen!"

„Ari … Ist schon gut …"

„Nein, das ist es ganz und gar nicht", zischte sie, und Tränen des Zorns rollten über ihre Wangen. „Er hat offenbar nicht gewusst, wer ich bin. Er dachte, ich bin allein am glücklichsten – genau wie er. Er hat mich nicht mal geliebt."

Jai machte einen Schritt auf sie zu. „Das stimmt nicht. Dein Dad ... Er hat Fehler gemacht, aber er hat dich geliebt."

„Nicht genug", flüsterte Ari und dachte an das letzte Gespräch mit Derek. „Das hat er mir selbst gesagt, bevor er gestorben ist."

Jais Miene verfinsterte sich. „Wovon redest du?"

„Im Wald. Er hat mir gesagt, dass er egoistisch war. Dass er mich behalten hat, weil ich für ihn ein Teil von Sala war. Und er hat zugegeben, dass das ein Fehler und dass er ein schlechter Vater war." Sie unterbrach sich und fuhr mit der Hand über den Frühstückstresen aus Granit. „Er hat mir gesagt, dass er mich nie genug geliebt hat und dass er sich wünschte, er hätte mich so geliebt, wie ich es verdiene." Ihre Tränen versiegten, und Kälte und Gefühllosigkeit ergriffen sie. „Die Wohnung ist ein Beweis dafür, wie wenig er mich kannte. Wie wenig Mühe er sich gegeben hat, um überhaupt herauszufinden, wer ich eigentlich bin."

Sie hörte, wie Jai hinter ihr unbehaglich von einem Fuß auf den anderen trat. Schnell drehte sie sich um und wollte mit einer witzigen Bemerkung die Stimmung wieder auflockern. Doch als sie Jai erblickte, stellte sie fest, dass sie sich eben geirrt hatte. Ihm war ihr Ausbruch gar nicht unangenehm. Jai war vielmehr wütend. Er hatte die Hände zu Fäusten geballt und presste die Lippen aufeinander. Wahrscheinlich, um in seiner Wut nichts Unpassendes zu sagen. Ari war erleichtert und fühlte sich tatsächlich etwas besser. Jai war vielleicht in eine andere verliebt, aber dennoch war es offensichtlich, dass sie ihm nicht gleichgültig war. Seine Reaktion bewies das. „Schon okay", versicherte sie. „Ich komme damit klar."

Er nickte, aber seine Augen funkelten. „Du hast etwas Besseres verdient, Ari."

„Trotz allem, was er gesagt hat, vermisse ich ihn."

Als er das hörte, verwandelte sich Jais Wut in Verständnis. Bevor Ari wusste, wie ihr geschah, hatte er die Arme um sie geschlungen und sie fest an sich gedrückt. Überrascht taumelte sie gegen ihn und hielt sich an ihm fest. Sie schmiegte die Wange an seine muskulöse Brust und atmete seinen vertrauten, tröstlichen Duft ein. Sie hörte sein Herz schlagen – ein beruhigendes Gefühl, auch wenn es etwas zu schnell schlug. Ari fühlte sich in Jais Arm sicher und geliebt. Der Mann verstand etwas von Umarmungen. Ari lächelte und hätte ihn am liebsten enger an sich gezogen. Irgendwie schaffte sie es jedoch, diesem Drang zu widerstehen.

„Du darfst ihn vermissen, Ari", flüsterte Jai ihr ins Ohr. Ari lief ein Schauer über den Rücken, als sie seinen Atem auf ihrer Haut fühlte. „Und du darfst ihn lieben. Bitte, mach dir selbst deshalb keine Vorwürfe."

Wortlos nickte sie. Sie war unfähig, etwas zu sagen, weil sie fürchtete, wieder in Tränen auszubrechen. Jai war ein Meister darin, ihre Selbstbeherrschung ins Wanken zu bringen.

„Schön", sagte er, strich ihr noch einmal über den Rücken und löste sich dann von ihr. Ari ließ ihn sofort los. Auf keinen Fall wollte sie wie ein verliebtes Schulmädchen erscheinen. *Das hatten wir ja schon.*

Wie sie enttäuscht feststellen musste, hatte Jai sich in der nächsten Sekunde wieder in den kühlen, professionellen Bodyguard verwandelt. Sie hätte alles darum gegeben, ihn wieder aus der Fassung zu bringen – so wie in der Wüste von New Mexico, als sie zusammen gegen einen Dämon gekämpft hatten. War das wirklich erst ein paar Tage her? Als Ari verletzt gewesen war, hatte Jai nicht verbergen können, wie sehr ihn das mitgenommen hatte; und um ehrlich zu sein, hatte Ari das auch ein bisschen genossen.

„Bereit zur Rückkehr?"

Nach einem letzten Blick auf die Wohnung nickte Ari. „Ja, wir können los."

Ari konzentrierte sich auf ihr Zuhause in Ohio und beschwor damit den Peripatos. Dieses Mal war sie besser auf ihre magische Reise vorbereitet, schwankte aber dennoch ein wenig, als sie kurz darauf im Wohnzimmer ankam. Auf dem Kaminsims und dem Sofatisch standen und lagen zahlreiche

Beileidskarten. Außerdem hatten Freunde und Nachbarn Schüsseln und Auflaufformen mit Essen vorbeigebracht. Der Anrufbeantworter hatte Dutzende Nachrichten mit Hilfsangeboten und Beileidsbekundungen gespeichert. Es war unglaublich deprimierend, hier zu sein.

Das Zischen der Flammen hinter sich bemerkte sie kaum. Sie starrte Charlie an, der auf dem Sofa saß und zugleich ängstlich und wütend wirkte.

„Wo seid ihr gewesen?", wollte er wissen und funkelte Jai böse an. Dann sprang er auf und kam auf Ari zu. Ganz dicht vor ihr blieb er stehen, sodass Ari den Kopf in den Nacken legen musste, um ihn ansehen zu können. Trotz ihrer Unfähigkeit, Temperaturunterschiede wahrzunehmen, spürte sie Charlies Körperwärme – wahrscheinlich war er ihr einfach so vertraut.

„Wir waren in der Wohnung, die mein Dad mir vermacht hat", sagte sie und fuhr sich über die Stirn. Sie bekam Kopfschmerzen.

Charlie strich über ihren Arm. „Geht's dir gut?"

Sie machte einen kleinen Schritt zurück, ohne zu offensichtlich zu sein. Charlie war in den letzten Tagen immer für sie da gewesen; er war ein wirklich guter Freund. Außerdem hatte seine Mutter – wie einige der anderen Nachbarn auch – immer für sie gekocht, damit sie sich nicht auch noch ums Essen kümmern musste. Trotzdem war Ari noch immer wütend auf Charlie. Vielleicht war sie inzwischen sogar noch wütender. Und dennoch – ganz gleich, wie böse sie auf ihn war, verletzen wollte sie ihn auf keinen Fall. Ari betrachtete seine Hand, die er nun sinken ließ. Ein Tattoo? Seit wann hatte er das denn? Ihr Blick wanderte zu seinem Gesicht, und plötzlich wusste sie, warum er so anders aussah. Er hatte sein schönes langes Haar abschneiden lassen. „Du hast eine neue Frisur."

Charlie zuckte mit den Schultern. „Fällt es dir auch schon auf?"

Sofort bekam Ari ein schlechtes Gewissen, und das ärgerte sie. „Ich war in letzter Zeit irgendwie abgelenkt", stieß sie, ohne nachzudenken, hervor.

Charlie wurde blass, und Ari sah aus dem Augenwinkel, dass Jai drohend einen Schritt auf ihn zuging. „Ich wollte nicht … O Scheiße … Tut mir leid."

Doch Ari ignorierte seine Entschuldigung und sah sich nur missmutig die neue Tätowierung an. War sie wütend auf ihn, weil er ihr ein schlechtes Gewissen gemacht hatte oder weil er sich ein Tattoo stechen lassen hatte, ohne ihr davon zu erzählen? *O Gott, hoffentlich nicht!* Sie musste sich wirklich zusammenreißen. „Was bedeutet das Tattoo an deinem Handgelenk?"

Bei ihrer Frage musste Charlie erst einmal tief Luft holen. Verstohlen wechselte er einen wachsamen Blick mit Jai. Ari sah die beiden finster an. Was war denn das schon wieder für eine Geheimniskrämerei?

Schließlich seufzte Charlie. „Es bedeutet ‚Gerechtigkeit' auf Arabisch."

Mit einem Schlag war Aris schlechtes Gewissen weg. Stattdessen war die Wut zurück. Ari funkelte Charlie an. Es würde immer so weitergehen mit Charlie, und absolut nichts würde sich jemals ändern. Mikes Tod würde immer alles beeinflussen, was er tat. Ari machte auf dem Absatz kehrt und verschwand in Richtung Treppe.

„Ari, warte!", rief Charlie ihr frustriert und verärgert hinterher. „Irgendwann musst du mit mir reden!"

Aber Ari stürmte schon die Treppe hinauf.

Morgen war die Beerdigung – doch als ob das nicht schon schlimm genug wäre, reihte sich in ihrem Leben eine Katastrophe an die nächste. Ari ließ sich aufs Bett fallen und weinte hemmungslos …

Das hier war nicht ihr Zimmer. Stirnrunzelnd ging Ari über den Boden aus schwarzem Marmor. In der Mitte des Zimmers stand das größte Bett, das sie je gesehen hatte. Es wirkte orientalisch, war mit farbenfroher Seide und Samt bezogen. Das Zimmer selbst war riesig, aber bis auf das Bett vollkommen leer. In einer der Felswände bemerkte Ari einen Durchgang, jedoch ohne Tür. Der Durchgang führte auf einen

Balkon, der frei in der sternenübersäten Nacht zu hängen schien. Eine wunderschöne optische Täuschung.

Hinter ihr flog plötzlich eine Doppeltür auf. Ari wich einen Schritt zurück. Herein kam die atemberaubend schöne, schwarzhaarige Dschinniya, die Ari bereits kannte. Diesmal allerdings hatte sie eine normale menschliche Größe. Ihre Haare fielen ihr über den Rücken, und Juwelen funkelten auf ihrer Stirn. Ihr Kleid umfloss sie, als wäre der seidige Stoff flüssig. Goldene Spangen hielten es an den Schultern zusammen, und unten hatte es Schlitze, um die nötige Beinfreiheit zu gewähren. Ihre wohlgeformten Schenkel waren mit goldfarbenen Wellen bemalt, die sich über die Knie das Bein hinaufschlängelten. Sie sah aus wie eine exotische Königin.

„Ich werde mich nicht bei ihm entschuldigen, Bruder!", schimpfte sie.

Jetzt erkannte Ari hinter ihr den Dschinn wieder, der gerade hereinkam. Sein ebenfalls schwarzes Haar war zu einem Zopf geflochten, das schöne Gesicht blickte finster drein, war dieses Mal allerdings unversehrt.

„Das musst du aber", warnte er die Dschinniya. „Du hast dich aufgeführt wie ein dummes, ungezogenes Kind."

Sie wirbelte herum, und aus ihren Augen schienen Flammen zu schlagen. „Er hat sich geweigert, mich mit der mir gebührenden Hochachtung zu behandeln!"

„Das hattest du nicht verdient", antwortete der Dschinn ruhig.

„Nicht verdient?", rief sie aufgebracht, und das Kerzenlicht flackerte ängstlich. „Ich habe ihm Geschenke gemacht, die niemand sonst besitzt!"

„Du hast bei anderen Männern gelegen. Du sprichst vor unseren Brüdern auf höchst respektlose Art mit ihm. Und während du *dankbar* sein solltest, stellst du *Ansprüche*."

Tränen liefen ihr über die Wangen. „Dann bist du also auf seiner Seite?"

„Er ist unser Gebieter. Er war gut zu uns."

„Er ist selbstsüchtig! Er könnte uns so viel mehr geben ... Aber er weigert sich."

„Du würdest nur missbrauchen, was du bekommst. Das ist ihm bewusst."

„Hast du kein Vertrauen zu mir, Bruder?"

Der Dschinn lächelte und wischte ihre Tränen fort. „Ich vertraue deiner Habgier voll und ganz."

Unvermittelt schrie die Dschinniya auf ...

Ari zuckte zusammen, und ihre Ohren schmerzten. Der Raum verdunkelte sich, und plötzlich spürte Ari etwas Weiches unter sich. Seufzend begriff sie, dass der Schmerz nicht echt gewesen war. Sie schlug die Augen auf. Es war ein Traum gewesen. Wieder hatte sie von diesen Dschinn geträumt.

Wer mochten sie sein?

Der Wecker ihres Smartphones klingelte. Ari griff nach dem Telefon und stellte ihn ab. Durch die Fenster fiel graues Morgenlicht herein, das noch nicht die Kraft besaß, die dunklen Schatten aus dem Zimmer zu vertreiben.

Es sah nach Regen aus.

Als wollte der Himmel ihr sein Mitgefühl zeigen.

Heute war der Tag der Beerdigung.

7. KAPITEL

WENN DER BLAUE HIMMEL VERBRANNT IST, IST ES DANN NOCH IMMER DERSELBE HIMMEL?

Der Himmel über Ari schien ihren Schmerz zu spüren und kleidete sich in dunkles Grau.

An diesem Morgen war sie so lange im Bett geblieben, wie es ging, und hatte sich all die Veränderungen in ihrem Leben noch einmal durch den Kopf gehen lassen: die Wahrheit über Charlie, die er ihr verraten hatte, ohne es zu merken; die Wahrheit über Jai; die Wahrheit über ihren Dad und über den Mord an ihm. Man hatte sie gegen ihren Willen wieder in die Welt der Dschinn gezerrt. Nichts davon war ihr echt vorgekommen – bis auf Jai vielleicht. Doch dann war Derek ins Koma gefallen und alles, was scheinbar reine Fantasie gewesen war, hatte sich auf einmal als bittere Realität herausgestellt. Ari hatte mit einem Schlag keine klare Sicht mehr auf ihr Leben gehabt. Die Wirklichkeit war irgendwie verschwommen gewesen … Weil der White King mit ihnen gespielt hatte – so ruhig, so abwartend –, hatte sie die Gefahr nicht gesehen und sich in Sicherheit gewähnt. Das war ein Irrtum gewesen. Sie war die Beute, eine Gejagte. Erst jetzt begriff Ari die volle Tragweite dieser Erkenntnis. All diese Wahrheiten hatten sie verändert. Und sie sah alles ganz klar.

Alles fühlte sich anders an.

Nichts war mehr wie zuvor.

Ihr altes Leben war für immer vorbei.

Jetzt wurde es Zeit, dem Jäger durch List und Tücke zu entwischen und ihm nicht, wie er es erwartete, in die Hände zu spielen.

Ari sah zu Charlie, der in seiner schwarzen Kleidung blass wirkte. Er suchte ihren Blick, wollte ihr mit den Augen stumm Mut zusprechen. Aber Ari stellte erschrocken fest, dass er für sie plötzlich ein Fremder war.

Nichts war mehr wie zuvor.

Durch die neu gewonnene Klarheit glaubte Ari, dass sie Charlie zum ersten Mal wirklich sah. Sie sah, was er getan hatte und wozu er geworden war.

Er war nicht mehr der Junge, den sie geliebt hatte.

Eine Welle des Schmerzes erfasste sie, und sie sah schnell weg. Ihr Blick streifte die schwarz gekleideten Trauergäste und blieb schließlich an einem blauen Augenpaar hängen. Rachel erwiderte flehentlich ihren Blick. In Gedanken hörte Ari ihre Stimme: *„Du bist in den Charlie Creagh verliebt, der sechzehn Jahre alt ist, gut aussieht und sein Leben im Griff hat. Den gibt es allerdings nicht mehr. Es tut mir leid, aber er ist nicht mehr da."*

Ari schluckte. Wie recht Rachel doch gehabt hatte! Wieso hat es erst so weit kommen müssen, damit ich das begreife, dachte Ari und schämte sich dafür, wie sie ihre Freundin behandelt hatte. Dann ließ sie den Blick weiter zu einer Gestalt wandern, die in einiger Entfernung wartete. Er stand neben einem schwarzen SUV, den er sich aus L. A. herbeigezaubert hatte.

Jai.

Auch er hatte sie belogen. Ari dachte an die letzten Tage und an alles, was passiert war. Die vielen Informationen, die er ihr vorenthalten hatte. Was er auf Geheiß des Red Kings unerwähnt gelassen hatte, damit sie ihre Kräfte aktivierte. Die Konsequenzen. Doch genau wie Charlie war er ihr nicht von der Seite gewichen, als sie ihn gebraucht hatte. Er hatte sie getröstet und unterstützt. Was hatte das zu bedeuten? Konnte sie ihm vertrauen?

Vielleicht. Vielleicht aber auch nicht. Vielleicht durfte sie selbst ihrem Onkel nichts glauben.

Doch wem konnte sie dann noch trauen?

Dir selbst, flüsterte ihre innere Stimme sanft. Ari straffte die Schultern und spürte, wie eine ungekannte Energie sie durchströmte, die sich selbst durch ihre bittere Trauer kämpfte. Es war an der Zeit, erwachsen zu werden. Sich auf sich selbst zu verlassen. Sie musste aufhören, die Einsamkeit zu fürchten, und sie stattdessen als Freundin umarmen, als Wächterin und Beschützerin.

Denn vor ihr lag noch ein langer Kampf.

Das war nun das Ende. Die Beerdigung war vorbei. Derek lag in seinem Grab, und nur eine Handvoll Leute waren gekommen. Ein beschämendes Zeugnis für sein Leben. Ein paar Arbeitskollegen, ein paar Nachbarn. Charlies Mutter. Rachel, Staci, A. J. und ihre Eltern. In gewisser Hinsicht war Ari froh darüber. Hätte sie sich jetzt noch einmal bei jemandem für sein Erscheinen bei der Beerdigung bedanken müssen, hätte sie wahrscheinlich die Nerven verloren. Und die seltsamen Blicke, mit denen die Anwesenden sie bedachten, hatte sie auch satt. Hatten die Leute erwartet, dass sie am Sarg ihres Vaters zusammenbrechen würde?

Nein. Doch vielleicht hätten sie mit ein paar Tränen gerechnet.

Tja, den Wunsch konnte Ari ihnen leider nicht erfüllen. Schon in den Tagen zuvor hatte sie alle ihre Tränen um Derek vergossen. Und sie hatte keine Lust, sich in ein schluchzendes Häuflein Elend zu verwandeln, nur damit gewisse, völlig unwichtige Leute auch glaubten, dass sein Tod ihr etwas ausmachte. Stattdessen hatte sie beschlossen, distanziert und würdevoll aufzutreten.

Nachdem sie noch einem der Trauergäste erklärt hatte, dass es keinen Leichenschmaus geben würde, drehte sie sich um und folgte mit gesenktem Kopf Charlie, der zu Jai ging.

„Ari?", erklang eine sanfte Stimme.

Aris Herz zog sich zusammen. Vor ihr standen Rachel und Staci. In Stacis Augen schimmerten Tränen. Hinter den beiden wartete mit etwas Abstand A.J. O nein! Das ertrug sie im Moment nicht. Weder jetzt noch irgendwann.

Sie räusperte sich und war ausnahmsweise mal froh, dass Charlie in der Nähe war. „Danke, dass ihr gekommen seid." Ihre Stimme klang ungerührt und vollkommen gefühllos. Irgendwie schaffte sie es, sich nicht panisch umzublicken, um zu sehen, ob sich vielleicht irgendwelche Spione des White Kings hinter den Grabsteinen versteckten und sie beobachteten. Sie musste ihre Freunde so gleichgültig wie nur möglich behandeln – denn sonst waren sie, weil sie ihr nahestanden, als Nächstes an der Reihe. Nein, das würde sie nicht zulassen. Den Gefallen würde sie dem White King nicht tun. Sie würde ihre Freunde beschützen – selbst wenn die sie dafür hassten.

Rachel runzelte die Stirn, als Ari sie so formell begrüßte. „Natürlich sind wir gekommen. Und wir haben dir auf den Anrufbeantworter gesprochen. Wir waren auch bei dir, aber Charlie und dieser Typ da", Rachel zeigte auf Jai, „haben uns mitgeteilt, dass du niemanden sehen willst." Mit leicht zusammengekniffenen Augen musterte sie Jai. „Wer ist das, Ari?" Staci stieß Rachel an, und die wurde blass. „Oh, tut mir leid. Ist ja auch egal. Und … Und ich wollte mich für das entschuldigen, was im Krankenhaus passiert ist."

Ari zuckte mit den Schultern. „Musst du nicht."

„Du bist bestimmt unglaublich wütend auf die Ärzte, weil sie nicht bemerkt haben, dass er ein Aneurysma hatte, und ihn einfach entlassen haben, oder?"

„Sie wollten nicht, dass Dad das Krankenhaus verlässt. Niemand trägt die Schuld an dem, was passiert ist." Ari verschluckte sich fast an dieser Lüge.

Vorsichtig machte Staci einen Schritt auf Ari zu. „Brauchst du irgendwas?", fragte sie, und ihre Stimme brach. Ari musste sich sehr zusammenreißen, um sie nicht in den Arm zu nehmen. „Sollen wir dich nach Hause begleiten?"

„Ich soll dir von meiner Mom ausrichten, dass du, wenn du willst, so lange bei uns bleiben kannst, wie du möchtest." Rachel zeigte zu ihrer Mutter, die mit ihrem Vater beim Auto stand.

„Richte ihr bitte aus, dass das sehr lieb ist, aber mir geht es gut. Ich komme schon zurecht. Ich melde mich." Mit dieser letzten Lüge ließ Ari die beiden stehen, ergriff Charlies Hand und ließ sich von ihm zum Wagen führen. Falls er überrascht darüber war, dass sie ihn anfasste, zeigte er es zumindest nicht. Stattdessen warf er den beiden Mädchen über die Schulter hinweg noch einen abweisenden Blick zu, damit sie ihnen auf keinen Fall folgten. Ari war übel. Richtig, richtig übel. Sie fürchtete fast, sich auf einen der Grabsteine übergeben zu müssen. Rachel und Staci würden sie nie wiedersehen. Die beiden würden glauben, dass sie aus purer Selbstsucht ohne Erklärung aus ihrem Leben verschwunden wäre, und sie würden sie dafür hassen.

„Ari", flüsterte Charlie und drückte ihre Hand. „Atme."

Zitternd holte sie Luft und nickte Jai zu.

„Ist alles in Ordnung?", fragte ihr Bodyguard leise.

„Dafür werden wir sorgen", antwortete Charlie mit so viel Nachdruck, dass Ari ihm fast geglaubt hätte.

Wenigstens war ihr nicht mehr so schlecht. Sie ließ Charlies Hand los und stieg in den SUV. Die beiden Männer stiegen ebenfalls ein, und Jai startete den Wagen.

Den Weg zurück in die Stadt legten die drei schweigend zurück. Der Friedhof lag am südlichen Stadtrand. Statt den direkten Weg nach Hause zurück zu nehmen, beschloss Jai, sich von den anderen Trauergästen abzusetzen und lieber über den leeren Highway zwischen Fairmont Woods und dem nordwestlichen Ende von Sandford Ridge zu fahren. Der Highway lag einsam vor ihnen, der Himmel war grau, und Ari musste sich zusammenreißen, um nicht in trüben Gedanken zu versinken. Sie sah aus dem Fenster und ließ den Wald an sich vorbeiziehen. Hinter ihr rutschte Charlie unruhig auf seinem Sitz hin und her. Die beiden Jungs waren unsicher, wie sie mit ihr umgehen sollten, aber im Moment war ihr das völlig egal.

„Was zum …" Jais leise Frage riss Ari aus ihren Grübeleien.

Ein paar Hundert Meter vor ihnen waberte dichter Nebel, der sich ihnen in einem unnatürlichen Tempo näherte.

„Was ist denn da los?", wollte Charlie wissen und nahm damit Ari die Worte aus dem Mund.

Eine böse Vorahnung ließ ihr Herz schneller schlagen. Da stimmte etwas nicht. „Jai?"

In dem Moment fing der Motor des SUV an zu stottern, ehe der Wagen unvermittelt stehen blieb. Jai fluchte und schnallte sich ab, während das Auto auf der Straße im Nebel stand und sich nicht mehr rührte. „Ihr bleibt hier", befahl Jai und sprang aus dem Fahrzeug, bevor Ari widersprechen konnte.

Was ging da nur vor? Sie suchte Charlies Blick. Aber Charlie starrte durch die Frontscheibe nach draußen. Jai ging zur Kühlerhaube des Autos und legte den Kopf schräg, als würde er auf ein Geräusch lauschen. Ari ertrug das Warten nicht länger und wollte nach Jai rufen, damit er wieder einstieg. Plötzlich tauchten aus dem Nichts zwei Arme auf, packten Jai und rissen ihn in den Nebel.

Ari unterdrückte einen Schreckensschrei und schob die Autotür auf. Ihr Zorn ließ sie aus dem Wagen springen, bevor Charlie sie davon abhalten konnte. Das Klappen einer Wagentür sagte ihr, dass Charlie ebenfalls in den dichten Nebel hinausgetreten war. Sie konnte nichts sehen. Alles war weiß.

„Jai!", schrie Ari und wirbelte erschrocken herum, als sie Schritte hörte.

Jai!

Ari, steig sofort wieder ein! Sie hörte seine wütende Stimme in ihrem Kopf widerhallen.

Das sind keine Dschinn! Andernfalls hätte sie es gespürt. *Was sind das für Wesen?*

Menschen. Ich habe einen erwischt, aber er ist wieder abgehauen. Ich kann absolut nichts sehen. Und jetzt steig gefälligst wieder ein!

Ich kann nicht! Ich kann auch nichts sehen!

Ich lasse den Nebel verschwinden. Ich muss nu... Jai verstummte, und Ari drehte sich ängstlich um.

Jai? Jai!

Keine Antwort.

War ihm etwas passiert? Allein der Gedanke zwang Ari fast in die Knie. Nein, das war einfach zu viel!

Ist es nicht! Tu was, bring das in Ordnung! Das sind nur Menschen!

Wieso waren auf einmal Menschen hinter ihr her? Und dann dieser Nebel? Ari streckte die Hand in den Nebel und spürte ein Prickeln von Magie. Ihre Angreifer mochten Menschen sein, aber dahinter steckte ein Dschinn. Der White King. Ari verzog verächtlich das Gesicht, und aus ihrer Wut wurde Entschlossenheit. Jai hatte ihr erklärt, dass der Mantellus und der Rest der Verteidigungszauber aus ihr selbst entsprangen, aus ihrem ureigenen Wesen – wie der Schild einer Schildkröte, wie die Haut des Chamäleons, die die Farbe wechseln konnte. Es würde keine schlimmen Konsequenzen haben, wenn sie sich verteidigte. Und dieser Nebel war eindeutig eine Bedrohung. Ari konzentrierte sich auf ihn, auf die Luft, auf die Straße und beschwor einen kräftigen Wind herauf, der den Nebel Richtung Norden blies.

Zufrieden beobachtete sie, wie der Wind den Nebel auflöste, zerriss und davontrieb.

Doch das gute Gefühl verflog in der Sekunde, als sie die Straße wieder erkennen konnte. Zwischen ihr und Charlie befand sich der SUV. Und vor dem Wagen standen sechs kräftige Männer, die eine Kette bildeten und sie anstarrten.

Die Kerle sahen aus wie Söldner. Vor ihnen auf dem Boden saß zusammengekauert eine vertraute Gestalt. Ari betrachtete Jai, konnte aber auf den ersten Blick keine Verletzungen erkennen. Doch wieso saß Jai nur da und sah sie an wie betäubt? In dem Moment bemerkte sie die Spritze in der Hand eines der Angreifer. „Was habt ihr mit ihm gemacht?", wollte sie wissen und machte einen Schritt auf ihn zu. Das gespielte Selbstbewusstsein in ihrer Stimme sollte ihre Angst überspielen. Die sechs Kerle waren Menschen. Sie besaß keine Macht über sie. Der Red King hatte recht gehabt – sie musste dringend Selbstverteidigung trainieren!

Der kräftige Kerl zuckte mit den breiten Schultern. O Gott, alle sechs waren die reinsten Muskelprotze. „Ich habe ihm eine kräftige Dosis einer Droge verpasst, die einen guten Schuss Harmal enthält!"

Ari schüttelte verwirrt den Kopf. „Harmal?"

Der Mann schnaubte verächtlich. „Mann, du hast ja wirklich gar keine Ahnung! Mit Harmal wehrt man Dschinn ab. Die Mischung, die er bekommen hat, reicht aus, um ihn für eine ganze Weile außer Gefecht zu setzen."

„Jai", flüsterte Ari und wollte sich ihm nähern.

„Ari, bleib stehen!", rief Charlie. Sie drehte sich um und sah, wie er sich die Anzugjacke auszog. Er starrte ihre sechs Angreifer so furchtlos an, dass er nicht mehr wie ein Teenager wirkte, sondern wie ein muskulöser, erwachsener Mann. Trotzdem hatte Ari Angst um ihn. Um sie alle beide. Ohne Jai hatten sie nicht den Hauch einer Chance.

Sie schüttelte den Kopf. „Charlie, mach jetzt ..." ... *keine Dummheiten.*

Dem Kerl mit der Spritze wurde klar, dass Charlie angreifen wollte. Er nickte den anderen Männern zu. „Schnappt euch die Kleine. Schnell!"

Die Männer kamen auf Ari zu. Sie konnte nicht mehr klar denken, Adrenalin rauschte durch ihre Adern und schaltete ihren Verstand aus. Genau das rettete sie. Ari konzentrierte sich und spürte, wie magische Energie in ihre Hände strömte. Ihre Handflächen leuchteten golden. Sie schleuderte den Kerlen die Energie entgegen, um sie von den Füßen zu reißen. Weil Ari noch keine große Erfahrung mit Verteidigungsmagie hatte, geriet ihr Angriff nicht druckvoll genug, und nur drei der sechs Angreifer gingen tatsächlich zu Boden. Die anderen gerieten nur kurz ins Taumeln, fanden ihr Gleichgewicht jedoch schnell wieder.

Das reichte nicht, Ari brauchte Verstärkung. Also rutschte sie mit den Füßen voran über die Motorhaube des SUV und landete neben Charlie. Er zog sie sofort hinter sich und ignorierte ihren Protest. Zwei der Kerle kamen auf Charlie zu, der ihnen ein paar Schritte entgegenging. Der Größere der beiden holte aus, und Charlie duckte sich, während er seinem Angreifer gleichzeitig einen Schlag in die Magengrube versetzte. Der andere Typ wollte ihm einen Tritt verpassen. Charlie hob die Hand, und Ari konnte sehen, wie seine Magie sie leuchten ließ. Der Fuß des Kerls prallte dagegen. Als hätte der Mann versucht, gegen eine Betonmauer zu treten, taumelte er und fiel um.

Genauso überrascht über seine magischen Fähigkeiten bemerkte Charlie die Faust nicht, die im nächsten Moment auf seinem Kinn landete. Er schwankte. Schnell kam Ari ihm zu Hilfe und versetzte dem Angreifer einen magischen Schlag ins Gesicht.

Inzwischen hatte Charlie sich wieder gefangen und nahm sich den zweiten Angreifer vor. Gemeinsam verpassten Ari und Charlie den Mistkerlen ein paar magische Kinnhaken.

Inzwischen hatten sich die anderen drei Männer jedoch aufgerappelt und machten sich zum Angriff bereit. So hatte Ari es schnell mit einem neuen Gegner zu tun, nachdem sie mit dem ersten fertig war.

Anscheinend war Charlies Magie schwächer als ihre, denn er ermüdete schneller als sie. Bei ihm sah es so aus, als müsste er Kraft aufbringen, um die Magie heraufzubeschwören. Das war wahrscheinlich der Grund dafür, dass es einem der Kerle nun gelang, Charlies Verteidigung zu durchbrechen. Der Angreifer rammte Charlie das Knie in den Magen. Einen Moment lang sah es so aus, als müsste Charlie sich übergeben. Er wurde leichenblass und krümmte sich vor Schmerzen. Ari wollte ihm helfen und übersah den Mann, der sich von hinten an sie herangeschlichen hatte. Er schlug ihr hart auf den Kopf. Einen Moment lang wurde ihr so schwarz vor Augen, als hätte jemand das Licht ausgeknipst. Ein stechender Schmerz durchzuckte sie vom Hals bis hinunter in die Beine.

Dann spürte sie etwas Hartes im Rücken, und das Licht ging wieder an. Warum konnte sie den Himmel über sich sehen?

Wer ist das? Jemand beugte sich über sie, und sie erblickte ein grinsendes Gesicht. Grobe Hände schoben ihren Rock hoch. „Meister Dalí kann es kaum erwarten, dich zu sehen", stieß der Mann hervor und drückte ihre Schenkel, dass es schmerzte, bevor er ihre Handgelenke ergriff. „Ich kann ihn gut verstehen."

Ein Adrenalinschub brachte Ari zurück in die Realität und verlieh ihr neue Kraft. Sie befreite sich, obwohl ihr Gegner mit aller Macht versuchte, ihre Arme auf den Boden zu drücken. *Die Kerle greifen dich an, Ari!* Sie ignorierte den Schmerz in ihrem Kopf. Sobald sie einen Arm aus der Umklammerung gelöst hatte, knallte sie dem Kerl ihren Ellbogen ins Gesicht. Der Mann heulte auf. Mit aller Macht stieß Ari ihn von sich. Sie kroch über ihn hinweg und wollte sich gerade aufrappeln, als starke Arme sie zurückzogen. Die Hände ihres Gegners waren wie Schraubstöcke. Im nächsten Moment lag Ari wieder auf dem harten Asphalt des Highways.

„Gib mir das Harmal!", schrie eine raue Stimme über ihr.

Nein! Sie wand sich und konzentrierte ihre Zauberkraft auf den Mann hinter dem Kerl, der sie festhielt. Gleich darauf hörte sie ihn röcheln und verzweifelt nach Luft ringen. Ari entzog ihm den Sauerstoff aus der Luft. Würde das irgendwelche Konsequenzen haben? Der kurze Zweifel reichte, und ihre Magie versiegte.

„Schnell ... sie will mich umbringen ..."

Charlie? Wo war Charlie?

„O Scheiße!"

Als hätte sie ihn heraufbeschworen, hörte sie plötzlich zwei dumpfe Schläge. Die Arme ließen sie los.

Schnell zog Charlie sie auf die Füße, und Ari taumelte gegen seine starke Brust. Besorgt sah Charlie sie an. „Geht's dir gut?"

Sie schüttelte den Kopf. „Ich muss lernen, richtig zu kämpfen."

Mit hochgezogenen Augenbrauen betrachtete Charlie die am Boden liegenden Männer. „Für den Anfang hast du dich ganz ordentlich geschlagen."

„‚Ganz ordentlich' reicht aber nicht."

Ari war unendlich erleichtert, Jais Stimme zu hören. Schnell löste sie sich aus Charlies Umarmung und drehte sich um. Jai kam auf sie zu.

„Wie geht es dir?" Ari ging ihm auf unsicheren Beinen entgegen.

Jai machte ein so ernstes Gesicht, dass sie erstarrte. „Mir geht es gut. Mir ist noch ein bisschen schwindlig, aber ansonsten geht es mir gut. Die Zusammensetzung von dem Zeug, das sie mir gespritzt haben, sollten die Jungs noch mal überarbeiten. Lange hat mich das nicht lahmgelegt." Er sah die beiden anderen an. „Ich habe keine Ahnung, was hier passiert ist. Wir müssen so schnell wie möglich zurück und dem Red King Bescheid geben. Das war …"

„Merkwürdig?", beendete Charlie Jais Satz und stieß mit dem Fuß gegen das Bein eines der am Boden Liegenden. „Ich meine, das sind gewöhnliche Menschen."

„Einer von denen hat vorhin etwas zu mir gesagt ..." Ari musterte den Mann, dem sie die Nase gebrochen hatte. Charlie hatte ihn dann endgültig außer Gefecht gesetzt. Mann, kam sie sich nutzlos vor. „Er hat gesagt: ‚Meister Dalí kann es kaum erwarten, dich zu sehen.'"

Jais Miene verfinsterte sich. „Von einem Dalí habe ich noch nie gehört. Aber dass er ihn ‚Meister' nennt und dann dieser Nebel ..."

„Ein Dschinn?"

„Auf jeden Fall. Charlie, hilf mir mal eben, die Typen von der Straße zu schleppen."

Missmutig beobachtete Ari, wie Charlie sich einen der Bewusstlosen über die Schulter warf. „Hey, ich kann auch helfen!"

Jai ging mit einem der Männer an ihr vorbei und zeigte auf den Wagen. „Steig ein. Ich bin sowieso schon wütend auf dich, weil du überhaupt ausgestiegen bist."

Heißer Zorn durchfuhr Ari. „Ich bin ein großes Mädchen und entscheide allein, was ich tue."

„Steig ein, Ari!", brüllte Charlie jetzt, und seine Augen funkelten zornig.

Mit offenem Mund und hochrot starrte Ari die beiden Männer in ihrem Leben an. Dann machte sie auf dem Absatz kehrt und stürmte wütend wie ein kleines Kind zurück zum Wagen. „Eindeutig zu viel Testosteron, blöde Neandertaler, immer nur herumkommandieren, bescheuerte Idioten ...", flüsterte sie vor sich hin, bis Jai und Charlie die Straße geräumt hatten. Charlie kletterte auf den Beifahrersitz, während Jai draußen die Hand auf die Motorhaube des Wagens legte. Der SUV sprang sofort an. Dann stieg auch Jai ein. Man sah ihm an, dass er richtig schlechte Laune hatte – wahrscheinlich, weil die Kerle ihn kampfunfähig gemacht hatten.

Keiner der drei sagte ein Wort. Die Rückfahrt war nicht gerade angenehm. Kopfschüttelnd dachte Ari daran, dass sie heute ihren Dad beerdigt hatte. Es kam ihr vor, als wäre es schon eine halbe Ewigkeit her.

8. KAPITEL

DER REGEN REICHT MIR NICHT, ICH WILL AUCH BLITZE

Gut, sein Vater hatte also mit dem Aufenthaltsort des Siegels recht gehabt. Und er hatte, was den Dschinn-Bodyguard anging, ebenfalls recht gehabt. Einen völlig ahnungslosen Zauberschüler hatte er allerdings nicht erwähnt. Es war natürlich möglich, dass der Gleaming King nichts von ihm wusste. Dalí seufzte und ließ die neue Harmal-Mischung, mit der er gerade experimentierte, im Reagenzglas kreisen. Aufgewühlt lehnte er sich auf seinem Stuhl zurück und musste sich beherrschen, um das Röhrchen in seiner Wut nicht gegen die Wand zu schleudern. Eigentlich hatte er geglaubt, das Anti-Dschinn-Serum würde inzwischen perfekt funktionieren. Es sollte nicht einfach nur die Magie unschädlich machen, sondern den Dschinn richtig betäuben. Aber dieser Ginnaye war viel zu schnell wieder zu sich gekommen. Also wieder zurück ins Labor und alles noch mal von vorn. Nachdem sein Team von der gescheiterten Mission „Entführt das Siegel" zurückgekommen war, hatte er seine Heiler und Wissenschaftler sofort wieder an die Arbeit geschickt. Sie sollten so schnell wie möglich mit ihren Versuchen an den beiden menschlich lebenden Dschinn fortfahren. Geduld war noch nie seine Stärke gewesen. In diesem besonderen Fall galt das sogar doppelt: Allein der Gedanke daran, dass jemand wie Ari Johnson mit der Macht des Siegels frei herumlief, machte ihn verrückt. Er musste sie haben.

Der White King hatte bestimmt seine Gründe dafür, warum er das Siegel unter seine Kontrolle bringen wollte. Und Dalí musste sich fragen, ob mehr dahintersteckte, als alle anderen vermuteten. Ja, natürlich, es gab diesen „Krieg". Aber trotzdem führten die Dschinn-Könige immer noch ein sehr angenehmes Leben. Das wusste zweifelsohne auch der White King. Doch die eigene Tochter durch Gewalt zu unterjochen, um ihre Macht für seine Zwecke zu benutzen? Dalí schüttelte den Kopf. Andererseits waren nicht alle Sieben Könige so wie *sein* Vater, der immer sehr warmherzig mit ihm umging. Liebevoll sogar. Selbst wenn er sich allen anderen gegenüber von seiner schlechten Seite zeigte. Die Dschinn-Könige mussten sich sehr bewusst für ein Kind entscheiden, damit ihre Nachkommen geboren wurden. Soweit Dalí bekannt war, hatte er höchstens eine Handvoll Halbgeschwister. Getroffen hatte er allerdings noch keinen von ihnen. Dennoch wusste er, dass der Gleaming King nicht nur ihn, sondern alle seine Kinder liebte. Deshalb entschloss er sich von Zeit zu Zeit wieder, Vater zu werden. Dalí war sich ziemlich sicher, dass sein Vater ihn nicht dafür bestrafen würde, was er gerade tat. Und falls er dabei erfolgreich sein sollte, würde der Gleaming King ihn zu sehr fürchten, um sein Handeln zu hinterfragen.

Dalí lächelte zufrieden und spürte wieder diesen Machthunger, der ihm innewohnte. Versonnen berührte er seine Talisman-Kette mit dem schwarzen Gagat-Stein. Dann zauberte er sich ein Glas Wasser herbei, trank gierig und stellte sich vor, es wäre Aris Blut. Das Blut der Macht.

Aufgebracht schlug er mit der Faust auf den Tisch. Warum dauerte das so lange im Labor? Er musste diese Ari haben! Und zwar jetzt!

Sohn! Die Stimme des Gleaming Kings hallte in seinem Kopf wider. *Ich wünsche, dich in Mount Qaf zu sprechen.*

Nur wenige mischblütige Dschinn wurden mit dem Talent der Telepathie geboren. Doch als Sohn eines Dschinn-Königs trug Dalí mehr Magie in sich als das durchschnittliche Mischblut. Vielleicht wollte er genau deshalb noch viel mehr davon.

Er hatte echte Dschinn immer beneidet – so wie diesen verdammten Ginnaye, der ihm heute die Entführung vermasselt hatte. Aber zumindest einen Vorteil hatten Mischblüter: Sie waren nicht so leicht aufzuspüren. Weil sie keine starke magische Energie in sich trugen, waren sie viel schwerer von normalen Menschen zu unterscheiden und fielen kaum auf. Es war schon schwierig genug, einen Dschinn zu finden, der nicht gefunden werden wollte, solange er nicht gerade gegen eines der Dschinn-Gesetze verstoßen hatte. Dalí hingegen …

Er hatte seinem Vater nichts von seiner neuesten Operation erzählt. Allerdings schien der es nun doch herausgefunden zu haben. Dalí würde dem Befehl seines Vaters nicht nachkommen. Wenn er Ari erst in seiner Gewalt hatte, wäre alles andere nicht mehr von Bedeutung. Weder Liebe noch Loyalität oder Schuldgefühle.

Es zählte nur noch die Macht.

9. KAPITEL

DIESES HERZ IST SCHON GEBROCHEN – SUCH DIR EIN ANDERES

Jai hatte sie alle drei mit einem Schutzzauber belegt, damit sie es unbeschadet ins Haus schafften. Sie rannten den Weg vom Auto bis zur Tür und atmeten erst erleichtert auf, als sie im Haus waren. Jai lehnte sich gegen die Tür, schloss die Augen und rang nach Luft. Ari bemerkte, wie blass er aussah. Die Magie hatte ihn erschöpft.

Bevor sie fragen konnte, ob alles in Ordnung war, stellten sich ihr die Nackenhaare auf. Sie spürte die Anwesenheit eines Dschinns. Ari wirbelte herum, stellte jedoch beruhigt fest, dass der Red King in ihrem Wohnzimmer stand und kein neuer Angreifer. Sie bemerkte, dass er schon wieder aufgeräumt hatte, und musste schmunzeln. Ihr Onkel war ein richtiger Putzteufel.

„Hallo." Ari nickte ihm zu.

Er musterte erst Ari, dann Charlie und Jai. „Ich wollte eigentlich wissen, wie es Ari geht. Aber wie ich sehe, ist etwas passiert. Was ist los?"

Jai straffte die Schultern und trat zum Red King. „Wir sind von Menschen angegriffen worden. Es waren sechs Männer. Und sie waren hinter Ari her."

„Wie bitte?", fragte der Red King verwirrt. Er machte einen Schritt zurück, und sein langes Haar schwang hin und her. „O Mann, das darf doch nicht wahr sein. Wir haben wirklich schon genug Probleme."

„Wir kennen den Namen des Auftraggebers", erklärte Jai. „Die Männer nannten ihn Meister Dalí."

Der Gesichtsausdruck des Red Kings wirkte mit einem Mal wie versteinert. „Habt ihr euch da auch nicht verhört?"

Jai blickte Ari an. „Das hat er doch gesagt, oder?"

Ari war immer noch wütend auf Jai und Charlie, weil die beiden sie zuvor so herablassend behandelt hatten. Nach allem, was sie an diesem Tag durchgemacht hatte, hätten die Jungs ruhig etwas sensibler mit ihr umgehen können. „Ach, komme ich jetzt auch mal wieder zu Wort?", erkundigte sie sich sarkastisch.

Jais Blick verfinsterte sich. „Ari", sagte er warnend.

„Habe ich irgendetwas nicht mitbekommen?", erkundigte sich der Dschinn-König und runzelte die Stirn.

„Ach, nichts Wichtiges. Nur, dass die beiden hier mich behandelt haben wie ein Kleinkind. Und das an einem Tag, an dem ich so etwas nicht gebrauchen kann."

„Ich habe dir gesagt, du sollst im Wagen bleiben, und du bist trotzdem ausgestiegen. Du hast nicht gehorcht", verteidigte Jai sich aufgebracht.

Ari wurde vor Wut heiss, und ihre Wangen glühten. „*Nicht gehorcht?*"

„Ich habe den Auftrag, dich zu beschützen. Wenn du nicht tust, was ich dir sage, kann ich meinen Job nicht machen."

„Und was ist mit dem da?" Ari hatte unwillkürlich die Stimme erhoben und drehte sich nun zu Charlie um. „Siehst du das etwa genauso?"

Charlie hob beschwichtigend die Hände. „Ich wollte nur, dass du im Auto bleibst, damit du in Sicherheit bist."

Wollten die beiden sie jetzt in Watte packen? Ari kam sich unnütz, unfähig, überflüssig vor. Mit einem Mal ergriff sie etwas Düsteres, Dunkles. „Muss ich euch etwa daran erinnern, wer von uns dreien die grösste Macht hat?", fragte sie wütend und ohne nachzudenken. „Wozu ich in der Lage bin?" Ari erkannte sich selbst nicht wieder – es kam ihr fast so vor, als wäre es gar nicht sie, die da sprach. Dennoch genoss sie in diesem Moment, welche Kräfte in ihr schlummerten. Kräfte, die sie jederzeit einsetzen konnte. Sie sah zwischen Jai und Charlie hin und her. Erst als sie Jais entsetzten Blick bemerkte, nahm sie sich zusammen. Diese unerklärliche, düstere Wut, die aus dem Nichts gekommen war, verrauchte, und Ari fühlte sich auf einmal schwach. Sie sank aufs Sofa.

„Ari?", fragte Jai leise und machte vorsichtig einen Schritt auf sie zu.

Plötzlich schämte sie sich. „Das habe ich eben nicht so gemeint ... Ich ... Ich weiß auch nicht ..." Hilfe suchend sah sie ihren Onkel an.

„Das Siegel", flüsterte er. „Deine Kräfte suchen in allen Reichen und Dimensionen ihresgleichen – sie sind einzigartig. Sie sind eigentlich nicht dafür gedacht, im Körper eines Dschinn zu wohnen. Deshalb musst du mit der Zeit lernen, diese Magie zu beherrschen, sonst beherrscht sie dich."

Zitternd nickte Ari. Sie wagte es nicht, den drei Männern zu sagen, wie sich die Kraft des Siegels eben in ihr angefühlt hatte. Diese Kraft war wie ein Wesen, das in ihr lebte, aber nicht zu ihr gehörte und über das sie keinerlei Kontrolle besaß. Dieses Wesen hatte zwar mit ihrer Stimme gesprochen, es waren jedoch nicht ihre Worte gewesen.

Charlie stand hinter der Couch und drückte tröstend Aris Schulter. Dankbar schmiegte sie kurz die Wange an seine Hand.

Das seltsame Gefühl hatte nur Sekunden gedauert. Sie könnte es kontrollieren. Sie musste daran glauben, die Macht des Siegels beherrschen zu können.

„Alles klar!" Ari verdrängte ihre Ängste. „Was ist denn nun mit diesem Dalí? Weißt du, wer das ist?"

Der Red King nickte. „Ja, ich glaube schon. Aber ich muss mir erst Sicherheit verschaffen. Ich komme bald zurück. In der Zwischenzeit belege ich das Haus mit einem Schutzzauber. Der wird nicht ewig halten, doch bis ich wieder hier bin, wird es reichen."

„Danke", sagte Ari und meinte es aufrichtig. Sie konnte auch ihrem Onkel nicht vollständig vertrauen, aber im Moment schien er der Einzige zu sein, der wusste, was er tat.

„Ach ja." Er machte einen Schritt auf sie zu. „Eines noch: Ich habe deinem Poltergeist, dem Ifrit, erlaubt, zurück ins Haus zu kommen, um zu helfen, dich zu beschützen."

„Dem Ifrit?" Jai runzelte die Stirn und verschränkte die Arme vor der Brust.

Ari hingegen lächelte. „Miss Maggie?", fragte sie hoffnungsvoll. Den Poltergeist wieder um sich zu haben würde ihr helfen, sich im Haus trotz allem geborgen zu fühlen.

„Ari ist diese Dschinniya wichtig. Sie wird alles tun, um sie zu beschützen. Allerdings wird sie sich weiter durch den Mantellus verbergen. Warum sie sich nicht zeigen will, weiß ich nicht. Aber ich sehe darin kein Problem mehr. Ari kann Dschinn-Präsenzen ja inzwischen fühlen. Wenn du allein sein willst, kannst du Miss Maggie einfach bitten, das Zimmer zu verlassen."

„Ich bin mir nicht sicher, ob das eine gute Idee ist", sagte Jai kopfschüttelnd.

„Ich bin auch nicht begeistert davon", pflichtete Charlie ihm bei. „Die Vorstellung, dass eine unsichtbare Tussi hier rumschwebt, ohne dass wir sie sehen können, finde ich ziemlich unangenehm."

„Mag sein, aber das ist nicht eure Entscheidung." Der Red King zuckte mit den Schultern. „Wenn Ari sie in ihrer Nähe haben möchte, bleibt sie."

Darüber musste Ari gar nicht erst nachdenken. „Und ob ich will." Ari freute sich aufrichtig über Miss Maggies Rückkehr, und Jais und Charlies genervte Gesichter waren das Tüpfelchen auf dem i. Die Rache dafür, dass die beiden sie ständig herumkommandierten.

Jai wusste, dass er den Kampf verloren hatte, und sah den Red King an. „Bevor Sie gehen, muss ich Ihnen noch etwas sagen: Die Typen hatten eine neue Droge dabei, mit der man Dschinn außer Gefecht setzen kann. Der Hauptbestandteil ist Harmal."

„Nur zur Abwehr?" Aris Onkel runzelte verwirrt die Stirn.

„Was auch immer sie zusätzlich hineinmischen – das Zeug wirkt anders als reines Harmal. Es dient *nicht* nur zur Abwehr. Mein ganzer Körper war lahmgelegt. Ich konnte zwar hören und sehen, was vor sich ging, aber ich konnte mich nicht rühren. Als hätte man mich betäubt. Noch scheint die Zusammensetzung der Droge nicht ausgereift zu sein, denn ich war nach ein paar Minuten wieder fit. Doch ich könnte schwören, dass diese Leute weiter daran arbeiten. Und wenn das Mittel erst mal in Umlauf kommt …"

Der Dschinn-König stöhnte auf, als er das hörte. „Da habe ich ja einiges zu tun. Ich bin bald wieder zurück." Damit löste er sich in eine wunderschöne Flammenwolke auf, die in allen Farben des Regenbogens leuchtete. Jai, Charlie und Ari blieben allein zurück.

Kurz darauf nahm Ari die Anwesenheit eines Dschinns im Zimmer wahr. Miss Maggie war zurück.

„Macht es dir wirklich nichts aus, eine unsichtbare Geistertussi im Haus zu beherbergen?", fragte Charlie, als ob er ihre Präsenz ebenfalls fühlen könnte.

„Nenn sie nicht ‚Tussi'", erwiderte Ari verärgert.

„Gut. Aber nur, wenn ich dafür unter vier Augen mit dir reden kann."

Ari warf Jai einen Blick zu. Ihr Bodyguard schien keine Einwände zu haben. Er setzte sich aufs Sofa und zauberte sich ein Buch herbei. Was er da heute las, interessierte Ari nicht. Dafür war sie noch viel zu wütend auf ihn.

„Ich werde mich nicht entschuldigen", sagte er, ohne aufzublicken.

Gedankenleser. Sie nutzte ihre telepathischen Kräfte.

Kleinkind.

Idiot.

Er seufzte. *Reicht es nicht, dass du heute schon eine unse-*

rer Regeln gebrochen hast, Ari? Und jetzt gleich die nächste!
Nun sah er sie doch an. In seinem Blick standen eine Wärme und Sanftheit, mit denen sie nicht gerechnet hätte. *Ich will mich nicht mit dir streiten. Nicht heute.*
Dann entschuldige dich.
Es gibt nichts, wofür ich mich entschuldigen müsste. Du hast dich einer Anweisung widersetzt und wärst fast entführt worden.

„Verdammt", schimpfte Charlie. „Würdet ihr beide mal fünf Minuten mit dem dämlichen Telepathiemist aufhören, damit Ari und ich uns in Ruhe unterhalten können?"

„Sag das Ari", antwortete Jai und lehnte sich zurück. „Aber vielleicht will sie ja gar nicht reden, Kleiner. Sie hatte einen harten Tag."

Bevor Charlie sich auf ihn stürzen konnte, weil er ihn schon wieder „Kleiner" genannt hatte, legte Ari ihm die Hand auf den Arm. „Ist schon gut. Lass uns reden." Damit drehte sie sich um, ohne Jai, den Idioten, noch eines Blickes zu würdigen, und ging nach oben.

Sobald sie die Tür ihres Zimmers geöffnet hatte, spürte sie Miss Maggies Nähe. „Schön, dass du zurück bist, Miss Maggie." Sie lächelte traurig.

Der Stuhl vor ihrem Computertisch quietschte – wahrscheinlich war das Miss Maggies Art, ihr zu antworten. Ari fühlte sich so schrecklich einsam, dass sie sich am liebsten in die unsichtbaren Arme ihres Poltergeists geworfen hätte. Miss Maggie konnte Gestalt annehmen, wenn sie wollte. Ob sie es tun würde, um Ari in die Arme zu schließen und zu trösten?

Langsam wirst du wirklich merkwürdig. Das ist ja schon krankhaft. Ari schüttelte über sich selbst den Kopf. Einen Geist umarmen zu wollen! Sie verwandelte sich langsam, aber sicher in eine tragische Figur aus einem düsteren Charles-Dickens-Roman.

„Ich weiß, dass du gerade erst wiedergekommen bist, Miss Maggie. Aber könntest du Charlie und mich trotzdem allein lassen, damit wir ungestört miteinander reden können?"

Drei Sekunden später schloss sich die Zimmertür, und Ari fühlte, wie sich die Energie der Dschinniya die Treppe hinab entfernte. Die Vorstellung, dass Jai jetzt von Miss Maggie beobachtet wurde, ohne dass er etwas davon mitbekam, heiterte Ari etwas auf. Die Gegenwart anderer Dschinn zu spüren, die sich durch den Mantellus verbargen, war eine von Aris individuellen Fähigkeiten. Es war Teil ihrer Kräfte als Siegel. Soweit sie wusste, konnten andere Dschinn das nicht.

Charlie beäugte die geschlossene Tür. Mit hochgezogenen Augenbrauen drehte er sich zu Ari um. Sein Gesicht war noch immer schmutzig vom Kampf mit den Angreifern. „Und das findest du nicht unheimlich?"

Ari zuckte die Achseln. „Nein." Das stimmte. Miss Maggie hatte auf sie eher eine beruhigende, tröstliche Wirkung.

„Okay." Er schüttelte den Kopf und sah sie an. Seine dunklen Augen und dieser Blick verfehlten ihre Wirkung auf Ari nicht. Sie kämpfte mit sich, weil sie trotzdem immer noch wütend auf ihn war. „Geht es dir gut, Ari? Du hast heute einiges mitgemacht."

„Es wird langsam besser."

„Ich wollte dich vorhin nicht anbrüllen. Ich … Ich habe mir nur Sorgen um dich gemacht."

Sie nickte. Trotzdem war sie noch nicht bereit, ihm zu verzeihen. Als sie seine Enttäuschung über ihre kühle Reaktion bemerkte, seufzte sie. Warum nur war es für sie anscheinend unmöglich, Distanz zu ihm zu wahren? „Ich bin froh, dass du da warst. Ich brauchte dich. Das mit Rachel und Staci war hart für mich … Und dann noch der Überfall. Na ja, ich bin wirklich dankbar für deine Unterstützung." Bei jedem Wort, das sie ausgesprochen hatte, war Charlie ihr näher gekommen. Jetzt sah er sie auf diese verwirrende Art an und versuchte plötzlich, sie zu küssen. Ari wich aus und trat einen Schritt zurück. Die Härte und die Wut des Siegels, dieses düstere Gefühl, das sie vorhin so überwältigt hatte, kehrte mit einem Schlag wieder zurück. Stärker dieses Mal. Ihr Gesichtsausdruck war eisig.

Verunsichert blinzelte Charlie. „Was ist denn jetzt los?"

„Du scheinst auf einmal zu glauben, dass du und ich …"

Er strich sich durchs Haar. „Aber sind wir das denn nicht?" Er unterbrach sich, als er ihre Miene bemerkte. „Ich wollte mich nur mit dir vertragen. Dass wir nicht mehr … Na ja, darauf wäre ich nie gekommen."

Ari schüttelte den Kopf und zwang sich, ruhig zu sein, auf Abstand zu bleiben und die eisige Fassade aufrechtzuerhalten. Sie brauchte diese eiskalte Ruhe. Zum ersten Mal in ihrem Leben wollte sie sie mehr als den Jungen, der vor ihr stand. „Ich mag dich, Charlie, daran wird sich auch nie etwas ändern. Doch ich will nicht mit dir zusammen sein." Sie wartete, bis er die Worte begriffen hatte, und fügte leise hinzu: „Lass uns bitte einfach Freunde bleiben, okay?"

Als sie den Schmerz in seinen Augen entdeckte und hörte, wie ihm der Atem stockte, hätte das die eiskalte Fassade beinahe zum Einsturz gebracht. Doch der Gedanke daran, was sie verloren hatte und was ihr Dad ihr vor seinem Tod gesagt hatte, ging ihr nicht aus dem Kopf. Und so hielt sie an der eisigen Fassade fest.

„Verdammt, Ari." Charlie ließ sich aufs Bett fallen. „Ich verstehe das nicht … Ich dachte, du würdest dir das genauso sehr wünschen wie ich."

Sie nickte, erinnerte sich an ihre schreckliche Sehnsucht nach ihm und wie sehr er ihr wehgetan hatte. „Das war auch so."

Charlie ließ den Kopf sinken, und sie schwiegen unbehaglich. Als er sie wieder anschaute, schimmerten Tränen in seinen Augen.

Ari ballte die Hände zu Fäusten. „Auf meiner Geburtstagsparty habe ich gesehen, wie du im Bett meines Dads mit einer anderen geschlafen hast."

Geschockt riss Charlie die Augen auf und schüttelte den Kopf. „Ich war total betrunken an dem Abend, Ari. Es war Mikes Todestag, und ich war so durcheinander, ich kann mich nicht mal … Es tut mir leid, Ari, aber ich kann mich nicht mal daran erinnern …"

Sie hob die Hand, um ihn zu unterbrechen. „Ich habe dir das nicht erzählt, damit du ein schlechtes Gewissen bekommst. Ich …" Sie seufzte. „Ich war verletzt. Es tat weh. Aber ich … Ich habe nicht wirklich reagiert. Und Rachel sagte mir auf den Kopf zu, dass ich nicht in dich verliebt wäre."

„Und? Hatte sie damit recht?", fragte er heiser. Am liebsten hätte Ari ihm dafür eine Ohrfeige verpasst, dass er so selbstsüchtig war. Ihn interessierte nur, ob sie genug für ihn empfunden hatte, dass seine Affären ihr das Herz gebrochen hatten.

„Ja und nein. Ich habe nicht reagiert. Ich habe nicht reagiert, weil ich nach all deinen Eskapaden schon ziemlich abgestumpft war. Ich habe es schlicht hingenommen, dass du mich immer wieder verletzt."

Verzweifelt sah er sie an. Wartete er darauf, dass sie ihm verzieh? Er stand auf und kam ihr so nahe, dass Ari seinen Duft wahrnehmen konnte, der so viele Erinnerungen zurückbrachte. Erinnerungen an ihre Liebe zu einem Jungen, der selbstsüchtig und kaputt gewesen war. Falsch: der *noch immer* selbstsüchtig und kaputt war.

„Kannst du mir mal sagen, was nicht mit mir stimmt, dass ich mir immer und immer wieder von demselben Menschen wehtun lasse, Charlie? Einem Menschen, der nicht mal kapiert, was er da tut?"

„Ich habe dir doch gesagt, dass ich versucht habe, dich zu schützen. Du solltest dich von mir fernhalten. Ich wollte dich nicht mit runterziehen."

„Aber du hast mich nie losgelassen!", rief sie traurig und frustriert. „Mit der einen Hand hast du mich weggestoßen und mit der anderen wieder an dich gezogen!"

Einen Augenblick sah es so aus, als ob er ihr widersprechen wollte. Doch dann schüttelte er nur den Kopf und warf ihr einen gequälten Blick zu. „Ich … Ich weiß." Er strich ihr über den Arm, und Ari wurde unter seiner Berührung heiß und kalt. „Ich war egoistisch und grausam. Aber ich liebe dich,

Ari. Ich wollte dich beschützen und war gleichzeitig zu egoistisch, um dich ganz zu verlieren. Ich habe immer gehofft, dass es mir eines Tages wieder besser gehen und dass ich dann gut genug für dich sein würde. Am meisten Angst hatte ich davor, irgendwann aufzuwachen und festzustellen, dass du nicht mehr da bist."

Ari hatte zwei Jahre lang darauf gewartet, genau das von ihm zu hören.

Und jetzt war es zu spät.

Sie ging auf Abstand zu ihm, damit er sie nicht mehr anfassen konnte. Weil er es immer noch schaffte, dass sie sich nach ihm sehnte. Ganz gleich, ob ihr Verstand gerade anders entschieden hatte. „Und welche Ausrede hast du jetzt, Charlie? Ich habe dir ausdrücklich gesagt, dass ich nicht will, dass du Teil dieser kranken Dschinn-Welt wirst. Aber du hast nichts Besseres zu tun, als bei der ersten sich bietenden Gelegenheit deine Seele zu verkaufen!"

Charlies Stimmung schlug um. Er wurde wütend und verschränkte die Arme vor der Brust. In seinem Zorn wirkte er auf einmal viel größer und bekam etwas Bedrohliches. „Das hat nichts mit dir und mir zu tun."

„Spinnst du? Natürlich hat es das! Du wusstest ganz genau, dass ich absolut dagegen bin. Ich wollte nichts mehr, als diese Welt der Magie hinter mir zu lassen, aber du musstest unbedingt ein Teil davon werden. Wenn ich dir wirklich so viel bedeutet habe, warum hast du dich dann an eine Welt gebunden, die ich hasse?"

„Ich ..."

„Lass es gut sein, Charlie. Ich kenne die Antwort." Sie schüttelte den Kopf und versuchte, die eisige Fassade zu erhalten, damit der Schmerz, dass er sie nicht genug liebte, ihr nicht noch weiteren Schaden zufügen konnte. „Du willst deine Rache – und zwar sehr viel mehr, als du mich jemals wollen wirst."

„Das ist nicht wahr." Er schüttelte heftig den Kopf. Plötzlich sah er Ari entschlossen an, zog sie an sich und küsste sie, bevor sie sich groß wehren konnte. Der Kuss war so leidenschaftlich, dass ihr die Knie zitterten. Aris Körper spielte ihr einen Streich und weigerte sich schlicht, etwas dagegen zu unternehmen. Sie erwiderte Charlies Kuss, drängte sich an ihn, schmiegte sich an seine breite Brust und spürte, wie seine muskulösen Arme sie umfingen. Er legte eine Hand auf ihre Hüfte und zog sie noch näher an sich, stöhnte, als Ari die Lippen öffnete, und er ihre erwachende Leidenschaft fühlte.

Moment mal!

Ari begriff mit einem Mal, dass sie schon wieder nachgab. Mit aller Kraft schob sie Charlie von sich. Ihre Dschinn-Energie ließ ihre Fingerspitzen leuchten. Sie war jederzeit bereit, sich falls nötig auch mit Magie gegen ihn zu verteidigen.

Charlie taumelte zurück und rang nach Atem. „Erzähl mir nicht, ich würde dich nicht wollen."

Doch Ari hatte sich wieder im Griff und schüttelte entschlossen den Kopf. „Ich habe nie gesagt, dass du mich nicht willst. Ich habe gesagt, dass deine Rache dir viel wichtiger ist, als ich es je sein kann."

„Das sind zwei vollkommen verschiedene Dinge. Ich begreife nicht mal ... Ach, du machst das alles viel komplizierter, als es ist."

„Nein. Du hast alles verkompliziert, indem du dich in einen Zauberer hast verwandeln lassen."

„Na und?" Er wurde wieder wütend. „Und was heißt das? Dann sind wir also wirklich nicht ..."

Ari schüttelte den Kopf. Ihr Herz klopfte, und sie musste allen Mut zusammennehmen, um zu sagen, was gesagt werden musste. „Ich will nicht mit dir zusammen sein, Charlie. Ich mag dich, aber der Junge, den ich *geliebt* habe, ist vor langer Zeit gestorben ..."

„Nein." Er hob abwehrend die Hände. „Gefühle kann man doch nicht einfach abstellen."

„Ich stelle gar nichts ab. Du hast mich zu sehr und zu oft verletzt." Ihre Augen füllten sich mit Tränen, als ihre alten Unsicherheiten mit Macht zurückkehrten, vermischt mit den letzten Worten ihres Dads. „Ich will dich als Freund nicht verlieren – ehrlich nicht. Aber um dich als Mann zu lieben, fehlt mir inzwischen das Vertrauen."

Es dauerte fünf angespannte, furchtbare Minuten, bis der

tief getroffene Charlie etwas darauf erwiderte. „Was in letzter Zeit passiert ist, war zu viel für dich, Ari. Die Dschinn. Dein Dad. Und ich. Natürlich streite ich nicht ab, dass du mit dem, was du über mich sagst, recht hast. Damit muss ich leben. Ich bin bereit, dir die Zeit zu geben, die du brauchst. Und ich werde für dich da sein. Ich lasse dich mit dem ganzen Mist nicht allein." Er kam einen Schritt näher und fügte leiser hinzu: „Aber ich gebe nicht auf. Eines Tages, ob nun nächste Woche, nächstes Jahr oder vielleicht auch erst in zehn Jahren, wirst du bereit sein, dich wieder auf mich einzulassen. Ich kann warten, Ari. Und wenn es für immer sein muss. Ich werde warten." Damit ging er an ihr vorbei aus dem Zimmer, und als er sie streifte, überlief Ari ein Schauer.

Und wenn es für immer sein muss.

„Für immer ist eine verdammt lange Zeit."

10. KAPITEL

BITTER SCHMECKT DER BETRUG
DES VERBÜNDETEN

Bruder, was für eine wunderbare Überraschung!" Der Gleaming King grinste den Red King an, als der vor die kleine Empore trat.

Um seinen Bruder zu ärgern, sah sich der Red King mit gespieltem Hochmut in dem kleinen Thronsaal um. Er betrachtete die halb nackten Tänzerinnen zu Füßen des Gleaming Kings und lächelte verächtlich. „Dein Geschmack hat sich nicht verbessert."

Wütend sprang sein Bruder auf und landete geräuschlos direkt vor dem Red King. Sein unerbittlicher Blick schien ihn zu durchbohren. Der Red King hoffte fast, dass sein Bruder ihn gleich angreifen würde. Ein Kampf mit Gleaming, wie seine Brüder ihn nannten, versprach aufregend zu werden.

„Bist du nur hierhergekommen, um mich zu beleidigen, Red?", schleuderte er ihm entgegen, spannte seine beeindruckenden Muskeln an und ballte die Hände zu Fäusten.

„Nein, Bruder, ich bin hier, weil ich wissen will, wo sich dein Sohn aufhält."

Gleaming trat einen Schritt zurück und machte ein nachdenkliches Gesicht. *Welcher Sohn? Und warum interessierst du dich für ihn?* Er stellte die Frage telepathisch, damit niemand mithören konnte.

Dalí.

Der Red King war nicht überrascht, als er sah, wie ein liebevoller Ausdruck in die Augen seines Bruders trat. In seinem Reich und auch in allen anderen war bekannt, dass Gleaming nur fünf Wesen liebte – und diese fünf waren seine Kinder. *Mit welchem seiner Geniestreiche hat mein brillanter Junge deine Aufmerksamkeit erregt?*

Der Red King ließ sich nicht durch das unschuldige Lächeln seines Bruders täuschen. Er verschränkte die Arme vor der Brust. *Das weißt du ganz genau.* Seine Wut über den Angriff auf Ari sprach aus jeder Silbe.

Gleaming zuckte mit den Schultern. *Möglich, dass ich ihm gegenüber das Siegel erwähnt habe. Mir war nicht bewusst, dass es ein Geheimnis ist.*

Spielst du gern den Idioten, Bruder?

Vorsicht, Red! Du bist hier in meinem Reich, in meinem Palast!

Dein Sohn hat das Siegel überfallen.

Aha. Gleaming nickte, und seine Augen funkelten amüsiert. *Ich dachte mir schon, dass er es deshalb so eilig hatte, mein Reich zu verlassen. Er war ganz aufgeregt. Mein Junge ist der Meinung, er könnte das Siegel bezwingen? Ach, ist er nicht ein Prachtkerl?*

Der Red King rang den Impuls nieder, seinem Bruder an die Gurgel zu gehen. Er verschränkte die Hände hinter dem Rücken und vermisste seine Jeans, die er gegen eine Lederhose getauscht hatte, ehe er nach Mount Qaf gekommen war. So konnte er die Hände nicht einfach in die Taschen schieben, damit er sie nicht aus Versehen doch noch um Gleamings Hals legte. Mit diesem Bruder war er noch nie ausgekommen. In der Regel reichte ein Lächeln von Gleaming, damit er die Wände hochging. Als Kinder hatten sie sich oft gestritten, und der Red King vermutete stark, dass Gleaming damit angefangen hatte, sich an Tagen in das Schicksal der Bedeutenden einzumischen, auf die er keinen Anspruch besaß.

Wo ist er?

Ich weiß es nicht, Red. Er ignoriert meine Versuche, Kontakt zu ihm aufzunehmen. Gleaming runzelte die Stirn. *Das sieht ihm nicht ähnlich. Es wird nicht leicht für dich werden, Dali aufzuspüren. Er verfügt über stärkere Kräfte, als er auch nur ahnt, und ist wie alle Mischblüter sehr schwer zu fassen.* Er lachte. *Der kleine Mistkerl hat mir eine falsche Adresse gegeben. Er vertraut nicht einmal seinem eigenen Vater. Ich bin so stolz auf ihn!*

Der Red King verdrehte die Augen. *Du bist ja nicht normal.*

Danke! Gleaming kicherte, als er den Gesichtsausdruck seines Bruders bemerkte. *Tu nicht so, Red. Du bist selbst ein eiskalter Verräter, eine widerliche Schmeißfliege. Wenn ich es nicht besser wüsste, könnte ich glatt denken, du hättest dein Herz für das Siegel entdeckt. Aber du würdest der Kleinen, ohne zu zögern, das Messer in den Rücken rammen, wenn unser Vater es dir befehlen würde.*

Es flackerte gefährlich in den Augen des Red Kings, die in einer vollkommen unnatürlichen Farbe zu leuchten begannen. Er schob beiseite, dass sein Bruder mit dieser Bemerkung vollkommen recht hatte, und versuchte, an Gleamings Loyalität zu appellieren. *Der White King wird nicht gerade erfreut sein, dass Dalí hinter dem Siegel her ist.*

Leider erreichte er damit nicht die erhoffte Reaktion, denn Gleaming zuckte lediglich mit den Schultern. *Ich kann meinen Sohn so wenig kontrollieren wie White seine Tochter.*

Weil offensichtlich war, dass sein Bruder ihm nicht weiterhelfen würde, verschwand der Red King ohne ein weiteres Wort mittels des Peripatos. Er war frustriert und wusste, dass er die Sache mit seinem Vater besprechen musste. In einem der Empfangszimmer in Azazils Palast trat er aus den Flammen. Es erstaunte ihn, dass sein Vater sich hier aufhielt und nicht im Thronsaal. Und noch mehr überraschte ihn, was der White King aus dem früher sehr eleganten Salon gemacht hatte. Der Raum hatte sich in eine düstere Folterkammer verwandelt. Der Red King blinzelte, damit seine Augen sich an das schummerige Kerzenlicht gewöhnten, und verbeugte sich tief vor seinem Vater. Neben dem über zwei Meter großen Sultan wirkte sein menschliches Opfer winzig. Azazil hielt eine blutige Klinge in der Hand. Sein nackter Oberkörper war ebenfalls blutverschmiert, und das Blut tropfte auf seine maßgeschneiderte Hose. Das lange schlohweiße Haar hatte Azazil zu einem Zopf zusammengebunden, der ihm über den Rücken fiel, damit es nicht im Weg war. Neben ihm stand etwas, das aussah wie eine Vogeltränke. Der Red King atmete tief ein. Heißer Teer. Ein Blick auf den an einem Kreuz festgebundenen Menschen bestätigte das. Der Teer hatte sich in die Haut des Mannes gebrannt, der mit Prellungen und Schnittwunden übersät war. Er war unnatürlich blass. Vor Schmerzen war er ohnmächtig geworden. Der Red King überlegte ungerührt, was dieser Mensch verbrochen haben mochte.

„Er hat einen Dschinn der unteren Ränge getötet", antwortete Azazil, und seine Stimme hallte im Raum von den nun kahlen Wänden wider.

Azazil ließ das Messer auf eine Bank fallen, auf der sich noch weitere Folterinstrumente befanden, und kam zu seinem Sohn. Nicht viele Leute, ganz gleich ob Mensch oder Dschinn, überragten den Red King, doch selbst in menschlicher Gestalt war Azazil ein Riese. „Die Dschinniya war seine Nachbarin. Sie hat seine Tochter getötet, weil sie über ihre Gemüsebeete getrampelt ist. Also hat dieser Mensch aus

Rache die Dschinniya umgebracht. Und das hier ...", er zeigte auf den Ohnmächtigen, „... ist *meine* Rache." Ein zutiefst böses Lächeln umspielte seine Lippen.

Verwirrt sagte der Red King: „Aber sonst überlässt du die Bestrafung von Verurteilten doch den Shaitanen, mein Gebieter."

„Ja, aber heute war mir langweilig."

„Das wird sich gleich ändern, Vater."

„Ach ja?" Azazil grinste. Aus dem Nichts tauchte ein feuchtes Handtuch vor ihm auf. Er nahm es und wischte sich das Blut ab. „Geht es etwa um Gleamings habgieriges kleines Mischblut und meine Enkelin?"

Dem Red King entging nicht, dass sein Vater Gleamings Sohn nur „das Mischblut", Whites Tochter aber seine „Enkelin" genannt hatte. „Dann weißt du bereits, dass Dalí hinter ihr her ist? Was können wir dagegen unternehmen?"

„Nichts", brummte Azazil, warf das Handtuch in die Luft und verwandelte es in Asche, die in der Luft glitzerte. „Die Dinge müssen ihren vorgeschriebenen Lauf nehmen."

„Weißt du auch über diese neue Droge Bescheid? Die Harmal-Mischung, die der Zauberer hergestellt hat?" Er erklärte Azazil schnell, was mit Jai passiert war.

Als er geendet hatte, herrschte eine Weile Stille, die nur durch das leise Wimmern des langsam zu sich kommenden Menschen am Kreuz unterbrochen wurde. Schließlich strich

Azazil sich gedankenverloren übers Kinn und seufzte. „Unternimm nichts gegen ihn. Du weißt, dass ich Familienmitgliedern nichts antue", erklärte er sanft.

Was für eine Lüge, dachte der Red King verbittert, bevor er sich selbst rügte. Das war nicht der richtige Moment, um wütend auf seinen Vater zu sein. Er stand auf Azazils Seite. Seine Loyalität gehörte allein ihm und niemandem sonst. Andererseits war da noch Ari …

„Meinst du damit, dass ich nicht *persönlich* einschreiten soll, Vater?"

Azazil lächelte wissend. „Du möchtest ihr helfen?"

Der Red King hielt es für besser, darauf zu schweigen. Sollte Azazil doch seine eigenen Schlussfolgerungen ziehen.

„Schön." Azazil wedelte mit der Hand, die mit dicken, mit Juwelen besetzten Ringen geschmückt war. „Aber halte mich auf dem Laufenden." Seine Augen funkelten gefährlich. „Wir sollten bald wieder reden, mein Sohn."

11. KAPITEL

WAS BLEIBT IM STURM DER VERÄNDERUNG?

Das Wohnzimmer schien geschrumpft zu sein. Es war auf einmal so eng in dem Raum, dass ihm kaum Luft zum Atmen blieb. Wie habe ich mich nur in diese Lage gebracht, überlegte Jai genervt. Die Stimmung, besonders zwischen Ari und Charlie, war mehr als angespannt. Es war unerträglich. Jai hatte unfreiwillig einen Teil der Unterhaltung der beiden mit angehört, weil Ari geschrien hatte.

Verstohlen beobachtete er, wie sie gedankenverloren einen Faden von einem Kissen abzupfte, das auf ihrem Sessel lag. Sie war blass und presste die Lippen aufeinander.

Der Tod ihres Vaters hatte sie verändert. Was Derek zu ihr gesagt hatte, bevor er gestorben war, hatte Ari tief getroffen. Das war offensichtlich. Und nun war Jai wütend auf einen Toten, was schwierig war, weil es sich ja eigentlich nicht gehörte. Warum hatte Derek ihr diese Dinge noch mitgeteilt? Selbst wenn sie der Wahrheit entsprachen, welchen Zweck hatte er damit verfolgt? Hatte er vielleicht nur endlich ehrlich zu ihr sein wollen? Derek hatte damit sein Gewissen erleichtert, Ari aber das Herz gebrochen. Das verdiente sie alles nicht. Und sie verdiente auch etwas Besseres als Charlie. Zumindest das schien sie schließlich eingesehen zu haben.

Oder ist die schmerzliche Wahrheit möglicherweise doch genau das, was Ari braucht? Jai runzelte die Stirn. Jedenfalls konnte sie jetzt sehen, wie zerstörerisch Charlies Rachedurst womöglich war und dass ihm seine Vergeltung immer wichtiger sein würde als sie. Vorhin, als Ari und Charlie wieder heruntergekommen waren, hätte auch ein Blinder bemerkt, was zwischen den beiden passiert war. Ari hatte den romantischen Gefühlen zwischen ihnen den Todesstoß versetzt. Eigentlich hätte Jai sich darüber nicht freuen dürfen – aber er tat es trotzdem. Mit finsterer Miene senkte er den Kopf. Es machte ihm Sorgen, dass er seine eigenen Emotionen nicht mehr im Griff zu haben schien. Das war undiszipliniert.

Andererseits spielte es auch keine Rolle. Ari war nicht nur wütend auf Charlie, sie war auch wütend auf ihn, weil er sie „herumkommandiert" hatte, wie sie es ausdrückte. Doch er war ebenso wütend.

Bei dem Überfall hätte er ihretwegen fast einen Herzanfall erlitten! Man hätte sie ergreifen, ihr etwas antun können, und er hätte nur hilflos danebengesessen. Selbstverständlich war er danach laut geworden – wen wunderte das? Aber er würde sich nicht dafür entschuldigen. Ari musste lernen, seinen Anweisungen Folge zu leisten. Sonst konnte er sie nicht beschützen. Allein die Vorstellung, dass ihr etwas passieren könnte … Jai ballte die Hände zu Fäusten und sah noch einmal zu ihr, um sich zu vergewissern, dass sie wirklich unversehrt und in einem Stück auf dem Sessel saß.

Sie trug noch immer dasselbe schwarze Kleid wie bei der Beerdigung. Nur, dass man es an ihr nicht mit Trauer in Verbindung brachte. Ihre langen, schlanken Beine, die darunter hervorschauten, zogen Jais Blick magnetisch an. Ihm wurde heiß, und sein Verlangen nach Ari war mit einem Mal beinahe unerträglich. Er schluckte. *Sie ist erst achtzehn, gerade mal achtzehn Jahre alt!* Nein, das half nicht. *Sie ist das Siegel, sie ist das Siegel.* Das brachte auch nichts.

Ich würde sie nur verletzen. Und sie hat schon genug durchgemacht.

Ja, das funktionierte. Jai sah zu Charlie, der seinen Blick finster erwiderte. Denk nicht mal daran, schien dieser Blick zu sagen. Es gefiel ihm ganz und gar nicht, dass Charlie sich so aufspielte. Jai warf ihm ein spöttisches Lächeln zu. Als Charlie es bemerkte, schien er sich auf ihn stürzen zu wollen. Die Stimmung drohte gerade endgültig zu kippen, als plötzlich Flammen emporschlugen und die Luft zu knistern begann. Im nächsten Moment stand der Red King vor ihnen.

Jai stand auf. Es war schon schlimm genug, dass der Mann deutlich größer war als er, da musste er nicht auch noch vor ihm sitzen wie ein demütiger Diener. „Gibt es Neuigkeiten,

Hoheit?" Er war zwar kein Diener, doch er zollte dem König dennoch den nötigen Respekt.

Der Red King nickte und sah zu Ari. „Dalí ist gewissermaßen ein Cousin von dir."

Jai fragte verwirrt: „Was soll das heißen?"

„Er ist ein Sohn des Gleaming Kings. Ein Mischblut."

„Ein Zauberer?" Aris Stimme klang schwach.

„Ein sehr mächtiger und intelligenter Zauberer." Der besorgte Blick des Red Kings ließ bei Jai sämtliche Alarmglocken schrillen. „Wenn Dalí sich Ari schnappen will, muss er einen Weg gefunden haben, um die Macht des Siegels zu kontrollieren. Dalí ist ein bekannter Schwarzmagier, was bedeutet, dass eine Gilde hinter ihm her ist."

„Die Gilden?", wiederholte Ari.

„Schon vergessen? Die Gilden wurden in dem Buch erwähnt, das ich dir gegeben habe", versuchte Jai, ihr auf die Sprünge zu helfen. „Die Gilden wurden vom Gilder King gegründet. Ihre Mitglieder machen Jagd auf Zauberer und beschützen Menschen vor ungerechtfertigten Dschinn-Angriffen. Wie bei den Ginnaye gibt es verschiedene Stämme der Gilden auf der ganzen Welt."

„Und eine dieser Gilden ist hinter Dalí her?"

Der Red King nickte. „Richtig. Wir müssen nur rausfinden, welche." Er warf Jai einen bedeutungsvollen Blick zu, und den Bodyguard beschlich eine böse Ahnung.

Oh, verdammt. Alles, nur das nicht! Jai unterdrückte ein Stöhnen. „Wir sollen meinen Vater fragen?" Allein bei dem Gedanken wurde ihm übel. Verdammt, verdammt, verdammt! Wütend funkelte er den Red King an – zum Teufel mit den Konsequenzen.

Doch dem Red King schien dieser Moment des Ungehorsams egal zu sein. Er erwiderte Jais Blick freundlich. „Luca Bitar unterhält exzellente Kontakte zu den Gilden. Er kann dir bestimmt weiterhelfen." Dann sah der König Ari an. „Und was dich angeht – du musst Ohio so schnell wie möglich verlassen, bevor noch mehr verrückte Dschinn herausfinden, wer du wirklich bist. Und bevor der White King begriffen hat, dass du keineswegs vorhast, dich jetzt zu rächen. Dann wird er nämlich etwas Neues probieren. Oder auch etwas Altes. Wie zum Beispiel, wieder jemanden zu beseitigen, der dir wichtig ist."

Ari wurde blass. „Wenn wir hier verschwinden und den Bitars einen Besuch abstatten, bekommt er das dann möglicherweise raus?"

Der Red King überlegte, bevor er antwortete. „Ich lege einen Zauber auf dich. Der wird allerdings nicht lange halten. Ein paar Tage höchstens. Aber es reicht immerhin, um dir eine kleine Verschnaufpause zu verschaffen. Jai soll dich und Charlie inzwischen in Selbstverteidigung unterrichten. Sobald Luca herausgefunden hat, wo die Gilde sich aufhält, solltet ihr sofort zu ihnen gehen. Sie werden Dalí ausfindig machen, bevor er euch ausfindig macht. Ach, nur damit ihr Bescheid wisst – Luca, Nicki und Tarik wissen, dass sie mit dem Leben dafür bezahlen, falls sie verraten, wer oder besser *was* Ari tatsächlich ist." Aris Onkel trat zurück und bereitete sich auf den Peripatos vor. „Ich gebe Luca Bescheid, dass ihr demnächst in die Palisades kommt."

Damit verschwand er. Jai starrte auf die nun leere Stelle, an der eben noch sein Auftraggeber vor dem Kamin gestanden hatte, und konnte seine Wut kaum beherrschen. Zornig sah er zu Ari, der er an allem die Schuld gab. Doch im nächsten Moment fiel ihm wieder ein, was Ari gerade alles durchgemacht hatte. Noch mehr Ärger brauchte sie wirklich nicht. Der Gedanke half Jai, sich wieder in den Griff zu kriegen, damit er ihr keine unberechtigten Vorwürfe machte.

„Wir nehmen den Flieger. Charlie kann den Peripatos ja nicht anwenden", erklärte Jai brummend, ohne die anderen beiden anzusehen.

„Ja, gib mir ruhig wieder die Schuld", grummelte Charlie.

Statt ihn zu schlagen, beachtete Jai ihn nicht weiter, sondern zauberte eine Reisetasche mit Charlies Klamotten herbei. Dasselbe macht er auch für Ari. „Gut, damit hätten wir gepackt. Auf geht's", erklärte er barsch. Mit versteinerter Miene stürmte er an den beiden vorbei und spürte, wie sie ihn anstarrten. „Los jetzt", schimpfte er, als sie sich nicht rührten, und öffnete die Haustür.

„Was ist denn auf einmal in den gefahren?", murmelte Charlie und nahm die Taschen.

„Lass ihn einfach in Ruhe", erwiderte Ari leise, doch Jai hörte sie trotzdem. Ihr mitfühlender Ton war zu viel für ihn. Er drehte sich um und warf ihr einen finsteren Blick zu. Er brauchte ihr Mitgefühl nicht. Warum hatte er ihr nur so viel über seine Familie erzählt? *Idiot!*

Zusammen gingen die drei zum Geländewagen, der in der Auffahrt wartete.

Jai hatte plötzlich ein richtig schlechtes Gewissen. Selbst am Tag der Beerdigung ihres Vaters war Ari noch in der Lage, Verständnis für Jais Situation aufzubringen. Und wie reagierte er darauf?

Seine Wut verrauchte etwas, und er atmete tief durch. Das hier war nicht der richtige Moment für seinen Zorn. Schließlich war er nicht mehr vierzehn, sondern ein erwachsener Mann. Es wurde Zeit, dass er sich auch so benahm. Als Jai sich umdrehte, stand Ari vor dem Haus. Tränen schimmerten in ihren Augen, als sie es nun betrachtete. Es war vielleicht das letzte Mal, dass sie ihr Zuhause sah. Jai trat zu ihr. „Hast du alles?"

Sie nickte bedächtig. „Falls ich etwas vergessen habe, kann ich es ja heraufbeschwören, oder?"

„Genau."

„Und Miss Maggie sitzt schon im Auto."

„Was?", rief Charlie aus dem SUV und blickte sich so hektisch nach dem Ifrit um, als suchte er nach einer Spinne.

Jai musste leise lachen. Als er Ari ansah, bemerkte er, dass auch sie ein wenig lächelte.

„Es stört euch doch nicht, wenn sie mitkommt, oder?"

Jai war nicht gerade begeistert. Als er Aris Zuhause das erste Mal betreten hatte, war er – genau wie Miss Maggie – durch den Mantellus verborgen gewesen. Mit der Anwesenheit eines anderen Dschinns hatte er in dem Moment nicht gerechnet. Die unsichtbare Dschinniya hatte ihn telepathisch angebrüllt, dass er sofort wieder verschwinden solle. Sie war ein echter Drachen gewesen und hatte ihn so lange telepathisch beschimpft, bis er beschlossen hatte, doch lieber draußen Posten zu beziehen, bis der Red King es ihm erlaubt hatte, sich Ari zu zeigen. Die Dschinniya tat wirklich alles, um Ari zu beschützen. Das sah auch der Red King so. Doch niemand wusste, warum sie so an Ari hing oder wer sie war. Das machte Jai misstrauisch. „Es ist schon okay, wenn du sie dabeihaben willst."

Ari und Jai sahen sich in die Augen. Der Blick dauerte etwas zu lange. Schließlich sah Jai weg und räusperte sich. Dann öffnete er die Wagentür für Ari. Als sie einstieg, seufzte sie enttäuscht. Musste sie unbedingt wie ein offenes Buch für ihn sein? Dieser Job wäre viel leichter für ihn gewesen, wenn sie nichts für ihn empfunden hätte. Dass Jai nun auch noch wusste, dass sie nicht mehr mit Charlie zusammen sein wollte, machte es nur noch schwieriger, seine eigenen Gefühle zu ignorieren.

12. KAPITEL

EIN VERBITTERTER BITAR DENKT SICH NICHTS DABEI, EIN HERZ ZU BRECHEN

Sie konnte kaum glauben, was an diesem Tag alles geschehen war. Hatte sie tatsächlich erst vor einigen Stunden ihren Dad beerdigt? War sie danach wirklich von ein paar Menschen angegriffen worden, die für einen Schwarzmagier arbeiteten, der noch dazu mit ihr verwandt war? Ari fühlte sich vollkommen ausgelaugt und erschöpft. Der Flug nach L.A. war ebenfalls anstrengend gewesen. Charlie hatte vom Flughafen aus seine Mutter angerufen und ihr eine Lüge darüber aufgetischt, warum er auf absehbare Zeit nicht nach Hause kommen würde. Er hatte ihr erzählt, dass Ari eine Pause brauche und dass sie gemeinsam mit dem Auto ein bisschen wegfahren würden. Es erübrigte sich, zu erwähnen, dass Mrs Creagh nicht begeistert davon war. Aber da Charlie achtzehn und somit volljährig war, konnte sie nichts dagegen unternehmen. Seit dem Telefonat brütete Charlie missmutig vor sich hin und hatte Ari nicht eines Blickes gewürdigt.

Was den anderen Mann in Aris Leben betraf, war es mehr als offensichtlich, wie nervös ihn die Vorstellung machte, dass Ari nun auf seine Familie treffen würde. Und nach allem, was er ihr über seine Familie erzählt hatte – auch wenn es nicht viel gewesen war –, konnte sie das absolut verstehen. Seine Familie behandelte ihn alles andere als gut. Es war furchtbar viel passiert, und nun stand sie auf einmal hier in der Eingangshalle der riesigen Villa im spanischen Stil, betrachtete einen attraktiven Mann Anfang fünfzig und fragte sich, wie zum Teufel das Leben sie hierhergeführt hatte. Nur Miss Maggies vertraute pulsierende Energie neben ihr gab ihr im Moment noch Halt und Trost.

Das Haus wirkte sehr modern und, wenn Ari ehrlich war, kalt. Über der Tür hing ein merkwürdiges abstraktes Gemälde von einer Frau. Abgesehen davon standen in der Halle mit dem Fußboden im Schachbrettmuster nur noch ein paar grüne Pflanzen ohne Blüten.

„Das sind Ari Johnson und ihr Freund Charlie Creagh", stellte Jai sie vor. Ari runzelte die Stirn. Jai klang auf einmal wieder so distanziert und professionell wie am ersten Tag. Sie musste sich zusammenreißen, um Luca Bitar höflich gegenüberzutreten. Sie mochte ihn schon aus Prinzip nicht.

Luca nickte knapp. „Schön, Sie beide kennenzulernen. Seine Hoheit, der Red King, hat uns wissen lassen, dass wir Ihren Besuch erwarten dürfen. Mein Beileid übrigens, Miss Johnson."

Normalerweise hätte Ari ihn gleich gebeten, sie beim Vornamen zu nennen. Stattdessen nickte sie flüchtig.

„Und das ist der junge Zauberer?" Luca musterte Charlie misstrauisch. Ari fühlte sich unbehaglich. Sie hatte ganz vergessen, dass Dschinn, die als Menschen lebten, alle Zauberer für Schwarzmagier hielten. Ari verspürte den Drang, sich schützend vor Charlie zu stellen, der unter Lucas Blick unwillkürlich die Hände zu Fäusten geballt hatte.

Doch zu ihrer und Charlies Überraschung kam Jai ihr zuvor. „Charlie steht unter meinem Schutz", stellte er bestimmt fest. Ari hätte ihn am liebsten umarmt. Es war toll, dass er sich, ohne zu zögern, für Charlie einsetzte, den er ja nicht einmal besonders mochte. Während sie sich darüber freute, hätte sie beinahe das Funkeln in Lucas Augen übersehen. Er war stolz auf Jai. Ja, stolz. Schnell hatte er sich wieder im Griff, aber Ari hatte sich nicht geirrt. Jai hingegen war das offenbar entgangen. Sein ganzer Körper drückte seine innere Anspannung aus. Vielleicht blendete er das Positive schlicht aus. Oder er begriff nicht, was Luca wirklich für ihn empfand. Während Luca und Jai die Lage und die nächsten notwendigen Schritte besprachen, dachte Ari über Vater und Sohn nach. Ob sie das Verhältnis der beiden vielleicht wieder in Ordnung bringen könnte?

Nein, meldete sich ihre innere Stimme wütend und ermahnte sie, sich um ihre eigenen Angelegenheiten zu kümmern. Auf keinen Fall durfte sie ihre Trauer damit verdrängen, dass sie sich in Jais Familie einmischte.

Aus dem Korridor näherten sich Schritte und rissen Ari aus ihren Gedanken. Jai und Luca unterbrachen ihr Gespräch. Eine hochgewachsene Frau stieg die Wendeltreppe herunter, kam auf sie zu und blieb neben Luca stehen. Sie musste ebenfalls Anfang bis Mitte fünfzig sein, hatte eine lange dunkle Mähne und war sehr attraktiv. Sie trug ein eng anliegendes Jeanshemd, das in einer maßgeschneiderten Hose steckte. Flache Lederstiefel vervollständigten das Outfit. Mit herablassendem Blick musterte sie Jai, Charlie und Ari.

„Die Frau meines Vaters, Nicki Bitar", stellte Jai sie tonlos vor.

Die Frau würdigte Jai keines Blickes. Wütend dachte Ari daran, was Jai ihr über Nicki erzählt hatte. Was für eine Frau gab einem Baby die Schuld an den Fehlern seiner Eltern?

So ein Miststück.

Jai warf ihr einen erstaunten, aber belustigten Blick zu. Erst jetzt merkte Ari, dass sie ihn telepathisch angesprochen hatte.

Entschuldige.

Er grinste und sah dann wieder seinen Vater an. *Du musst dich nicht entschuldigen.*

„Das Siegel und der Zauberer", murmelte Nicki, und man hörte ihren leichten irischen Akzent. „Klingt wie der Titel eines Fantasyromans. Kann man *ihr* trauen?" Sie ließ den Blick auf Ari ruhen und wirkte missmutig.

„Und? Was meinen Sie? Kann man mir trauen?", versetzte Ari, und Nickis Augen weiteten sich.

Luca sah seine Frau warnend an, und sie schnaubte verächtlich. „Verstehe, wir dürfen die Bedeutenden des Red Kings natürlich nicht verärgern." Ihr süßlicher Ton machte Ari wütend. „Ich habe drei Gästezimmer im dritten Stock im Ostflügel herrichten lassen. Zeig sie ihnen." Der letzte Satz richtete sich an Jai.

Wie redete diese Frau eigentlich mit ihm? Ari spürte wieder die Härte des Siegels in sich, einen dunklen Zorn, der nicht zu ihr zu gehören schien. Ari holte tief Luft und kämpfte dieses mächtige Wesen in ihrem Inneren nieder. Sie durfte ihre Kräfte nur dann einsetzen, wenn es um Leben und Tod ging. Der Red King hatte ihr eindrücklich klargemacht, welche möglichen Konsequenzen ihre Magie andernfalls haben könnte. Für gewöhnlich wäre ihr also im Traum nicht eingefallen, ihre Kräfte so spontan anzuwenden. Jetzt gerade allerdings ... Ari atmete tief durch, versuchte, sich zu beruhigen, und sah Luca an. Er musterte sie und schien genau zu wissen, was ihr gerade durch den Kopf ging. Früher wäre Ari rot geworden, nun aber erwiderte sie seinen Blick entschlossen. Wie konnte er seiner Frau nur erlauben, so mit Jai umzuspringen?

Luca ahnte wohl, was sie ihm sagen wollte, räusperte sich und wandte sich seinem Sohn zu. „Ich habe Kontakt zu meinen Verbindungsleuten innerhalb der Gilden aufgenommen, aber sie sind extrem zurückhaltend. Es wird bestimmt noch ein paar Tage dauern, bis ich Nachricht bekomme. Im Moment sind sie noch dabei, sich abzusichern, dass ich wirklich derjenige bin, für den ich mich ausgebe. Und dass sich auch unter ihnen kein Verräter versteckt, der mich einschleusen will, und so weiter und so weiter. Ein bis zwei Tage sind also eine durchaus realistische Einschätzung."

Jai nickte. „Danke für deine Bemühungen. Ich zeige Miss Johnson und Charlie jetzt ihre Zimmer. Die beiden müssen sich nach allem, was in den letzten vierundzwanzig Stunden passiert ist, dringend etwas erholen. Der Red King bittet darum, ihnen einen Grundkurs in Selbstverteidigung zu geben. Erlaubst du, dass ich dafür morgen den Trainingsraum benutze?"

Luca nickte. Schweigend folgten Ari und Charlie Jai die Treppe hinauf. Als sie im dritten Stock angekommen waren, bogen sie links in einen Flur ab. Jai blieb ganz an dessen Ende stehen und öffnete die Tür zu einem großen Doppelzimmer.

„Charlie, das ist dein Zimmer. Ein eigenes Bad ist dabei."

„Kommst du allein klar?" Charlie warf Ari einen glühenden Blick zu.

„Ja, kein Problem", antwortete sie leise und schaute zur Seite. Sie hörte, wie er das Zimmer betrat und seufzend die Tür schloss.

Jai zeigte auf die Tür gegenüber.

„Ist das mein Zimmer?", erkundigte Ari sich.

„Ja."

Sie ging langsam darauf zu. Mit einem Mal blieb Ari stehen und drehte sich um. Sie konnte ihre Wut nicht länger zügeln. „Miss Johnson?", fragte sie ungläubig.

Jai ging nicht darauf ein. „Für Charlie und dich beginnt morgen früh das Training. Geh jetzt besser schlafen."

„Miss Johnson?", wiederholte sie und überlegte, ob sie eher verletzt oder wütend sein sollte.

„Ginnaye-Bodyguards sprechen ihre Klienten immer mit dem Nachnamen an."

„Mich hast du von Anfang an Ari genannt", widersprach sie.

Er zuckte unbehaglich mit den Schultern. „Ich halte mich nur an die Regeln."

Irgendwie verstand Ari das, auch wenn sie sich wünschte, es wäre anders. Wie Charlie von seiner Rache beseelt war, war Jai davon besessen, die Erwartungen seines Vaters zu erfüllen. Ihr ging durch den Kopf, wie lange sie vor ihrem Vater verborgen hatte, was sie dachte und fühlte, damit er sie vielleicht eines Tages doch mehr lieben könnte. Bittere Tränen brannten in ihren Augen, und sie schüttelte den Kopf. „Er hat es gar nicht verdient, dass du dich an seine Vorgaben hältst." Damit ließ Ari den leicht erstaunten Jai stehen und ging ins Zimmer. Miss Maggies vibrierende Energie folgte ihr. Drinnen lehnte Ari sich mit dem Rücken gegen die Tür und versuchte, ihre tiefe Traurigkeit zu unterdrücken.

„Gute Nacht, Ari", konnte sie Jai leise durch die Tür sagen hören.

Nun liefen ihr doch die Tränen über die Wangen. „Gute Nacht, Jai."

Sie ließ sich aufs Bett fallen und fragte sich, ob sie wohl die Frau treffen würde, in die Jai verliebt war. Das war ungefähr das Letzte, was sie wollte.

Ari starrte auf das Frühstücksbüfett und war nicht sicher, ob ihr Magen schon wieder etwas vertrug. In den letzten Tagen hatte sie sehr wenig gegessen, weil es ihr so schlecht gegangen war. Auch wenn man es ihr äußerlich nicht anmerkte, so machte die Trauer sie noch immer ganz krank.

„Hier." Jai drückte ihr einen Teller in die Hand. „Iss was."

Unter seinem strengen Blick packte sie brav ein paar Pancakes auf ihren Teller und ließ Ahornsirup darüberlaufen. Dann nahm sie sich ein Glas Orangensaft und setzte sich an den langen, leeren Esstisch.

Jai nahm neben ihr Platz. Auf seinem Teller stapelte sich das Essen.

„Luca geht immer schon sehr früh ins Büro, und wenn ich hier bin, lässt Nicki sich nicht blicken. Meine Brüder haben alle zu tun. Wenn wir Glück haben, bekommen wir in den nächsten Tagen nicht viel von ihnen zu sehen."

„Mit deinen Geschwistern verstehst du dich auch nicht?", fragte Ari und steckte sich ein Stück von den Pfannkuchen in den Mund.

Jai lachte bitter auf. „Sie sind nur auf der Welt, um mich fertigzumachen. Mein Freund Trey ist für mich viel eher ein Bruder als die anderen."

Nachdenklich aß Ari weiter. Trey schien Jai wirklich wichtig zu sein. Anscheinend war er die einzige Person, die er mochte und respektierte. Langsam wurde Ari neugierig auf Jais Freund. „Werde ich Trey irgendwann einmal kennenlernen?"

„Wahrscheinlich."

„Morgen." Charlie kam herein und rieb sich den Schlaf aus den Augen. Heute trug er sein zerknittertes Smashing-Pumpkins-T-Shirt und sah damit trotz der kurzen Haare wieder mehr aus wie er selbst.

Ari empfand plötzlich etwas, das sie nicht empfinden wollte, und senkte eilig den Blick. „Morgen."

„Mann, mich hat eben ein *Zimmermädchen* runtergebracht." Charlie fuchtelte mit einem Croissant in der Luft herum. „Kein Wunder, dass du so bist, wenn du hier aufgewachsen bist, Jai." Er lud sich den Teller voll, setzte sich neben Ari und bemerkte Jais vernichtenden Blick gar nicht.

„Was zum Teufel soll das denn heißen?", stieß Jai hervor.

Charlie zuckte mit den Schultern. „Ich weiß nicht. Du bist immer so reserviert und beherrscht." Er sah Jai ernst an. „Das habe ich, ob du es nun glaubst oder nicht, irgendwie an dir bewundert. Aber nachdem ich nun dein Zuhause kenne … Die Atmosphäre ist ziemlich kalt … Ich denke, du hast dir bestimmt nicht ausgesucht, dass du so sein möchtest."

Atemlos wartete Ari ab, wie Jai darauf reagieren würde. Und natürlich verfinsterte sich Jais Miene. „Vielleicht solltest du alles, was du in diversen Talkshows gelernt hast, einfach vergessen. Oder behalte deine Weisheiten wenigstens für dich. Damit verdirbst du mir nämlich den Appetit."

Charlie schnaubte zwar verächtlich, schlug jedoch nicht zurück. Stattdessen machte er sich über sein Frühstück her. Ari war erstaunt, dass die Situation sich doch noch entspannt hatte und alles glimpflich abgegangen war. Aber vielleicht gaben die beiden sich ja ihretwegen Mühe – weil sie in letzter Zeit so viel mitgemacht hatte. Sie wollte gern glauben, dass die beiden so rücksichtsvoll sein konnten.

Die drei waren gerade mit dem Frühstück fertig, als ein sehr gut aussehender, großer Typ hereinkam, der von einem Ohr zum anderen grinste. Er ging zu Jai und umarmte ihn fröhlich. „Schön, dich zu sehen!"

Ari bemerkte, dass der junge Mann denselben kleinen Ohrring trug wie Jai. Jetzt wusste sie, wer er war, und lächelte ihn freundlich an. Es war ihr erstes aufrichtiges Lächeln seit Tagen. „Du musst Trey sein."

Er erwiderte ihr Lächeln und trat zu ihr. „Ari?"

Sie nickte und lachte, als er sie nun auch kurz drückte. Der junge Mann sah wirklich unverschämt gut aus. Er musterte sie von oben bis unten und pfiff anerkennend. „Süße, du bist umwerfend."

Ari wurde rot und stieß ihm spielerisch in die Seite. Seltsam, wie wohl sie sich bei ihm fühlte. Es kam ihr gar nicht so vor, als hätten sie sich gerade erst kennengelernt. Vielleicht lag es daran, dass sie wusste, wie gut er Jai immer behandelt hatte. Und dafür war sie ihm dankbar. „Schön, dich endlich kennenzulernen."

„Ebenfalls", erwiderte Trey aufrichtig, legte ihr den Arm um die Schultern und musterte dann Charlie. „Und das dürfte dann wohl unser kleiner Freund, der Zauberer, sein.

Charlie streckte ihm die Hand entgegen. „Charlie ist mir als Anrede lieber."

Trey nahm die Hand und schüttelte sie. Verstohlen warf er Jai mit hochgezogenen Augenbrauen einen Blick zu, der Ari nicht entging. Plötzlich erinnerte sie sich daran, wie Jai ihr anvertraut hatte, dass Trey bisexuell sei. Offensichtlich hatte Charlie Treys Interesse geweckt. Sie grinste, weil Charlie keine Ahnung hatte und deshalb auch nichts mitbekam. „Bist du beim Training dabei?", fragte sie Trey.

„Training?" Er sah Jai fragend an.

Der nickte. „Offenbar hat dir jemand mitgeteilt, dass wir hier sind. Weißt du auch, warum?"

Trey schüttelte den Kopf.

Als Jai ihm alles erzählte, verschwand Treys Lächeln. Trey war charmant und locker, doch er war eben vor allem auch ein Ginnaye-Bodyguard, wie Ari jetzt auffiel.

„Ihr hattet Glück, dass Charlies Kräfte sich gerade noch rechtzeitig manifestiert haben. Sonst hätte Ari gegen diese Kerle ganz allein dagestanden. Was für ein Zeug haben die dir denn gespritzt, Jai?"

Charlie räusperte sich. „Ich will ja nicht vom Thema ablenken, aber könnte einer von euch beiden mir zeigen, wie ich meine Kräfte besser nutzen kann?"

„Nein!", riefen die anderen wie aus einem Munde.

Charlie machte ein böses Gesicht. „Ihr seid scheiße."

„Wir werden dir allerdings schon etwas zeigen", sagte Jai und ging zur Tür. „Wir werden dir beibringen, wie du deine Umgebung besser beobachten und deine Verteidigungsmagie kanalisieren und kontrollieren kannst. Kommt, meine Lieben. Trey und ich zeigen euch jetzt mal, wie es geht."

13. KAPITEL

ICH WÜRDE AN DER ZEIT DREHEN ...

Sie sahen sich auf der Leinwand im Medienraum eine Komödie an. Charlie und Trey bogen sich vor Lachen. Es ging um ein paar Freunde, die in Las Vegas einen Junggesellenabschied feierten. Dabei lief so ziemlich alles schief, was schiefgehen konnte. Normalerweise hätte sich Ari auch darüber amüsiert. Aber erstens kannte sie den Film schon, und zweitens war sie einfach nicht in Stimmung.

Das Training am Morgen war ziemlich gut gelaufen. Trey und Jai hatten ihnen unter anderem gezeigt, wie man ein Luftpolster als Schutzwall um sich herum errichtete, damit ein Angreifer das nächste Mal erst gar nicht so dicht an sie herankam. Außerdem hatten sie ihnen beigebracht, wie man die Energie in einem Raum richtig las, jede Veränderung registrierte und so schon auf einen Angriff vorbereitet war, bevor er passierte. Jai war streng, während Trey dauernd Witze riss und sie ablenkte. Aus irgendeinem Grund schien Jai das aber nichts auszumachen. Er lachte genauso darüber wie sie. Ari genoss es, ihn endlich mal lächeln zu sehen. Und sie beschloss, dass Trey, der Jai so aufmuntern konnte, einer der tollsten Menschen war, die sie je getroffen hatte.

Charlie mochte Trey ebenfalls. Die beiden hatten einen ähnlichen Humor, und Charlie schien sich in seiner Gegenwart zum ersten Mal seit ewiger Zeit wirklich zu entspannen.

Auf keinen Fall würde Ari Charlie erzählen, das Trey bisexuell war. Manche Männer hatten damit ein Riesenproblem. Sie hoffte zwar, dass Charlie nicht so intolerant war, wollte aber auch kein Risiko eingehen. Er wirkte so viel glücklicher als sonst. Diese Wärme und Energie strahlte er aus, seit sie heute Morgen mit ihren magischen Kräften gearbeitet hatten. Einerseits war es schön, doch andererseits beunruhigte es Ari, wie sehr es Charlie freute, seine Macht einsetzen zu können.

„Willst du vielleicht eine Besichtigungstour machen?", fragte Jai unvermittelt und riss sie aus ihren Gedanken.

Ari sah ihn an. „Was?"

Er zeigte auf die Leinwand und sah dann zu Charlie und Trey, die laut lachten. „Dir scheint der Film nicht zu gefallen."

„Ich habe ihn schon gesehen."

„Tja, wie wäre es dann mit einer Tour?"

„Durchs Haus?"

Jai grinste. „Nein, durch Mount Qaf", antwortete er sarkastisch, und Ari verzog das Gesicht. „Natürlich meine ich das Haus."

Zeit mit Jai allein? „Klar."

Sie sagten den Jungs Bescheid, und Ari fühlte, wie sich Charlies Blick in ihren Rücken bohrte, als sie hinausging.

Jai wollte gerade etwas zu ihr sagen, als ihnen jemand den Weg versperrte.

Der Mann trug eine schwarze Hose und ein weißes Hemd mit aufgekrempelten Ärmeln. Bis auf die Augen erinnerte er Ari an einen sehr viel jüngeren Luca. Die Augen allerdings waren … eiskalt.

Ob das einer von Jais Halbbrüdern war?

„Ach, die Ausgeburt des Teufels ist zurück", sagte der Mann und musterte Jai angewidert.

„Hey", zischte Ari und machte einen Schritt auf ihn zu. Sofort fasste Jai sie am Handgelenk und zog Ari zurück.

Ari, nicht.

„Und was haben wir hier?" Der Mann sah sie an. „Ist das etwa das Siegel?"

„Für dich Miss Johnson, Tarik."

„Sonst passiert was?"

Wie unreif benehmen sich deine Verwandten eigentlich?

Glaube mir, er ist noch nicht mal der Schlimmste. Warte, bis du David kennenlernst.

Mann, wie ich mich darauf freue!

„Was grinst du so?" Tarik funkelte Jai an. „Redet ihr über mich? Wie unhöflich."

„Als hättest du auch nur den Hauch einer Ahnung, wenn es um das Thema Höflichkeit geht", versetzte Ari.

„Warum lässt du uns nicht einfach in Ruhe und quälst stattdessen ein paar kleine Kätzchen, Tarik?", fragte Jai.

„Der Klang deiner Stimme dürfte übrigens reichen, um die armen Kleinen in den Wahnsinn zu treiben", fügte Ari hinzu.

Damit verschwanden die beiden durch den Flur in ein anderes Zimmer. Ari genoss es, dass Jai über ihre Bemerkung gelacht hatte. Unvermittelt blieb er stehen und blickte sie an. „Siehst du? In Gegenwart meiner Familie benimmt man sich sofort wieder wie ein trotziges Kleinkind."

Ari zog die Augenbrauen hoch und tat beleidigt. „*Moi*? Kleinkind? Und da dachte ich, ich komme witzig und geistreich rüber."

„Oh, aber absolut!" Er sah ihr lachend in die Augen, und Ari wurde heiß. „Übrigens musst du mich nicht verteidigen, das kriege ich schon allein hin", fügte er ernster hinzu.

Ari zuckte nur mit den Schultern und sah sich um. „Gut, erzähl mir etwas über das Haus. Was ist das hier?" Sie zeigte auf diverse Gemälde an den Wänden und Vitrinen, in denen sich hinter Glas verschiedene Gegenstände befanden.

„Das ist die Sammlung meines Vaters. Bilder, Zierrat und andere wertvolle Stücke. Als Kind habe ich mich hier immer versteckt, weil meine Brüder die Sammlung so schrecklich langweilig fanden, dass sie nie hergekommen sind."

Ari rang den Drang nieder, ihn sofort in die Arme zu schliessen, und sah sich stattdessen weiter um.

Mit einem Mal bemerkte sie eine wunderschöne Sanduhr in einer der Vitrinen. Das Ober- und das Unterteil aus braunem Glas wurden von einem Rahmen aus Gold und Edelsteinen gehalten. Es war ein unglaubliches Stück. „Was ist das?", flüsterte Ari ein wenig atemlos. Sie fühlte sich von der Sanduhr seltsam angezogen.

„Das", antwortete Jai, „ist etwas Einzigartiges. Mein Großvater hat ein Vermögen dafür bezahlt."

„Warum?"

„Ja, warum? Um das zu beantworten, muss ich dir erst etwas über Azazil erzählen."

Ari sah ihn an. „Azazil?"

Jai nickte. „Azazil hat sich immer für die Künste interessiert. Er hat das Leben von Bedeutenden wie Euripides, Aristoteles und Chaucer begleitet und geleitet. Als Shakespeare geboren wurde, hat Azazil sich persönlich um sein Schicksal gekümmert. Der *Krieg der Flammen* hatte damals schon begonnen. Und so mischte sich der White King in Shakespeares Leben ein, um seinen Vater zu ärgern. Und siehe da, der große Dichter bekam Syphilis und starb, bevor er nach London ziehen konnte, um dort die großen Triumphe zu feiern, die ihm erst noch bevorgestanden hätten, und der größte Dramatiker der menschlichen Geschichte zu werden."

„Ist das alles wahr?"

„Jedes Wort." Jai nickte und betrachtete wieder die Sanduhr. „Dir ist ja bekannt, dass Azazil sehr mächtig ist, Ari. Niemand von uns weiß, wie weit seine Macht tatsächlich reicht. Eines ist allerdings sicher: Azazil kann die Vergangenheit verändern."

Es dauerte einen Moment, bis sie wirklich verstanden hatte, was er da gerade gesagt hatte. Azazil konnte die Zeit beeinflussen? Dinge ungeschehen machen, die schon lange passiert waren? Machte Jai Witze?

„Das ist mein voller Ernst", versicherte er. „Manchmal hat es ihm derart missfallen, wie ein Schicksal manipuliert wurde, dass er in die Vergangenheit eingetaucht ist und die Sache wieder in Ordnung gebracht hat."

„Er ist in der Zeit zurückgereist? Einfach so?"

„Nein, nicht ‚einfach so'. Man erzählt sich, dass Azazil nach einer solchen Zeitreise vollkommen erschöpft ist. Seine Kräfte sind so geschwächt, dass er fast auf einer Stufe mit einem Menschen steht. Denk mal darüber nach, was das bedeutet. Er muss dafür sorgen, dass sein Spiel mit dem Schicksal nicht alle anderen Ereignisse der Geschichte beeinflusst – insbesondere das Leben anderer Bedeutender. Niemand weiß, ob Azazil den Weg sehen kann, der einem Bedeutenden vorgezeichnet ist, oder ob er lediglich fühlt, wann ein Leben sich durch die Manipulation der Könige in die falsche Richtung entwickelt. Ich glaube, die meisten würden es lieber sehen, wenn Letzteres der Fall wäre, weil es bedeuten würde, dass Azazils Macht doch nicht so weit geht. Wie weit seine Fähigkeiten aber auch immer reichen mögen, Azazil wusste, dass Shakespeare für Grosses auserkoren war. Also hat er die Geschichte geändert, die der White King kreiert hatte. Wenn ein derart mächtiger Dschinn wie Azazil so viel Energie auf einen Bedeutenden verwendet, hinterlässt das bleibende Spuren. Shakespeare ist einer der wenigen, die zu dem Kreis der Bedeutenden gehören, die Azazil geprägt hat. Kannst du dir die menschliche Literaturgeschichte etwa ohne Shakespeare vorstellen?"

„Stimmt schon … Aber … Das ist alles vollkommen verrückt!"

Jai zuckte mit den Schultern. „Genauso verrückt wie Azazil selbst. Aber um zum eigentlichen Punkt zurückzukommen: Diese Sanduhren sind seine Erinnerungsstücke an die Schicksale, die er geändert hat. Jede Uhr enthält Sand aus der alternativen Welt, in der er die Balance wiederhergestellt hat. Man sagt, der Sand selbst hätte magische Eigenschaften. Shakespeares Sanduhr ist irgendwann aus Azazils Palast entwendet worden und tauchte später auf dem Schwarzmarkt auf."

Langsam begriff Ari. „Ist das also Shakespeares Sanduhr?"

Grinsend nickte Jai.

„Aber die muss ein Vermögen wert sein. Und dein Vater stellt sie einfach so in eine Glasvitrine? Was, wenn jemand versucht, sie zu stehlen?"

„Dann würde *er* sie aufhalten." Jai zeigte auf eine rote Flasche, die in einer Ecke des Raumes auf einer orientalischen Kommode stand. Von der Flasche ging eine pulsierende Energie aus, die Ari bis jetzt für die Präsenz von Miss Maggie gehalten hatte. Sie musste endlich lernen, Dschinn-Energien besser zu unterscheiden, sonst würde das irgendwann einmal ihren Untergang bedeuten.

„Ist in der Flasche ein Dschinn?"

„Ja. Teruze. Mein Clan hat ihm vor einer ganzen Weile mal aus der Klemme geholfen. Aber er muss sich seitdem immer noch verstecken. Er ist ein Hüter von Schätzen. Und dafür, dass er sich hier verschanzen darf, hütet er *unsere* Schätze."

„Super", sagte Ari leise und bemühte sich, die Flut neuer Informationen erst einmal zu verarbeiten. Gedankenverloren betrachtete sie dabei die Gemälde an der Wand, bis sie plötzlich etwas entdeckte, das ihr den Atem verschlug. Sie traute ihren Augen nicht. Ohne den Blick abzuwenden, ging sie zu dem Bild und starrte es an. „Wer ist das?", fragte sie und sah sich die erotische Darstellung einer schönen Frau mit langem schwarzem Haar an. Sie war nackt und kroch wie eine Schlange über den Körper eines Mannes, der von unsichtbaren Händen am Boden festgehalten zu werden schien. In seinen Augen standen so viel Lust und Leidenschaft, dass ihm der gefährliche Blick der Dschinniya anscheinend entging. Und dass es eine Dschinniya und keine menschliche Frau war, wusste Ari ganz genau.

Jai räusperte sich und trat zu Ari. „Mein Vater hat das aufgehängt, damit wir nie vergessen, stets wachsam zu bleiben. Was du da siehst, ist der erste Sukkubus. Lilif. Von ihr haben die Sukkubi ihren Stammesnamen. Meine Mutter gehört zu ihnen und heißt deshalb ebenfalls so."

„Tut mir leid", flüsterte Ari. „Ich wollte keine schmerzhaften Erinnerungen in dir wecken … Es ist nur … Sie kam mir bekannt vor." *Sie sieht aus wie die Frau, von der ich geträumt habe. Von ihr und ihrem Bruder.*

Gerade wollte sie Jai von diesen eigenartigen Träumen erzählen, als sie von der Tür her ein Räuspern hörte. Ari drehte sich um. Dort stand Luca mit einer wunderschönen jungen Frau und zwei Männern. Der jüngere der beiden Männer sah Tarik und Luca ähnlich. Noch ein Bruder? Aris Blick wanderte zurück zu der jungen Frau, die sie ein, zwei Jahre älter schätzte als sich selbst. Sie waren ungefähr gleich groß und hatten beide dunkles Haar – damit endete die Ähnlichkeit allerdings auch schon. Während Ari weiche Züge hatte, waren die der Fremden scharf und elegant. Und was Ari überhaupt nicht gefiel, war die Art, wie sie Jai ansah.

Ach, du grüne Neune. War sie etwa das Mädchen, in das Jai verliebt war?

„Miss Johnson", sagte Luca lächelnd. „Darf ich Ihnen Hugo Lenz und seine Tochter Yasmin vorstellen? Hugo ist einer meiner ältesten Freunde."

Ari nickte nur und wusste nicht genau, was sie jetzt sagen sollte.

„Wie schön, Sie kennenzulernen", sagte Hugo und bedachte dann Jai mit einem verächtlichen Blick. „Schon erstaunlich, dass ausgerechnet du diesen Auftrag bekommen hast, mein Junge. Vermassele es bloß nicht."

„Es läuft alles vollkommen problemlos", schaltete Luca sich ein, bevor Jai oder Ari etwas entgegnen konnten. „Einer meiner Kontakte hat sich übrigens zurückgemeldet. Inzwischen sind es nur noch fünf Gilden, die infrage kommen, wie er meint. Sobald er mehr weiß, höre ich von ihm."

Jai nickte.

„Miss Johnson, das hier ist mein mittlerer Sohn David." Luca zeigte auf den jüngeren Mann, der neben ihm stand. Bei näherem Hinsehen hatte er tatsächlich mehr Ähnlichkeit mit Nicki als mit seinem Vater. Das war also David – der „Mistkerl", wie Jai ihn ein paarmal genannt hatte. Ari gefiel der anzügliche Blick nicht, mit dem Jais Halbbruder sie von Kopf bis Fuß musterte. Schnell wandte sie die Augen ab. O Gott, wenn ihre Zeit in diesem Haus nur bald vorbeigehen würde!

Sie fühlte sich unwohl hier, und Jai hatte wirklich etwas Besseres verdient als die Art, wie hier alle mit ihm umgingen.

Während Vater und Sohn sich unterhielten, sah Ari sich Yasmin genauer an. Die wiederum verschlang Jai mit den Augen. So hatten einige der Mädchen, mit denen er geschlafen hatte, Charlie auch angesehen. Sie sah aus, als würde sie ihn kennen, als wären sie einander *sehr* vertraut …

Plötzlich begriff Ari. Das hier war Jais Freundin! Seine wahre Liebe, wegen der er ihr einen Korb gegeben hatte. Am liebsten hätte Ari ihr die Augen ausgekratzt und jedes seidige Haar einzeln ausgerissen. Vorsichtig spähte sie zu Jai hinüber und stellte fest, dass er Yasmins Blicke nicht erwiderte. Ob das etwas zu bedeuten hatte?

Als Luca ihr eine gute Nacht wünschte, kehrte Ari mit ihren Gedanken in die Gegenwart zurück. Sie verabschiedete sich von ihm und sah dann zu, wie er, David, Hugo und Yasmin den Raum verließen.

„Komm, Ari, es ist schon spät. Ich begleite dich zu deinem Zimmer."

Schweigend ging sie neben Jai her. Es war lächerlich, dass sie solche Angst davor hatte, seiner Freundin zu begegnen. So konnte es nicht weitergehen, sie machte sich ja selbst vollkommen verrückt. Als sie vor der Tür ankamen, räusperte sie sich. „Ist Yasmin die Frau, in die du verliebt bist?", fragte sie. Sie konnte die Ungewissheit nicht mehr ertragen.

Jai war offensichtlich überrascht. „Ähm … Nein." Er schüttelte den Kopf, und man merkte, dass ihm das Thema unangenehm war. „Nein, ist sie nicht."

Obwohl sie gern cool und ungerührt geblieben wäre, schaffte Ari es nicht. Stattdessen rang sie hilflos die Hände. „Gut, wer ist es denn dann? Wer ist diese mysteriöse Frau, in die du verliebt bist? Werde ich sie kennenlernen?"

Jai fuhr sich mit der Hand übers Haar, was ein sicheres Zeichen dafür war, dass er nicht darüber reden wollte. „Ari, das ist jetzt nicht der richtige Moment für dieses Gespräch."

„Jai?"

Seufzend sah er ihr schließlich in die Augen und schüttelte den Kopf. „Es gibt niemanden. Ich habe dich angelogen."

Ari traute ihren Ohren nicht. „Was?", war das Einzige, was sie herausbrachte. Er hatte sie angelogen? Es gab gar keine Freundin? Wieso hatte er das getan? „Warum?"

„Ich dachte, so wäre es am leichtesten, die gebotene Distanz zwischen uns zu wahren. Als du …"

„Als ich dich angemacht habe", vervollständigte Ari wütend seinen Satz.

„Ari." Er sah sie unglücklich an. „Als du mich geküsst hast, wurde mir klar, dass du irgendetwas für mich …"

„Sag es einfach, Jai", unterbrach Ari ihn und verschränkte schützend die Arme vor der Brust. „Ich empfinde etwas für dich."

„Diese Gefühle habe ich für dich nicht", flüsterte er. „Ich wollte dich nicht verletzen, indem ich dir Hoffnungen mache. In Wahrheit kennst du mich doch nicht mal."

„Ich kenne dich gut genug."

„Ach ja?" Seine Miene verfinsterte sich, und er kam drohend einen Schritt näher. „Weißt du auch, dass ich Sex mit Yasmin hatte, um mich an Hugo zu rächen?"

Einen Moment lang herrschte zwischen ihnen ein unbehagliches Schweigen. „Wie bitte?", fragte Ari.

„Ich habe Nicki dabei erwischt, wie sie hinter dem Rücken meines Dads eine Affäre mit Hugo hatte." Er zuckte die Achseln und schämte sich offensichtlich. „Das war alles andere als anständig von mir. Aber Yasmin hat sich mir monatelang an den Hals geschmissen, also habe ich es getan. Aus Rache. Sie behandelt mich wie Dreck, Ari. Das tun sie alle. Ich dachte damals, sie hätten es nicht anders verdient. Wenn Hugo jemals herausfinden sollte, dass ich seine kostbare Tochter beschmutzt habe, trifft ihn der Schlag. Wahrscheinlich reichte mir allein schon diese Vorstellung, um mit ihr zu schlafen."

Aris Augen funkelten, und sie versetzte ihm einen Stoß. „Hast du irgendetwas für sie empfunden?"

„Was würdest du denn schlimmer finden, Ari? Wenn es so gewesen wäre? Oder wenn nicht?"

„Beantworte einfach meine Frage!"

„Die Frau ist mir scheißegal!", schrie er. „Für sie bin ich

Abschaum, und ich halte auch nichts von ihr. Zufrieden? Versuche nicht, jemanden aus mir zu machen, der ich nicht bin. Keine Beziehungen, keine Liebe. Ich habe einen Job und den erledige ich gut!" Als er die Tränen in ihren Augen sah, fluchte er unterdrückt und fuhr sich übers Gesicht. „Ari, du und ich – wir sind Freunde, okay? Ich will dir nicht wehtun, sondern probiere nur, ehrlich zu sein."

Weil sie Angst davor hatte, was sie vielleicht noch alles sagen würde, stürmte Ari in ihr Zimmer und schloss die Tür hinter sich ab. Einladend hob sich die Bettdecke an einer Ecke.

„Danke, Miss Maggie", hauchte sie, zog sich die Schuhe aus und verkroch sich im Bett.

In ihrem Kopf wirbelten die Gedanken durcheinander. Dass Yasmin ein arrogantes Miststück war und genauso unsympathisch wie Hugo, war keine Rechtfertigung dafür, mit welcher Berechnung Jai sie behandelt hatte. Aber vollkommen verurteilen konnte Ari ihn auch nicht dafür. Was war nun verrückter? Dass Jai wegen seines Vaters so tat, als wäre nichts zwischen ihnen? Oder dass sie erleichtert war, weil es keine andere Frau in seinem Leben gab?

„Mir reicht's, Miss Maggie. Von Männern habe ich die Nase voll. Von jetzt an konzentriere ich mich nur noch darauf, am Leben zu bleiben."

Wenn sich nun bloß noch ihr Herz an diesen klugen Entschluss hielt …

14. KAPITEL

MANCHMAL BIN ICH NICHT ICH SELBST, UND ICH WEISS NICHT, WEN VON UNS ICH LIEBER MAG

Vielleicht lag es daran, dass Ari so schlecht geschlafen hatte. Sie hatte wieder von diesen mysteriösen Dschinn geträumt und konnte sich nicht erklären, was das bedeuten sollte. Waren die schönen Geschwister, die ständig miteinander kämpften, wirklich nur Hirngespinste? Hatten diese Träume eine tiefere Bedeutung?

Oder waren all die Veränderungen und der Stress nur zu viel für sie gewesen?

Wie auch immer, Ari brauchte irgendeine halbwegs plausible Erklärung für ihr Verhalten an diesem Morgen.

Gefrühstückt hatte sie allein, was sie nicht gerade überraschte. Jai ging ihr offenbar aus dem Weg, und Charlie war so versessen darauf, seine Magie auszuprobieren, dass er vermutlich schon im Trainingsraum war. Seufzend machte Ari sich ebenfalls auf den Weg zum Training. Inzwischen kannte sie sich im Haus gut genug aus, um sich allein zurechtzufinden. Plötzlich hörte sie hinter sich Geräusche. Sie wirbelte herum, bereitete sich innerlich auf einen Kampf vor und bündelte ihre Energie – genau, wie Jai es ihr gezeigt hatte. Doch was da auf sie zukam, war ein Border Collie. Ein wunderschönes Tier. Ari lächelte. „Hallo, mein Junge." Sie strich ihm über den seidigen schwarzen Kopf, und er rieb seine weiße Schnauze an ihrem Bein. Wo kam der Hund auf einmal her? Bisher war er ihr hier im Haus noch nicht aufgefallen.

„Wohnst du hier?" Ari streichelte ihn mit beiden Händen.

Plötzlich schlug Feuer aus dem Tier. Erschrocken taumelte Ari zurück und beobachtete, wie eine Gestalt aus den Flammen trat.

Es war David.

„Ari Johnson." Er ließ den Blick hungrig über ihren ganzen Körper gleiten. „Sieh an ... Was für eine Augenweide." Er kam einen Schritt auf sie zu und versuchte offensichtlich, sie einzuschüchtern. „Erwische ich dich endlich allein."

Ari zeigte keine Angst. „Schade, dass ich gerade gar keine Zeit habe. Wenn du mich also entschuldigen würdest? Ich muss zum Training." Sie drehte sich um und wollte gehen, doch er hielt sie am Arm fest.

„Nicht so eilig." Er grinste. „Wusstest du eigentlich, dass ich den Auftrag bekommen hätte, dich zu beschützen, wenn Jai ihn abgelehnt hätte?"

Ari verzog bei dem Gedanken angewidert das Gesicht, und David kniff die Augen zusammen.

„Du hast keine Manieren, Ari Johnson." Unvermittelt versetzte er ihr einen Stoß, und sie taumelte rückwärts gegen die

Wand. Bevor sie sich wehren konnte, presste er sich gegen sie. Sein Atem roch nach dem Morgenkaffee, und Ari drehte sich der Magen um.

„Spinnst du?", zischte sie und wollte ihn wegschieben, aber er bewegte sich nicht. „Wagst du es wirklich, im Haus deines Vaters eine eurer Klientinnen anzumachen?"

David schien kurz zu überlegen, aber dann strich er ihr mit der einen Hand verlangend über die Hüfte, mit der anderen streichelte er ihre Wange. Ari versuchte, ihn zu beißen, doch er lachte nur. „Aber, Ari, du bist doch nicht irgendeine Klientin. Du bist eine Bedeutende. Ich frage mich allerdings, warum? Was ist so Besonderes an dir? Meine Eltern wollen es mir nicht verraten."

„Wenn du mich nicht in Ruhe lässt, kannst du was erleben."

„Versuch's ruhig!"

Ari sah sich Hilfe suchend um, doch sie waren allein. Nicht einmal Miss Maggie war in der Nähe. Verdammt, da brauchte sie die Dschinniya ein Mal, damit sie diesem Idioten eine Vase über den Schädel zog, aber … Wieder wollte Ari sich befreien, doch er drückte sich noch enger an sie. Er würde doch nichts versuchen, oder? Nicht hier. Oder?

„Gerüchteweise habe ich gehört, dass Jais Interesse an dir nicht ausschließlich rein beruflicher Natur sein soll", flüsterte David ihr ins Ohr.

Tatsächlich? Bei dem Gedanken bekam Ari Herzklopfen.

„Ich werde ihm zeigen, wer von uns beiden der Bessere ist, indem ich mir jetzt das nehme, was er so gern für sich selbst hätte." Er schob die Hand in Aris Shorts, und das Blut gefror ihr in den Adern.

Mit einem Mal übernahm wieder diese Dunkelheit die Kontrolle über sie. Sie hatte das Gefühl, keine Luft mehr zu bekommen. Im nächsten Moment schien sie ihren eigenen Körper zu verlassen und konnte sich selbst beobachten. Es passierte wieder. Mit einer Stimme, die sie kaum wiedererkannte und die tief, dunkel, beängstigend klang, stieß sie hervor: „Ich befehle dir, mich loszulassen."

David ließ sofort von ihr ab, wich einen Schritt zurück und starrte sie erschrocken an.

Ari lächelte ihn böse an. „Du wirst mich nie wieder anfassen. Und du wirst auch keine andere Frau mehr ohne ihre Zustimmung berühren", befahl sie.

„Ich werde dich nie wieder anfassen und auch keine andere Frau mehr ohne ihre Zustimmung berühren", wiederholte er fassungslos. Dann ballte er die Hände zu Fäusten, als wollte er prüfen, ob sein Körper ihm überhaupt noch gehorchte.

Nachdem Ari mit ihm fertig war, verwandelte sie sich langsam wieder in sich selbst. Die Dunkelheit wich aus ihr, und sie kämpfte um ihre Selbstbeherrschung. Tränen traten ihr in die Augen, und sie rang nach Luft. Sie hatte gerade die Macht des Siegels gegen einen absoluten Niemand eingesetzt. *O Gott, o Gott, o Gott!*

Denk nach, Ari, los!

Zitternd musterte Ari den widerlichen Kerl, der sie dazu gezwungen hatte, etwas zu tun, wofür sie sich schämte. „Ich befehle dir, niemals jemandem zu erzählen, dass ich dir diese Befehle gegeben habe. Du wirst diesen Vorfall niemals wieder erwähnen."

David nickte. „Ich habe verstanden."

Und um die Sache abzurunden … „Ich befehle dir, nie wieder jemanden danach zu fragen, wer oder was ich bin."

Sein Gesicht lief vor Zorn dunkelrot an, aber er nickte.

Ohne ihn aus den Augen zu lassen, ging Ari an ihm vorbei, dann rannte sie zum Trainingsraum.

Charlie, Jai und Trey waren bereits da und unterhielten sich. Ari atmete tief durch und zwang sich, so zu tun, als wäre absolut nichts passiert. Wenn Jai jemals herausfand, was sein Bruder eben getan hatte, würde er durchdrehen. Sie musste cool bleiben und Distanz wahren, denn sonst würden die drei merken, dass etwas nicht stimmte. Nach gestern Abend sollte sie noch immer wütend auf Jai sein, oder? Und zwischen ihr und Charlie war auch noch nicht alles geklärt. Blieb noch Trey, der sie allerdings nicht gut genug kannte, um ihr anzusehen, ob etwas mit ihr nicht stimmte.

Die drei jungen Männer drehten sich zu ihr um, und sie nickte ihnen zu. „Habt ihr ohne mich angefangen?"

„Nein", antwortete Jai und musterte sie nervös. Offenbar dachte er an ihren Streit vom Abend zuvor. „Alles okay bei dir?"

„Mir geht's gut", erwiderte sie betont kühl. „Kann ich heute mit Trey trainieren?"

Trey grinste sie an. „Sicher kannst du das, Süße." Er zwinkerte ihr zu, und Ari stellte erstaunt fest, dass bei manchen Männern ein Flirt einfach harmlos und charmant wirkte. Und dann gab es Typen wie David, deren Anmache absolut widerlich war. Sie begann zu zittern, und Trey sah sie besorgt an. „Ist mit dir wirklich alles in Ordnung?"

„Du siehst blass aus", stellte Charlie fest.

Unsicher sah Ari von einem zum anderen. „Ich habe nur schlecht geschlafen." Sowohl Charlie als auch Jai sah man an, dass sie ein schlechtes Gewissen bekamen, weil sie glaubten, an ihrer Schlaflosigkeit schuld zu sein. „Trey?"

Er nickte. „Hier entlang, Mademoiselle." Damit ging er zu einer großen Matratze, die in einer Ecke des Raumes lag. Ari folgte ihm und würdigte Charlie und Jai keines Blickes mehr.

Ihre Trainingseinheit half Ari, sich so weit zu entspannen, dass sie wegen David kein schlechtes Gewissen mehr hatte. Sie hatte geschickterweise dafür gesorgt, dass niemals jemand herausfinden würde, was sie getan hatte. Und ein Teil von ihr zumindest fand, dass der Kerl nur bekommen hatte, was er verdiente. Fast bedauerte sie, dass sie niemandem erzählen konnte, wie cool sie geblieben war, als sie sich gegen ihn gewehrt hatte.

Weil sie, statt bei der Sache zu sein, diesen Gedanken nachhing, schaffte Trey es, sie zu Boden zu werfen. Ari landete unsanft auf dem Rücken und musste erst mal nach Luft ringen. Trey nutzte den Moment, um sich breitbeinig auf sie zu setzen und sie auf die Matte zu drücken. Ari musste kichern, als er sie dabei anknurrte.

„Was machst du da?", fragte sie, während sie sich unter ihm wand. Sie war sich sicher, dass sie gerade knallrot wurde. Es saß eben nicht alle Tage einer der nettesten und attraktivsten Männer auf ihr, die sie je kennengelernt hatte.

„Ich greife dich an." Trey zog die Augenbrauen zusammen und sah sie gespielt böse an. „Darum geht es doch beim Training, oder?"

„Und was soll ich jetzt tun?"

„Äh, du versuchst, mich wieder abzuwerfen. Nur so ein Vorschlag."

„Vielleicht will ich das ja gar nicht", erwiderte Ari frech.

Treys Grinsen wurde noch breiter. „Flirtest du etwa mit mir?"

„Kann sein."

Er beugte sich zu ihr herunter, und Ari konnte seinen Atem auf ihrer Haut spüren. „Ich würde ja gern auf deinen Flirt eingehen, aber dann spiele ich mit meinem Leben."

Wieso konnte sie sich eigentlich nicht in jemanden verlieben, der so fröhlich und unkompliziert war wie Trey? Nein, es musste ja unbedingt Jai sein. Dieser sture Kerl. „Wie meinst du das?", fragte sie.

Trey warf einen Blick über seine Schulter und musste lachen. Wieder beugte er sich vor und flüsterte Ari ins Ohr: „Jai würde mir den Hals umdrehen. Gib ihn noch nicht auf, Ari." Er richtete sich wieder auf. „Also, ich habe schon mitbekommen, dass Charlie in dich verliebt ist und so weiter, aber meinst du, er könnte vielleicht bi sein?", erkundigte er sich hoffnungsvoll.

Erstaunt über den plötzlichen Themenwechsel, schüttelte Ari nur den Kopf.

„Wie bedauerlich." Trey wirkte ernsthaft geknickt. „Er ist nämlich echt heiß."

„Was ist hier los?" Plötzlich stand Jai neben ihnen, und Ari zuckte zusammen, als sie seine finstere Miene bemerkte.

„Nichts", antwortete Trey lässig, stand auf und zog auch Ari wieder auf die Füße. „Wir trainieren nur."

Jai warf ihm einen versteinerten Blick zu – der gleiche Blick im Übrigen, mit dem nun auch Charlie zu ihnen kam. Ari gingen die beiden langsam auf die Nerven. „Wir haben nur ein bisschen herumgealbert." Und um ihren besten Freund und ihren Bodyguard zu ärgern, lächelte sie Trey verschwörerisch an.

Obwohl Jai wusste, dass Trey es nicht ernsthaft bei Ari versuchte, hätte er ihn jetzt trotzdem am liebsten umgebracht. Er ließ die beiden stehen und begann wieder, mit Charlie zu trainieren. Dass der genauso eifersüchtig war wie er selbst, sah man seinem Gesicht an. Als Trey eben auf Ari gesessen hatte und sie ihn so verführerisch angelächelt hatte, war das für Jai wie ein Schlag in die Magengrube gewesen. Ihm war die Luft weggeblieben.

Es hatte wehgetan.

Verdammt.

Doch kaum hatte er Treys Gesichtsausdruck bemerkt, war ihm klar gewesen, dass sein Freund ihn nur hatte provozieren wollen. Ob er nun wütender auf Trey oder auf sich selbst war, konnte Jai nicht sagen. Seinen Frust baute er jedoch im Training mit Charlie ab. Und der machte sich allmählich. Funken flogen, und ihre Hände leuchteten golden, während sie angriffen und einander geschickt auswichen. Charlie lernte schnell, das musste Jai ihm lassen.

Er sah sich kurz nach Ari und Trey um und stellte erleichtert fest, dass auch die beiden nun wieder ganz normal trainierten. O Gott, er wusste, wie wütend sie auf ihn war. Inzwischen tat es ihm leid, dass er ihr von Yasmin erzählt hatte. Es war nicht so, dass er mit Ari zusammen sein wollte – er konnte nicht mit ihr zusammen sein, denn der Preis dafür wäre einfach zu hoch –, doch der Gedanke, dass er in ihrem Ansehen gesunken war, tat weh. Was war er bloß für ein Idiot gewesen, dass er das alles nicht für sich behalten hatte.

Als Jai und Charlie eine kurze Pause einlegten, fragte Charlie: „Hör mal, kannst du mir die Sache mit dem Talisman erklären? Und wie Zauberer so ein Ding benutzen?"

„Nein, das werde ich ganz bestimmt nicht." Jai schüttelte den Kopf. Wie sollte er Charlie klarmachen, dass die Magie ihn verändern, ja, zerstören konnte? Bisher schien er das nicht zu kapieren. „Charlie, hör mal …"

„Jai!" Luca Bitar kam herein, nickte Ari und Trey knapp zu und ging zu seinem Sohn. Trey nahm Ari an die Hand und folgte Luca, was Jai kopfschüttelnd beobachtete. Sein bester Freund war furchtbar neugierig. Zu Jais Überraschung wartete sein Vater, bis sie sich alle um ihn versammelt hatten, ehe er zu sprechen begann. „Es gibt noch nichts Neues von den Gilden. Aber ich habe eine neue Klientin, die für eine Nacht einen Bodyguard braucht. Eine englische Schauspielerin. Sie hat Todesdrohungen erhalten. Sie und ihr Freund verbringen nur ein paar Tage hier. Heute Abend wollen sie einen Club besuchen, ohne eine ganze Horde von Leibwächtern im Schlepptau zu haben. Ich habe ihnen vorgeschlagen, einen männlichen und weiblichen Bodyguard von uns mitzunehmen. Und zwar undercover. Die beiden werden so tun, als wären sie ein befreundetes Paar, das mit ihnen eine Nacht lang feiern will. Die beiden finden die Idee gut. Aber leider gibt es ein Problem."

Jai gefiel die Richtung nicht, die das Gespräch nahm.

„Alle jungen männlichen Bodyguards meines Teams, die einen solchen Auftrag übernehmen könnten, ohne aufzufallen, sind derzeit schon beschäftigt. Wenn du bereit wärst, den Job zu machen, Jai, sorge ich dafür, dass Miss Johnson hier heute Nacht sicher ist. Yasmin hat Zeit und wäre deine Partnerin. Du würdest mir damit einen großen Gefallen tun, Jai", sagte Luca überraschend höflich.

Yasmin. Das war so ungefähr das Letzte, was Jai gerade gebrauchen konnte. Er bemerkte, wie Aris Miene sich bei dem Vorschlag verfinstert hatte. Allerdings kam es sonst so gut wie nie vor, dass sein Vater ihn so freundlich um irgendetwas bat.

Trey machte einen Schritt auf Jai zu und sah ihn entschuldigend an. „Ich würde den Auftrag ja übernehmen, Kumpel", sagte er zu Jai. „Aber ich habe heute Abend schon einen anderen Job. Allerdings …" Er sah Ari mit einem spitzbübischen Lächeln an. „Ich finde, du solltest Ari mitnehmen. Sie macht sich wirklich sehr gut im Training, und ein bisschen Praxis könnte ihr nicht schaden, denke ich."

„Das mit dem Denken solltest du besser lassen", versetzte Jai gereizt.

„Nein, warte mal." Luca nickte. „Wären Sie dazu bereit, Miss Johnson?"

Kommt nicht infrage, Ari! Denk nicht einmal daran, Ja zu sagen! Jai presste die Lippen aufeinander und funkelte Ari an. Doch sie erwiderte seinen Blick beinahe trotzig.

„Natürlich." Sie lächelte. „Das mache ich sehr gern."

Jai sah sie böse an. „Auf gar keinen Fall!"

„Ari ist viel mächtiger als Yasmin", wandte Trey ein. „Gib ihr eine Chance, das nicht nur dir, sondern auch sich selbst zu beweisen. Sie muss lernen, dass sie sich im Zweifelsfall auch selbst schützen kann."

„Und wenn nun der White King heute Abend versucht, sie zu entführen?"

„Niemand weiß, dass sie überhaupt hier ist, Jai. Und ich bezweifle stark, dass irgendjemand sie heute Nacht in einem Club in L. A. vermutet."

Außer Jai schien nur Charlie ebenfalls dagegen zu sein. Es stand somit drei zu zwei. Jai seufzte. „Na schön."

„Das kann nicht dein Ernst sein!" Charlie starrte Jai an. „Sie könnte dabei sterben."

„Übertreib nicht, Charlie!" Ari schüttelte den Kopf, und Jai hatte fast Mitleid mit ihm.

Charlie sah sie entschlossen an. „Ich komme mit."

„Nein, das werden Sie nicht", erwiderte Luca.

Trey wollte die Situation retten und legte Charlie den Arm um die Schultern. „Warum kommst du heute Abend nicht mit mir? Meine Klientin ist ein ziemlich heißes Popsternchen, das zu einer Preisverleihung geht. Tolles Essen, Champagner und schöne Frauen."

Doch der Vorschlag wurde abgeschmettert, auch wenn Charlie bereit gewesen wäre, Trey zu begleiten. Jai fragte sich, warum Charlie eigentlich nicht wütend in sein Zimmer stürmte – alle behandelten ihn wie ein Kind. An seiner Stelle wäre er gegangen – schon allein aus Angst, jemandem vor Wut an die Gurgel zu gehen.

Mist, jetzt fühlte er schon mit Charlie. Was passierte hier gerade mit ihm?

Schließlich wurden widerstrebend letzte Details besprochen, und Luca und Trey wandten sich zum Gehen. Luca bat seinen Sohn noch, so schnell wie möglich zu ihm ins Büro zu kommen, um ein paar Sicherheitsfragen zu klären. Im nächsten Moment waren Jai, Charlie und Ari allein im Trainingsraum. Es herrschte ein unbehagliches Schweigen.

„Warum soll ich Trey heute Abend nicht begleiten? Er wollte jemanden an seiner Seite haben, der ihm hilft."

Ari schnaubte. „Trey ist nicht an deinen Qualitäten als Kämpfer interessiert."

Jai warf ihr einen warnenden Blick zu. Treys sexuelle Orientierung wurde in diesem Haus nicht offen diskutiert. Falls Luca Bescheid wusste – und es hätte Jai nicht sonderlich erstaunt, wenn sein Vater es irgendwie herausgefunden hätte –, so hatte er Treys Vater Rik zumindest nichts verraten. Rik wäre wahrscheinlich explodiert.

Ari erwiderte seinen Blick und wandte sich dann Charlie zu. „Es könnte sein, dass Trey ein bisschen verknallt in dich ist."

„Trey ist schwul?" Charlie zog überrascht die Augenbrauen hoch.

„Bisexuell", korrigierte Jai ihn leicht angefasst. „Außerdem findet er praktisch jeden, dem er begegnet, heiß. Also bilde dir bloß nichts darauf ein."

Charlie hob beschwichtigend die Hände. „Ich habe doch gar nichts gesagt!"

„Nimm es nicht persönlich", schaltete Ari sich ein. „Jai ist nur genervt, weil er den heutigen Abend mit mir verbringen muss."

Als er das hörte, fluchte Jai unterdrückt und machte sich dann ohne ein weiteres Wort auf den Weg zum Büro seines Vaters. Nur so schnell wie möglich weg von Ari! Er brauchte so viel Abstand zu ihr wie nur möglich, bevor sie heute Abend gemeinsam diesen verfluchten Auftrag übernahmen.

15. KAPITEL

AUCH EIN FEUER OHNE FLAMMEN BRENNT

Ari biss sich auf die Unterlippe und betrachtete prüfend ihr Spiegelbild. Sie hatte sich aus ihrem Schrank in Ohio ein Kleid herbeigezaubert und überlegte jetzt, ob es für den heutigen Abend vielleicht doch unpassend war.

Um in den Club eingelassen zu werden, musste man eigentlich einundzwanzig sein. Die Ginnaye hatten jedoch jemanden eingeschleust, und deshalb würde es keine Probleme geben. Außerdem sollte Ari noch einen gefälschten Ausweis bekommen. Trotzdem musste sie glaubhaft wie einundzwanzig aussehen, wenn sie nicht auffallen wollte. Das Kleid, das sie ausgesucht hatte, war etwas gewagt. Es war rot, schulterfrei und kurz. Um nicht zu dick aufzutragen, hatte sie sich gegen die hochhackigen und für die flachen Schuhe entschieden. Glücklicherweise war sie groß genug und brauchte High Heels sowieso nicht.

Als Nächstes holte Ari sich ihr Schminktäschchen aus Ohio, betonte die Augen und legte Rouge auf, um nicht mehr so blass auszusehen. Zum Schluss kämmte sie noch ihre langen Haare, die sie an diesem Abend offen tragen wollte. Sie betrachtete sich im Spiegel und nickte.

Dann fiel ihr Blick wieder auf das rote Kleid. War es vielleicht doch zu kurz? Sie musterte den Saum, der sich ungefähr auf der Höhe ihres halben Oberschenkels befand. Nervös überlegte sie, wie Jai reagieren würde, wenn er sie sah. Doch Jai war nicht der einzige Grund für Aris Nervosität. Die englische Schauspielerin, die sie heute Abend bewachen würden, war keine Geringere als Jennifer Hadley. Sie war ein echter Star, der regelmäßig in romantischen Komödien besetzt wurde. Im Gegensatz dazu war ihr Freund Chris, der sie begleitete, schon fast erschreckend normal. Von Beruf Maurer war er bereits seit zehn Jahren mit Jennifer zusammen. Sie hatten sich schon kennengelernt, lange bevor Jennifer berühmt geworden war. Obwohl sich Jennifers Leben seitdem so dramatisch verändert hatte und trotz all der umwerfenden Männer, mit denen sie drehte, waren die beiden immer noch zusammen. Ari fand das sehr romantisch.

Jemand klopfte.

„Herein!", rief Ari aufgeregt und strich mit zitternden Händen ihr Kleid glatt.

Zu ihrer Überraschung kam nicht Jai, sondern Charlie durch die Tür. Er trug ein schlichtes T-Shirt ohne Bandaufdruck und eine schwarze Hose. Die Hose war im Gegensatz zu den Jeans, die er für gewöhnlich anhatte, nicht am Knie zerrissen. Zusammen mit den kurzen Haaren ließ sein Outfit ihn älter wirken. Stärker. Attraktiver. *Was bin ich nur für eine Idiotin.*

„Wow!" Charlie blieb wie angewurzelt stehen und starrte sie mit offenem Mund an.

Ari spürte, wie sie rot wurde. Noch nie hatte Charlie sie mit einem so offensichtlich interessierten Blick angesehen.

„Guck mich nicht so an."

„Das geht leider nicht anders, Ari. Du siehst unglaublich aus."

„Danke." Charlie sah Ari wieder mit diesem Dackelblick an, bei dem sie immer wieder schwach wurde. Schnell wandte sie den Blick ab und suchte ihre Sachen zusammen, die sie dann in der Handtasche verstaute.

„Bist du sicher, dass du das heute Abend wirklich machen willst?", fragte Charlie leise. „Es könnte gefährlich werden. Wir wissen nicht, ob uns vielleicht jemand hierher gefolgt ist oder ob dieser Dalí irgendwie herausgefunden hat, wo du bist."

„Es wird schon nichts passieren."

„Was ist mit Jai?"

Aris Herz schlug schneller. „Was soll mit ihm sein? Er macht seinen Job so professionell wie immer, und mich nimmt er dabei gar nicht wahr."

Charlie schnaubte verächtlich. „Ja, klar! Mann, Ari, du solltest mal sehen, wie er dich manchmal anblickt, wenn du es nicht merkst."

Ari lief ein Schauer über den Rücken. „Für Jai bin ich nur eine Klientin."

Doch Charlie schüttelte den Kopf. „Bist du auch in ihn verliebt?"

„Nein. Hör mal, darüber will ich nicht reden. Und schon gar nicht mit dir", entgegnete Ari und wurde rot.

„Du stehst also auf ihn? Der ist doch viel zu alt für dich!" Charlie schien erst jetzt zu begreifen, was Ari für Jai empfand.

„Er ist gerade mal dreiundzwanzig", stieß sie hervor, ehe ihr auffiel, dass sie besser alles abgestritten hätte. „Aber das ist ja auch gar nicht der Punkt. Zwischen Jai und mir ist nichts, und da wird auch nie was sein."

Charlie sah sie plötzlich mitfühlend an. „Ja, das stimmt. Jai ist kein Typ, der ernste Beziehungen eingeht. Trey hat mir von den Frauengeschichten erzählt, die er und Jai so hatten." Er zuckte die Achseln. „Jai mag dich attraktiv finden – wie jeder Mann –, aber mehr wird da nie sein." Ein bitterer Zug spielte um seinen Mund. „Mir war einfach nicht klar, dass du mehr von ihm willst."

Plötzlich fiel Ari wieder ein, was sie sich geschworen hatte – Schluss mit den Männern! „Ich will von niemandem mehr irgendetwas", stellte sie kühl fest. „Wenn man nichts von einem Menschen erwartet, dann kann man auch nicht enttäuscht werden."

Mit einem traurigen Nicken verließ Charlie den Raum und warf die Tür hinter sich ins Schloss. Er hatte verstanden, was sie ihm damit sagen wollte.

Jais Blick war unbezahlbar. Ari wünschte sich, jemand würde ihn in diesem Moment fotografieren, damit sie sich sein Gesicht immer wieder ansehen könnte – besonders, wenn er sich mal wieder aufführte wie ein Idiot. Die Empfindungen, die er in ihr auslöste, als sie auf ihn zuging und er sie ansah, waren unbeschreiblich. Sie vergaß nicht nur ihr schlechtes Gewissen, weil sie so hart zu Charlie gewesen war, sondern fühlte sich auch ... *begehrenswert*.

Sie blieb vor Jai stehen. Er trug ein schwarzes T-Shirt und schwarze Jeans. Der winzige Diamant in seinem Ohrläppchen funkelte. Jai sah umwerfend aus, und Ari musste sich mühsam zusammenreißen, um nicht ihrem Wunsch nachzugeben, ihn zu berühren.

„Fertig?", fragte Jai rau und reichte Ari den gefälschten Ausweis.

Offenbar hatte er nicht vor, eine Bemerkung zu ihrem Kleid zu machen. Bitte, dann eben nicht. Charlie hatte anscheinend recht. Jai fand sie attraktiv – das hatte er selbst zugegeben –, aber das hatte nichts zu bedeuten. Er war schon mit vielen Frauen zusammen gewesen. Wie viele mögen es gewesen sein, fragte Ari sich unwillkürlich. Unmerklich schüttelte sie den Kopf. Es spielte keine Rolle. Binden wollte er sich jedenfalls nicht. Mann, er hatte sogar mal mit einer Frau geschlafen, um sich an ihrem Vater zu rächen! Ari runzelte die Stirn. Was erwartete sie eigentlich von ihm?

„Was ist?", fragte er, als er ihren Blick bemerkte.

Doch Ari zuckte nur mit den Schultern. Sie wollte ihm nicht sagen, was sie gerade gedacht hatte. „Miss Maggie begleitet mich. Ich hoffe, du hast nichts dagegen."

„Gut. Noch jemand, der dich beschützt."

Während der Fahrt in Lucas Sportwagen schwiegen die beiden. Ari begann zu zittern, als sie durch L. A. fuhren. Natürlich hätten sie auch mit dem Peripatos zum Club gelangen können. Aber Jai fuhr zum einen gern Auto und zum anderen fand er, dass sie beide eine kleine Auszeit außerhalb des Hauses gebrauchen konnten, bevor der Job anfing. Tja, da hatte er sich geirrt. Die Stimmung zwischen ihnen war angespannt, und dass Aris Kleid ständig hochrutschte, machte es auch nicht gerade leichter. Sie zog den Saum zwar immer wieder nach unten, aber das hielt nie lange vor. Als Jai dann einen Blick auf ihre Beine warf und das Lenkrad unwillkürlich fester umklammerte, hielt Ari die Spannung zwischen ihnen kaum noch aus.

Sie waren beide erleichtert, als sie das Hotel erreichten, wo sie sich mit Jennifer und ihrem Team von Leibwächtern treffen sollten.

Am Fahrstuhl wurden sie bereits vom Sicherheitschef erwartet. Er war sogar noch größer und muskulöser als Jai. „Ich bin Brian", stellte er sich vor. „Ich bringe Sie jetzt zuerst zu Miss Hadley, und dann besprechen wir das Protokoll für den Abend."

Im Fahrstuhl stieg Aris Anspannung. Als sie ausstiegen und über den Hotelflur gingen, hätte sie vor lauter Nervosität am liebsten Jais Hand genommen. Verzweifelt bemühte sie sich, so auszusehen, als wäre es für sie ein ganz normaler Job. Vor dem Zimmer standen zwei Männer, die Brian zunickten. Brian klopfte an und wartete, bis man ihn hineinließ.

Die Suite war fantastisch. Nicht ganz so luxuriös wie ein Penthouse, aber immerhin. Ari bewunderte die exquisiten Möbel, den beeindruckenden Kamin und den riesigen Flachbildfernseher an der Wand. Durch die hohen Fenster hatte man den perfekten Blick über L. A.

„Miss Hadley, das hier sind Ari und Jai – Ihre Bodyguards, die Sie heute Abend begleiten werden."

Ach, du grüne Neune, das ist tatsächlich Jennifer Hadley! Ari schüttelte ihr die Hand.

Die kleine blonde Schauspielerin lächelte freundlich und stupste ihren Freund an. „Die beiden sehen nicht aus wie Bodyguards, sondern wie Filmstars."

Ari wurde rot und sah zu Jai. Seine Miene blieb unbewegt. Ari verzog das Gesicht. Er war so überkorrekt, wenn er arbeitete.

„Ich darf Ihnen versichern, dass Sie bei uns in guten Händen sind, Miss Hadley", sagte er förmlich.

„Gut zu wissen", erwiderte Jennifer.

Charlie legte auf und seufzte. Seine Mutter war immer noch wütend auf ihn, weil er mit Ari abgehauen war. Tja, immerhin nahm sie ab, wenn er anrief. Er warf das Handy auf den Couchtisch und sah sich weiter den Film an, der über den Bildschirm flimmerte. Ohne Ton war er witziger. Stöhnend fuhr er sich übers Haar. Er vermisste seine Locken. Warum hatte er sie sich doch gleich abschneiden lassen?

Und wieso saß er hier eigentlich allein herum?

Du bist hier, um etwas zu lernen, sagte er sich in Gedanken. Und natürlich auch wegen Ari. Um auf sie aufzupassen. Er sah sie wieder in dem roten Kleid vor sich und stöhnte noch einmal. In dem Kleid war sie gerade mit Jai unterwegs.

Charlie lauschte in die Stille hinein, die im ganzen Haus herrschte. Jai konnte einem wirklich leidtun. Charlie wusste, wie es war, wenn die eigene Familie sich nicht um einen kümmerte. Bei Jai war es sogar noch schlimmer. Wie unverschämt und respektlos ihn hier alle behandelten. Sie nannten ihn „Junge". Gut, vielleicht sollte er zumindest *deshalb* kein Mitleid mit Jai haben. Schließlich nannte der ihn ständig „Kleiner". Das war auch nicht gerade höflich.

„Klopf, klopf", rief plötzlich eine vertraute Stimme. Trey stand in der Tür. „Darf ich reinkommen?"

Was hatte Ari noch gesagt? Dass Trey in ihn verknallt sei … Charlie überlegte, wie er sich Trey gegenüber verhalten sollte. Trey war witzig, und Charlie mochte ihn, obwohl er Jais bester Freund war. Nur war bisher noch nie ein Mann in ihn verliebt gewesen. Was sollte er sagen? Wie sollte er sich geben? Konnte er ihm in die Augen sehen oder würde Trey das als Aufforderung interpretieren? *Verdammt.*

„Hallo, Trey! Klar, komm rein." Er nickte und versuchte einfach, cool zu bleiben. *Das schaffe ich schon. Schließlich ist er immer noch Trey.*

„Aha." Trey nickte und setzte sich Charlie gegenüber in einen Sessel. „Ari hat es dir also erzählt. Das dachte ich mir vorhin schon, aber da war ich mir noch nicht ganz sicher."

Stirnrunzelnd spielte Charlie den Ahnungslosen. „Was denn?"

„Dass ich auf Männer und Frauen stehe."

„Ach so, das. Ja, und?"

Trey lachte. „Keine Sorge, Charlie. Es ist mir zu anstrengend, Heteros umzudrehen, also kannst du ganz locker bleiben. Außerdem bist du ja zumindest gefühlsmäßig sowieso nicht mehr frei."

Den letzten Satz ignorierte Charlie geflissentlich und warf einen Blick auf die Uhr. „Müsstest du nicht eigentlich arbeiten?"

„Der Termin ist abgesagt. Die Sängerin ist krank – was übersetzt bedeutet, dass sie sich heute zu dick fühlt, um die Wohnung zu verlassen." Trey zuckte mit den Schultern. „Was hältst du davon, wenn wir zusammen den Abend hier verbringen? Ich versuche gerade, mich vor jemandem zu verstecken."

„Vor einem Mann?", platzte Charlie heraus und zuckte zusammen. Mann, er hätte nicht gedacht, dass er in dieser Hinsicht so uncool war.

Der Ginnaye grinste nur. „Ja, vor einem Mann. Aber im Ernst: Wenn du dich dabei unwohl fühlst, geh ich wieder."

Charlie winkte ab. „Nein, bleib ruhig da."

„Schön. Übrigens … Könntest du das, was Ari dir über mich erzählt hat, bitte für dich behalten?"

„Weiß das denn keiner?"

„Nein. Und besonders mein Vater darf es nicht erfahren. Der ist unglaublich scheinheilig." Es klang so bitter, wie Charlie es bei dem fröhlichen Trey nicht für möglich gehalten hätte.

„Scheiße", sagte Charlie. „Das muss schlimm sein."

„Schön ist es wirklich nicht. Unser Clan weiß auch nicht Bescheid. Nur Jai, soweit ich weiß."

„Wie kommst du damit klar?"

Trey zog eine Augenbraue hoch. „Hast du deinen Eltern etwa verraten, dass du dein Leben als normaler Mensch gegen das eines Zauberers eingetauscht hast, um den Dschinn zur Strecke zu bringen, der deinen Bruder auf dem Gewissen hat?"

Charlie starrte einen Moment lang in die Ferne. „Tja … Nein, natürlich nicht. Aber *das* wäre auch eine Sache, für die man mich in die Psychiatrie sperren würde. Dein Geheimnis ist dagegen nicht so schlimm."

Trey antwortete nicht. Seine Miene wirkte jedoch wie versteinert.

Weil Charlie nicht wusste, was er falsch gemacht hatte, tat er das, was jeder Mann tun würde. Er wechselte das Thema. „Ari ist heute Abend mit Jai unterwegs", stellte er fest. *In diesem unglaublichen Kleid.*

„Er passt gut auf sie auf, Charlie."

„Ja, genau davor habe ich Angst."

Trey musterte ihn einen Augenblick lang. „Du bist echt kein schlechter Kerl, Charlie. Ein bisschen verwirrt, aber prinzipiell ganz in Ordnung."

„Tja, danke, Trey."

„Jai ist auch kein schlechter Kerl."

„Wenn du das sagst", erwiderte Charlie.

„Er ist wirklich in Ordnung. Er ist nicht perfekt, aber es ist schon erstaunlich, dass er sich so entwickelt hat, wenn man bedenkt, was er alles durchgemacht hat. Jai hatte es nicht leicht, Charlie. Wenn du ihn besser verstehen würdest …" Trey seufzte. „Ich musste seine Brüder mal davon abhalten, ihn umzubringen, und ich habe ihn oft mit zu mir nach Hause genommen, wenn seine Stiefmutter ihn wieder schlagen wollte. Als Jai und ich dreizehn Jahre alt waren, feierte der ganze Clan Tariks Geburtstag. Jai stieß aus Versehen die Torte um. Es war *keine* Absicht. Das kann ich beschwören, weil ich ihn persönlich gegen die Torte geschubst habe." Er grinste zwar, aber man merkte, dass ihn die Geschichte verfolgte. „Nicki drehte durch und verprügelte Jai. Vor allen Gästen. Er wehrte sich nicht. Luca wollte sie aufhalten – angeblich nur, weil sie eine Szene machte. Aber ich sah ihm an, dass Jai ihm leidtat; was er natürlich niemals zugegeben hätte. Nicki ließ sich nicht beruhigen. Stattdessen nahm sie ihren Gürtel ab und drohte Luca, ihn zu verlassen, wenn er Jai nicht auf der Stelle eine Tracht Prügel verpassen würde, um ihr zu beweisen, dass er sie mehr liebte als seinen Sohn." Trey senkte den Blick, weil er die Erinnerung offensichtlich kaum ertrug. „Jeder der Anwesenden wusste von Jais Mom, der Lilif. Sie wussten, was die Lilif der Beziehung zwischen Luca und Nicki angetan hatte, was sie Luca angetan hatte." Er räusperte sich. „Seit Jai geboren wurde, hat Luca alles getan, um zu beweisen, dass er absolut nichts für ihn empfindet. Jai ist für ihn das Ergebnis einer Vergewaltigung, wenn du so willst. Und obwohl er es tief in seinem Inneren nicht wollte, schlug er Jai mit dem Gürtel. Ich glaube schon, dass Jai ihm nicht gleichgültig ist. Aber das reicht nicht." Trey schluckte. „Ich wollte dazwischengehen und kassierte dafür ein paar hübsche Striemen." Er zeigte auf eine Narbe über seiner Augenbraue. „Mein Vater zog mich weg und verpasste mir zu Hause ein dauerhaftes Andenken an diesen Tag. Als Jai das hörte, schlich er sich zu uns, um zu sehen, wie es *mir* ging – obwohl er grün und blau geschlagen worden war. So ist Jai."

„Hast du ein schlechtes Gewissen?", fragte Charlie.

„Ja, verdammt! Schließlich habe ich ihn gegen die Torte gestoßen."

Endlich begriff Charlie, warum Jai immer so kühl und reserviert war. Seine Kindheit war furchtbar gewesen. Trotzdem ... „Er wird ihr wehtun." Charlie war davon überzeugt. Er sagte es nicht nur, um Jai in ein schlechtes Licht zu rücken. „Er kann ihr nicht geben, was sie braucht."

Trey musterte ihn eindringlich. „Und du könntest es?"

„Vielleicht eines Tages. Wenn sie bereit ist."

„Hast du mal daran gedacht, dass du deine Chance verspielt haben könntest, Zauberlehrling?"

„Ich gebe nicht auf. Und Jai ... Er wird sie nur benutzen und anschließend fallen lassen."

Trey schüttelte den Kopf und griff nach der Fernbedienung, um den Ton wieder anzustellen. „Du kennst ihn nicht. Er braucht jemanden wie Ari. Genauso wie sie jemanden wie ihn braucht."

„Jemanden wie ihn? Er ist ein gefühlskalter Mistkerl."

Trey sah Charlie scharf an. „Wie gesagt, du kennst ihn nicht. Glaube mir, Ari braucht jemanden wie ihn. Jemanden, für den sie das Wichtigste ist, jemanden, der sie wirklich *genug* liebt."

„Für ihn kommt sein Job an erster Stelle und nicht Ari", widersprach Charlie.

„Ja, im Moment noch. Das wird sich ändern. Ich kenne doch meinen guten alten Jai."

„Tja, dann wird es aber zu spät sein", meinte Charlie, der den Gedanken nicht ertrug, dass er Ari an den Dschinn verlieren könnte.

„Ich weiß." Trey grinste verschmitzt. „Dann ist dir also aufgefallen, wie sie mich heute angesehen hat? Wenn Jai sich nicht beeilt, läuten im Frühling bei uns die Hochzeitsglocken. Ari und ich bekommen bestimmt wunderschöne Kinder."

Charlie boxte ihm gegen die Schulter. „Leck mich."

Trey lachte, und Charlie war dankbar, dass der Typ sich zurückhielt und seinen letzten Spruch nicht mit einer Anzüglichkeit konterte. Damit lehnten die beiden sich zurück, und Trey lachte über die Komödie, die im Fernsehen lief. Charlie hingegen war mit den Gedanken woanders. Er dachte über das nach, was Trey eben gesagt hatte.

Ari brauchte jemanden, für den sie das Wichtigste war …

Sobald er Mike gerächt hätte, könnte er dieser Jemand sein.

Nach seiner Vergeltung …

Ari und Jai fuhren im Mercedes zum Club, Jennifer und Chris saßen mit ihrem Leibwächter Brian und seinem Security-Team in einem anderen Wagen. Sobald sie im Club angekommen waren, sollten Ari und Jai Jenn, wie sie genannt werden wollte, und Chris nicht mehr von der Seite weichen. Ari und Jai sollten so tun, als wären sie nur Freunde, damit Jenn und Chris heute Abend zumindest den Anschein von Freiheit hatten.

„Bereit?", fragte Jai Ari, als sie vor dem Club hielten. Draußen standen schon lange Menschenschlangen, und Paparazzi knipsten jede Berühmtheit, die auftauchte.

Ari atmete einmal tief durch und nickte dann wortlos, während sie darauf wartete, dass Jai um den Wagen herumging und ihr die Tür öffnete. Er reichte ihr die Hand, um ihr herauszuhelfen, und lächelte ihr aufmunternd zu. Ari erwiderte sein Lächeln und entspannte sich ein wenig. Sie gaben dem Parkservice den Autoschlüssel. Der Geländewagen mit ihren Klienten wartete, und Jai und Ari gingen hinüber. Als sie ankamen, stiegen Jenn und Chris aus. Etwas neidisch betrachtete Ari Jenns silbernes Top und ihre Jeans. Falls etwas passieren sollte, war das natürlich viel praktischer als ihr kurzes Kleid. *Ich hätte auch Jeans anziehen sollen.*

Jenn grinste und sagte: „Du siehst toll aus."

Der englische Akzent war wirklich faszinierend. Ari lächelte. „Danke."

Jenn hakte sich bei ihr unter. Mit Chris an Jenns anderer Seite führte die Schauspielerin sie in den Club. Jai folgte den dreien. Der massige Türsteher lächelte und meldete über sein Headset, dass Miss Hadley jetzt da sei.

Kameras klickten und überall riefen Leute Jenns Namen. *Was ist mit den Fotos? Ich bin auch drauf. Das sollte nicht in die Medien gelangen, sonst weiß Dalí, wo ich stecke.* Warum hatte sie daran nicht eher gedacht?

Doch darum hätte sie sich keine Sorgen machen müssen, Jai hatte das eingeplant. *Alles okay, ich lösche sie gerade.*

Ari warf ihm über die Schulter hinweg einen Blick zu und konnte die pulsierende Energie seiner Magie spüren. Jai hatte recht gehabt … Sie hätte nicht mitkommen dürfen. Sie machte seinen Job nur noch schwieriger. Erleichtert, dem Blitzlichtgewitter zu entkommen, betrat Ari den Club. Eine große Frau im Businesskostüm begrüßte sie. Jai musterte sie prüfend von Kopf bis Fuß.

„Miss Hadley", rief sie, um die Musik zu übertönen. „Wir haben Ihnen und Ihren Gästen dort hinten einen Privatbereich eingerichtet. Ein Kellner wird gleich Ihre Bestellungen aufnehmen."

Wow! Als sie sich ihren Weg durch die Menschenmenge bahnten, bemerkte Ari völlig fasziniert die vielen Stars und Sternchen. Jenn musste ein Vermögen für einen VIP-Bereich in einem VIP-Club bezahlt haben. Ari betrachtete aufmerksam ihre Umgebung. Aus den Lautsprechern dröhnte ein Song von Rihanna. Man führte sie ein paar Stufen zu einer

Empore hinauf, wo schwere Damastvorhänge hinter einem Sofa hingen. Ein kunstvolles schmiedeeisernes Gitter trennte den Bereich von der Tanzfläche ab, gestattete es ihnen aber gleichzeitig, alles zu beobachten. Ari und Jai warteten, bis Jenn und Chris die Stufen hinaufgegangen waren. Als Jai ihr dann die Hand auf den Rücken legte, zuckte Ari zusammen.

Nachdem sie alle vier Platz genommen hatte, erschien ein Kellner. „Was darf ich Ihnen bringen?"

„Ich nehme einen Glenlivet und ein Ginger Ale." Jennifer lächelte den Mann an, während Ari noch verzweifelt überlegte, was bitte ein Glenlivet sein mochte.

„Und noch mal dasselbe", erklärte Chris.

Jai lehnte sich zurück, wirkte völlig locker und entspannt und legte den Arm hinter Ari auf die Lehne. „Für uns nur Wasser, bitte."

Falls der Kellner das eigenartig fand, zeigte er das nicht. Er verließ ihren Tisch, und Jennifer schmiegte sich an Chris. Dann sah sie Ari und Jai an. „Und wie seid ihr zu eurem Beruf gekommen? Ihr seht beide noch so jung aus."

„Meiner Familie gehört die Agentur", antwortete Jai knapp und sachlich. Ari runzelte die Stirn, weil sie seinen Ton unangemessen kühl fand.

„Ach." Jenn zog verwirrt die Augenbrauen hoch. „Seid ihr denn Geschwister?"

„Nein." Ari schüttelte so heftig den Kopf, als fände sie allein den Gedanken schon schockierend.

„Unsere Väter sind Freunde und Kollegen", erklärte Jai und warf Ari einen warnenden Blick zu.

„Wie lange arbeitet ihr denn schon als Bodyguards?"

„Eine Weile."

„Und macht der Job euch Spaß?"

„Ja, durchaus."

Ari musste sich verkneifen, mit den Augen zu rollen, während Jenn noch ein paar Fragen stellte, ehe sie schließlich aufgab. Mit Jai war kein längeres Gespräch zu führen. Schulterzuckend wandte Jenn sich an Chris, und die beiden begannen, sich leise zu unterhalten.

Ari sah sich wieder wachsam um und tat so, als wäre sie tatsächlich ein Bodyguard von *Bitar Security*. Aber wonach sollte sie eigentlich genau Ausschau halten? Verdammt, das hätte sie Jai fragen sollen, bevor sie losgefahren waren. Moment. Warum hatte Jai ihr nichts gesagt? Richtig. Ari verkrampfte sich, als sie daran dachte. Er wollte sie gar nicht dabeihaben. Ihm war es lieber, dass sie vom Job keine Ahnung hatte, damit er die Sache im Zweifelsfall allein regeln konnte, ohne dass sie ihm möglicherweise in die Quere kam.

Zehn Minuten später saß Ari gelangweilt herum und überlegte, ob Jai es unhöflich finden würde, wenn sie Jenn nach ihrem nächsten Filmprojekt fragte. Aber was sollte daran schon unhöflich sein? Sie sah zu Jenn, wurde rot und schob ihre Frage beiseite. Jenn und Chris knutschten gerade. Leidenschaftlich und mit vollem Körpereinsatz. Ari wandte den Blick ab. Ob Jai bemerkt hatte, dass ihre Klienten gerade übereinander herfielen? Sie sah zu ihm. Ihre Blicke trafen sich. Offenbar hatte er sie beobachtet, denn er grinste sie wissend an.

„Hey!"

Ein ziemlich großer Typ, der ein bisschen zu jung für den Club wirkte, spähte durch die Streben des Eisengitters zu ihnen hoch. Er lächelte Ari an und versuchte offensichtlich, mit ihr zu flirten. Irgendwie kam er ihr bekannt vor.

„Willst du tanzen, Süße?", rief er über die laute Musik hinweg.

Sofort spürte sie, wie Jai den Arm um ihre Schultern legte und sie an sich zog. Ari stockte kurz der Atem. „Verschwinde", fuhr Jai den Kerl an. Ob der Typ Jai gehört hatte oder nicht, wusste Ari nicht, aber Jais Körperhaltung sprach eine deutliche Sprache. Der junge Mann beäugte Jai missmutig und verzog sich wieder auf die Tanzfläche.

Jai nahm sofort den Arm von ihren Schultern, und Ari blickte ihn an. Seine besitzergreifende Geste verursachte ihr noch immer Herzklopfen. Ihr Bodyguard zuckte die Achseln. „Wir dürfen unseren Posten nicht verlassen."

Also war es doch keine besitzergreifende Geste gewesen. Seine Motivation war rein professionell gewesen. Aris Hoffnungsschimmer erstarb.

Sie ließ die Schultern ein wenig hängen. Als sie sich umschaute, fing sie Jenns Blick auf. Die Schauspielerin lächelte sie verständnisvoll an und ahnte offenbar, was Ari fühlte. Ari erwiderte das Lächeln. Frauen mussten zusammenhalten.

Jenn nahm Chris' Hand. „Kommt, ich möchte tanzen." Damit stand sie auf und grinste Jai an. „Das bedeutet wohl, dass ihr beide auch auf die Tanzfläche müsst."

O nein! Es reichte eigentlich schon, dass Trey erfolglos versuchte, sie zu verkuppeln. Jetzt auch noch Jennifer! Ari schloss die Augen und hörte, wie Jai neben ihr gereizt seufzte. Dennoch erhob er sich. Ari stand ebenfalls vom Sofa auf und vermied es, ihn anzublicken.

Er ergriff ihre Hand und stieg mit Ari zusammen vor Jenn und Chris die Treppe vorm VIP-Bereich hinunter. Dabei drehte er sich immer wieder zu seinen Klienten um, um sicherzugehen, dass niemand ihnen zu nahe kam. Sein finsterer Blick reichte vollkommen, damit die Tanzenden ihnen Platz machten. Er stellte sich mit Ari direkt neben ihre beiden Schutzbefohlenen. Zwischen ihnen war so viel Platz, dass locker noch jemand dazwischengepasst hätte. *Hallo? Sind wir wieder in der fünften Klasse oder was?* Ari legte ihm die Hände auf die Schultern und rollte mit den Augen.

Neben ihnen musste Jenn sich ein Lachen verkneifen, als sie das Schauspiel beobachtete.

Jai sah Ari stirnrunzelnd an. „Was ist?", fragte er verständnislos.

Frustriert flüsterte Ari ihm ins Ohr: „Wenn du nicht gleich anständig mit mir tanzt, kannst du was erleben."

Jai lachte leise, und Ari schmiegte sich an ihn, als er sie nun näher an sich zog. Sehr viel näher. Er schlang die Arme um ihre Taille, und Ari lehnte den Kopf an seine Schulter und streichelte ihm über den Nacken. „Wir sind zum Arbeiten hier, nicht zum Tanzen", erwiderte er, und Ari überlief ein Schauer, sowie sie seinen Atem auf ihrer Haut spürte.

Das schließt sich nicht aus.

Ich beobachte das junge Glück, und du hast ein Auge auf die Menge.

Zu Befehl, Sir.

Sie war frech. Er seufzte zwar schwer, aber stieß sie nicht weg.

Zuerst war noch alles in Ordnung. Ari musterte unauffällig die Leute, und Jai passte auf Jenn und Chris auf. Doch als die Musik langsamer wurde, zog Jai sie immer näher. Inzwischen berührten sie sich nicht mehr nur, sondern drängten sich regelrecht aneinander. Eine seiner Hände glitt zu ihrer Hüfte, mit der anderen strich er über ihren Rücken. Ari stockte der Atem, und die Welt um sie schien weit weg zu sein. Es gab nur noch sie und Jai. Sie spürte seine breiten Schultern, seine muskulösen Arme, die sie festhielten, sie nahm seinen exotischen Duft nach Sandelholz wahr. Ihr wurde heiß. Plötzlich sah sie vor sich, wie sie sich küssten, streichelten … und noch mehr. Als hätte er ihre Gedanken gelesen, war ihr, als spannte sich Jai mit einem Mal an, und er umklammerte ihre Hüfte noch etwas fester. Sein Atem ging schnell, stoßweise, klang fast wie ein frustriertes Stöhnen.

„Möchtet ihr noch einen Drink?", holte Jenns Stimme sie in die Wirklichkeit zurück. Jai und Ari ließen einander so schnell los, als wären sie bei etwas Verbotenem ertappt worden.

Aris Herz schlug ihr bis zum Hals, und Jenn grinste sie wissend an. Gut, dass es zwischen ihr und Jai knisterte, war wohl für jeden offensichtlich. „Wasser", antwortete sie, sobald sie wieder sprechen konnte.

Zurück am Tisch verschwand die Anspannung nicht etwa, sondern steigerte sich noch. Ari sah an Jais verschlossener Miene, dass er wütend auf sich war. Vielleicht war er auch zornig auf sie. Ari wusste es nicht. Aber schließlich waren sie nicht zu ihrem Vergnügen hier, sondern hatten einen Auftrag zu erledigen. Nervös trank Ari zwei Gläser Wasser, um sich zu beruhigen. Kurz darauf stellte sie fest, dass das eine sehr schlechte Idee gewesen war. Als sie es nicht länger aushalten konnte, sah sie Jai an.

Ich muss zur Toilette.

Er runzelte die Stirn, blickte sich suchend um und nickte zögerlich. *Beeil dich, ich fühle mich nicht wohl dabei, wenn du hier allein herumläufst.*

Ich habe ja Miss Maggie dabei. Ari warf ihm ein beruhigendes Lächeln zu.

Ari betrachtete im Spiegel ihr gerötetes Gesicht und war froh, dass sie die Damentoilette im Augenblick für sich allein hatte. Sie hatte die Haupttür abgeschlossen, doch es würde bestimmt nicht lange dauern, bis jemand dagegenhämmerte. Aber sie brauchte einfach einen Moment, um sich zu sammeln. Ihre Augen glitzerten vor Erregung und wechselten die Farbe – von Grün auf Blau bis hin zu Bernsteinbraun.

„Ich bin verdammt unprofessionell", murmelte sie und bekam Gänsehaut auf den Armen, als sie wieder an den Tanz mit Jai dachte. „O Gott."

Flammen züngelten hinter ihr empor, und Ari taumelte vor Schreck gegen den Spiegel. Ihr Vater, der White King, erschien. Ari blinzelte, weil sie nicht glauben konnte, dass er tatsächlich vor ihr stand. Oder spielte ihre Fantasie ihr vielleicht doch nur einen bösen Streich? Sein Blick traf ihren und bohrte sich beinahe schmerzhaft in sie. Sie holte tief Luft und spähte hinüber zur verschlossenen Tür. Miss Maggies Energie verschwand und war nicht mehr zu spüren. Ari runzelte die Stirn. Ihr Ifrit ließ sie mit dem White King allein? Sollte sie auch einen Fluchtversuch unternehmen?

Mit einem Mal musste sie an Dereks Beerdigung denken. Wütend sah sie den riesigen Dschinn an. „Mistkerl!"

Bedrohlich machte er einen Schritt auf sie zu. Er trug eine enge schwarze Lederhose, einen offenen Seidenmantel und einen goldenen Halsreif. Undurchdringlich sah er sie an. Seine schwarzen Augen schienen sie in einen Abgrund zu ziehen, so hypnotisch waren sie. „Wie wütend du bist. Ich habe mich schon gefragt, ob dich das alles vielleicht kaltgelassen hat, weil du meine Nachricht nicht beantwortet hast."

In Ari regte sich wieder diese Dunkelheit, diese unergründliche Empfindung, und es kostete sie Kraft, die Kontrolle zu behalten. Sie ballte die Hände zu Fäusten und wich keinen Zentimeter zurück, als der White King noch näher kam. Am liebsten hätte sie ihn auf die Knie befohlen, aber sie hatte die Warnungen des Red Kings noch im Ohr. Bei dem Gedanken an ihren Onkel bekam sie auf einmal Angst. Er hatte ihr versprochen, sie mit einem Zauber zu schützen. Wie also hatte der White King sie gefunden? Bevor sie darüber nachdenken konnte, hatte sie die Frage auch schon ausgesprochen.

„Das war nicht schwer. Es gab nicht einmal einen Zauber, der dich für ein paar Tage abgeschirmt hätte."

Verwirrung. Noch mehr Angst. „Aber der Red …" Sie verstummte, weil sie dem White King nicht freiwillig weitere Informationen geben wollte – ganz gleich, wie unwichtig sie auch sein mochten.

„Dachtest du wirklich, mein Bruder würde dir helfen?" Er schüttelte den Kopf. „Nicht, wenn Azazil es ihm verboten hat. Und ich vermute, mein Vater hat genau das getan."

„Das ergibt überhaupt keinen Sinn." Azazil wollte doch verhindern, dass der White King sie bekam!

Ihr Vater zuckte mit den Schultern. „Dem Sultan mag die Vorstellung nicht gefallen, dass ich dich in meiner Gewalt habe, aber was er noch weniger erträgt, ist Langeweile. Ich sage es dir jetzt noch einmal, und vielleicht glaubst du mir ja dieses Mal, Tochter. Mein Vater will Ablenkung und Unterhaltung. Das ist ihm wichtiger als alles andere."

Ari wollte das nicht hören, wollte sich nicht von ihm manipulieren lassen. Andererseits hatten der Red King und Jai genau dasselbe zu ihr gesagt. Durfte sie ihrem Onkel also nicht vertrauen? Ein ungeheurer Hass überkam Ari, und ihre Fingerspitzen begannen, golden zu leuchten. Sie wollte den White King in die Knie zwingen und foltern, ihn für alles bezahlen lassen. Es war ihm völlig egal, dass er einem Menschen das Leben genommen hatte. Für ihn war das alles nur ein Spiel. Für sie alle!

Der White King musterte sie. „Ich bin beeindruckt davon, wie gut du dich im Griff hast. Dass du nach Dereks Tod nicht zurückgeschlagen hast, ist ... gut. Genau genommen problematisch, aber dennoch beeindruckend. Das sagte ich ja bereits. Du bist wirklich die Tochter deines Vaters."

Ari lief ein kalter Schauer über den Rücken. Angewidert blickte sie ihn an. „Wieso erledigst du jetzt nicht das, wofür du hergekommen bist? Bringen wir es hinter uns."

„Weil du wertlos für mich bist, solange du nicht freiwillig nach Mount Qaf kommst. Und dir meinen Willen aufzuzwingen hat sich bisher nicht als erfolgreich erwiesen. Allerdings habe ich das Gefühl, dass es nicht mehr lange dauern wird, bis du begreifst, dass ich der Einzige bin, der dich wirklich *will*, Ari. Und wünschst du dir nicht genau das? Wirklich gewollt zu werden?"

„Halt den Mund."

Nachdenklich legte er den Kopf schräg. „Ich würde sogar deine Mutter freilassen", bot er an. „Wenn du mit mir kommst, lasse ich Sala aus der Flasche, und ihr beide könnt euer Wiedersehen feiern."

Ari blieb bei dem Gedanken fast das Herz stehen. Ein scharfer Schmerz durchzuckte sie. „Sie wollte mich nicht. Sie hat mich verlassen."

„Bist du denn sicher, dass sie nicht zu dir zurückgekehrt wäre, wenn ich sie nicht in die Flasche gesperrt hätte?"

Hör nicht zu, flehte Ari sich selbst an. Sie hasste die leise innere Stimme, die ihr zuflüsterte, dass Sala sie glücklich machen könne. Dass sich alles ändern würde, dass sie dann jemanden hätte, der sie liebte.

„Ari!", schrie Jai von draußen und holte sie zurück in die Wirklichkeit. Er hämmerte mit aller Kraft gegen die Tür. Ari spürte das Pulsieren seiner Magie.

Der White King seufzte und zog so ihren Blick wieder auf sich. „Leider beendet das unser kleines Gespräch, Ari, und ich muss dich wieder verlassen. Vorübergehend. Und vergiss nicht, dass ich ein geduldiger Herrscher bin. Ich erwarte nicht, dass du noch heute freiwillig zu mir kommst. Ja, nicht einmal morgen oder nächste Woche. Solltest du allerdings nicht bald kommen, spielen wir wieder nach meinen Regeln – und was Derek passiert ist, wird sich wiederholen." Er nickte. Seine Augen waren vollkommen kalt; kein Hauch von Emotion spiegelte sich darin wider. „Vielleicht wird dein Dschinn-Bodyguard in diesem Spiel ja die nächste Figur, die ich opfere. Er hat sich auf der Tanzfläche vorhin so eng an dich gedrängt, dass ich schon Angst hatte, du würdest ersticken."

Lächelnd verschwand ihr Vater mittels des Peripatos genau in dem Moment, als die Tür aufflog. Jai stürmte herein. Abrupt blieb er stehen, da er zu seiner Überraschung und unendlichen Erleichterung bemerkte, dass Ari allein und unversehrt war. „Ist alles in Ordnung? War er hier?"

„Er ist wieder weg, und mir geht es gut. Woher wusstest du, was los war? Ich habe dich doch gar nicht telepathisch gerufen."

Jai kniff die Augen zusammen und musterte sie, als würde er sich doch lieber selbst noch einmal vergewissern, dass ihr auch wirklich nichts passiert war. „Miss Maggie hat mir Bescheid gegeben. Sie meinte, dass der White King hier bei dir sei."

Miss Maggie hat mit ihm geredet? Ari wollte ihn gerade danach fragen, da umarmte Jai sie so unvermittelt, dass sie alles andere vergaß.

„Mir geht es echt gut", flüsterte sie. „Er wollte mich manipulieren. Ich habe nicht versucht, ihn zu unterwerfen. Es war schwer, mich zu beherrschen, aber ich habe es geschafft, ich schwöre es ..."

„Pst, Ari." Seine Lippen berührten ihr Ohr. „Ich weiß es und ich bin stolz auf dich."

Ari überkam plötzlich eine solche Sehnsucht, dass sie sich von ihm löste und ihn atemlos anstarrte. Die Gefühle wurden einfach zu stark. In Jais grünen Augen schienen Flammen zu lodern, und als er seinen Blick nun auf ihren Mund richtete, sprach daraus brennende Leidenschaft. Doch statt in seine Arme zurückzukehren, entfernte Ari sich noch einen Schritt. Jai hielt sie am Handgelenk fest.

„Jai ..."

Weiter kam sie nicht. Plötzlich presste er sie an sich und küsste sie stürmisch und voller Leidenschaft. Noch nie war Ari so geküsst worden. Ihre Knie wurden weich, und sie musste sich an Jai festklammern, um nicht das Gleichgewicht zu verlieren. Es gab auf einmal nur noch diesen Kuss und Jai. Die Welt schien stillzustehen. Jai hob sie auf die Ablage am Waschbecken, ohne seinen Kuss zu unterbrechen. Danach drängte er sich zwischen ihre Oberschenkel, griff sie an der Hüfte und zog Ari zu sich heran, bis er vor Verlangen aufstöhnte.

Ari hätte nie geglaubt, dass ihr als Dschinniya je wieder so heiß werden könnte. Doch jetzt schien sie in Flammen zu stehen. Jais Kuss wurde allmählich sanfter und tiefer. Sehnsuchtsvoll strich sie über seine Brust und überlegte, ob sie ihm das Hemd vom Leib reißen sollte. Der Versuchung zu widerstehen wurde nicht gerade leichter, denn jetzt hauchte er Küsse ihren Hals hinunter. Dann umfasste er ihre Hüften fester, ließ die Hände über ihren Rücken und hinauf in ihr Haar gleiten. Es schien, als wollte er sie überall auf einmal berühren, und Ari erlaubte ihm das nur zu gern. Voller Lust biss er ihr sacht in die Schulter, und Ari seufzte auf. Ein Stöhnen entrang sich ihm. Zärtlich wanderte er mit den Lippen zu ihrem Mund zurück, und Ari schlang die Beine um ihn. *Sie wollte, brauchte, wollte, sie konnte nicht denken, sie …*

Auf einmal flog die Tür auf und knallte gegen die Wand. Ari ließ Jai los, und er machte erschrocken einen Satz zurück.

Sie starrten zum Eingang. Doch da war niemand. Mit einem Mal fühlte Ari eine pulsierende Energie.

„Miss Maggie", flüsterte sie heiser.

Jai sah sie mit großen Augen ungläubig an. Etwas wie Reue huschte über sein Gesicht. Ari wurde schwer ums Herz, als sie das sah.

„Das hätte nicht passieren dürfen", murmelte Jai und fuhr sich übers Haar.

Verunsichert zog Ari den Saum ihres Kleides herunter. „Jai ..."

„Nein", erwiderte er wütend. „Das ist nie passiert. Ich habe mir Sorgen um dich gemacht und einfach ... Scheiße!" Er schlug mit der flachen Hand gegen die Wand.

Ari glitt so elegant wie möglich von der Ablage. Sie kam sich dumm vor. War frustriert. Und zornig.

Verletzt.

Einsam.

Jai bemerkte ihren Gesichtsausdruck und stöhnte. „Bitte verzeih mir, Ari. Das Letzte, was du brauchst, ist noch ein Kerl, der dich schlecht behandelt. Du hast etwas Besseres verdient. Nur kann ich dir das nicht geben."

Ari schluckte und straffte die Schultern. Sie brachte ihr Haar in Ordnung und setzte eine ungerührte Miene auf. „Lass uns wieder reingehen und unseren Job erledigen."

Nach einem Anruf bei Luca, den Jai und Ari nicht mitbekamen, brachte das Security-Team von Brian Chris und Jenn aus dem Club. Ari und Jai blieben zurück. Das alles war ihnen unangenehm. Wahrscheinlich glaubten ihre Klienten, dass sie beide ihren Posten verlassen hätten, um in der Toilette ungestört zu knutschen. Tatsächlich mochte es so ausgesehen haben. Leider konnten Ari und Jai nicht erklären, was wirklich passiert war. Am Ende folgte Ari Jai, dessen Gesicht versteinert wirkte, zum Wagen.

Die vierzigminütige Fahrt zum Club war noch vergleichsweise angenehm gewesen. Von der Rückfahrt konnte man das allerdings nicht mehr behaupten.

Während sie den Highway entlangfuhren, blickte Ari gedankenversunken auf den Ozean hinaus. Plötzlich begann der Motor zu stottern, und Jai stieß ein seltsames Geräusch aus. Ari sah ihren Bodyguard an. Der Mercedes hustete und spuckte noch ein paarmal, dann blieb er auf dem seltsam leeren Highway liegen.

„Was ist los?", flüsterte Ari. Panik erfasste sie.

Jai sah nach vorn auf die Straße, die langsam in Dunkelheit versank. „Du machst dich jetzt mit dem Mantellus unsichtbar und steigst aus dem Wagen aus", befahl er.

Ari brauchte in ihrer Angst einen Moment, bis sie sich richtig konzentrieren konnte. Wer war denn jetzt schon wieder hinter ihr her? War es wieder der White King? Hatte er beschlossen, sie doch anzugreifen, auch wenn er versprochen hatte, es nicht zu tun?

„Ari!", schimpfte Jai.

„Schon dabei, schon dabei", wisperte sie, schloss die Augen und stellte sich vor, wie ihr Körper leicht und durchsichtig wurde. Die Luft um sie vibrierte vor Magie.

„Steig aus", sagte Jai. Als Ari sich zu ihm umdrehte, war er verschwunden. Nein, er war natürlich nicht wirklich verschwunden. Auch er wendete den Mantellus an. Die Fahrertür wurde zugeknallt, und Ari kletterte ebenfalls aus dem Wagen.

Und jetzt?

Sieh nach vorn.

Mit aufgerissenen Augen beobachtete Ari, wie ein paar Männer auf den Wagen zukamen. Wie schon zuvor waren es wieder sehr muskulöse Typen, die zu allem entschlossen zu sein schienen. Doch anders als beim letzten Mal hatten sie dieses Mal Waffen dabei. Gewehre.

Dreckskerle.

Ari zitterte und kam sich ausgeliefert vor, obwohl die Männer sie nicht sehen konnten. *Was sollen wir jetzt tun?*

Ich würde den Arschlöchern ja gern eine Lektion erteilen, aber das muss heute leider ausfallen. Wir schleichen uns so leise wie möglich an ihnen vorbei, bis wir außer Sichtweite sind. Dann verschwinden wir mit dem Peripatos.

Wieso wenden wir den Peripatos nicht jetzt gleich an?

Weil die Flammen uns verraten und den Typen genug Zeit bleibt, uns zu erschießen.

Gut, dann lass uns gehen.

„Sie sind verschwunden!", schrie einer der Männer, der inzwischen das Auto erreicht hatte.

„Sie benutzen den Mantellus!", rief ein anderer zurück. Ari blieb das Herz stehen, als sie sah, was er hinter sich her zerrte. Es war ein Mädchen.

Oh, Scheiße. Jai hatte die Kleine ebenfalls bemerkt.

Der Mann blieb vor den Scheinwerfern des Wagens stehen und hielt dem Mädchen ein Messer an die Kehle. Sie konnte höchstens fünfzehn oder sechzehn sein, war blass, und ihre Augen waren rot geweint. Ari kochte vor Zorn. Wieder spürte sie dieses hässliche Gefühl, das sich in ihrer Brust ankündigte und sich in die dunkle Fremdheit verwandelte, die verletzen, die schaden wollte.

„Die beiden tauchen bestimmt wieder auf, sobald sie begreifen, dass ich dieses Mädchen sonst umbringen werde. Ein Bodyguard wie Jai Bitar wird die Kleine doch nicht einfach ihrem traurigen Schicksal überlassen, oder?" Der Kerl grinste unverschämt und sah sich um wie ein hungriger Wolf. „Meister Dalí will nur das Mädchen, Mr Bitar", brüllte er. „Wir sind zu einem Austausch bereit."

Da hat jemand zu viele Actionfilme gesehen. Ari lachte nervös. Woher wusste Dalí, wo sie sich aufhielt?

Da ist jemand ein echter Mistkerl. Jai klang außer sich vor Wut.

Ein Feuerball raste auf den Anführer zu. Der Körper des Mannes wurde steif. Im nächsten Moment verdrehte der Mann die Augen und ging zu Boden. Das Messer fiel ihm aus der Hand, und das Mädchen schrie auf. Tränen rannen der Kleinen übers Gesicht, und sie zitterte in ihren Shorts und dem T-Shirt.

Ari begriff nicht, was hier passierte. Der Feuerball raste weiter. Er bewegte sich schneller, als das menschliche Auge es verfolgen konnte. Innerhalb von dreißig Sekunden lagen sämtliche Angreifer reglos auf dem Rücken, die Waffen neben sich. Kein einziger Schuss war gefallen.

Jai?

Du bleibst unsichtbar, Ari.

Was zum Teufel hast du da eben gemacht?

Krav Maga. Ein kräftiger Schlag in den Nacken kann den Gegner leicht ins Reich der Träume schicken.

Ari schluckte und konnte nicht fassen, über was für unglaubliche Fähigkeiten Jai verfügte. Ganz allein hatte er es geschafft, dass diese Idioten aussahen wie ... na ja, Idioten eben. Erst jetzt wurde Ari klar, dass Jai beim letzten Angriff kurzen Prozess mit den Kerlen gemacht hätte, wenn sie ihn nicht mit dem Harmal außer Gefecht gesetzt hätten. Ihr und Charlie war es hingegen nur mit Mühe gelungen, sich zu verteidigen.

Angeber.

Und das Mädchen? Ari sah besorgt zu der Kleinen.

Ich habe meinen Vater bereits telepathisch zu Hilfe gerufen. Er schickt ein Team vorbei, das hier alle Spuren verwischt. Wir beide verschwinden jetzt.

Sollen wir nicht lieber warten, bis jemand da ist, der sich um die Kleine kümmert?

Das Mädchen fiel plötzlich auf die Knie – vollkommen durcheinander und voller Angst. In dem Moment hörten sie einen Wagen kommen, und Ari zuckte erschrocken zusammen.

Das ist Rik. Treys Dad. Er wird sich um alles kümmern. Lass uns jetzt gehen. Komm zu mir, damit wir hinter der Kleinen stehen. Nach allem, was sie erlebt hat, sollte sie nicht auch noch mit ansehen müssen, wie wir beide in Flammen aufgehen.

16. KAPITEL

EINE NACHRICHT,
DIE NIEMAND ZU VERSTEHEN SCHEINT

Dalí grübelte vor sich hin. Vielleicht hätte er doch mit nach L. A. fahren sollen, um den Angriff zu überwachen. Ob es dann besser gelaufen wäre? Oder hätten das Siegel und der Bodyguard ihn eiskalt erwischt?

Die Chance, Ari nicht rechtzeitig das Harmal spritzen zu können, war zu groß gewesen. Die Vorstellung, willenlos vom Siegel herumkommandiert zu werden, erschreckte ihn ebenso, wie der Gedanke ihn erregte, andere zu beherrschen.

Die Droge jedenfalls war endlich stark genug.

„Meister Dalí, unsere Versuchspersonen kommen nach der Verabreichung des Harmals wieder zu sich", meldete Dr. Cremer, als Dalí aus dem Fahrstuhl stieg und das Labor betrat. Zwei Mädchen waren mit Lederriemen an Sessel gefesselt, die auch Zahnarztstühle hätten sein können.

Stirnrunzelnd betrachtete Dalí die Lederriemen. Als er letzte Nacht aufgebrochen war, um Ari zu suchen, waren diese Riemen noch nicht notwendig gewesen. Die beiden Mädchen auf den Stühlen waren die letzten, die nach der Versuchsreihe noch übrig waren. Um sicherzugehen, dass die Zusammensetzung der Droge stimmte, hatte Dalí als Menschen lebende Dschinniya gekidnappt, die ungefähr Aris Größe und Figur hatten. Weil Ari aber mächtiger war als diese Dschinniya, hatte er seinen Wissenschaftlern befohlen, die Droge so stark zu mischen, dass die Mädchen vollständig gelähmt wurden. Das war aus verschiedenen Gründen gefährlich. Zum einen gab es in den USA nicht sehr viele Dschinn, die als Menschen lebten. Das Verschwinden mehrerer Mädchen würde kaum unbemerkt bleiben. Und zum anderen … hatte er mit seinem schlechten Gewissen zu kämpfen.

Dalí sah, wie blass eines der Mädchen war, und musste sich selbst daran erinnern, wofür er das alles tat. Für Ari und die Macht, die er durch sie erlangen konnte. Er brauchte diese Macht, er wollte sie. Dalí drehte den Mädchen den Rücken zu. Von dem Geruch des Desinfektionsmittels wurde ihm ganz schlecht. Wie man ihm gesagt hatte, konnten die Mädchen aufgrund der Wirkung der Droge ihre Körperfunktionen nicht mehr kontrollieren. Seine Wissenschaftler mussten daher die Exkremente beseitigen und die Mädchen waschen.

Dalí beachtete den Stich, den ihm sein Gewissen versetzte, nicht weiter. Entschlossen sammelte er sich und sah Dr. Cremer kalt an. „Ich hatte Ihnen doch befohlen, den beiden sofort eine neue Dosis zu spritzen."

„Aber sie hatten schon drei …" Dr. Cremer verstummte, weil sie Dalís zornigen Blick bemerkte. „… Meister."

Dalí ballte die Hände zu Fäusten. Bisher hatte er seine Wut und Ungeduld nicht an seinen Mitarbeitern ausgelassen und er musste sich sehr beherrschen, um jetzt nicht damit anzufangen. „Ich habe Ihnen doch gesagt, dass Ari konstant unter Harmal stehen muss, wenn wir sie erst haben."

„Meister ..." Dr. Cremer runzelte unglücklich die Stirn. „Was Sie da verlangen ... Es wird vielleicht nicht funktionieren. Es könnte sein, dass in Verbindung mit den Transfusionen die Kräfte der Mädchen schwinden."

„Das kann man nicht mit Sicherheit vorhersagen", stimmte er zu. „Dennoch lasse ich es auf den Versuch ankommen. Also, verabreichen Sie den Mädchen die nächste Dosis."

„Ja, Meister."

Erleichtert, dass er den täglichen Besuch im Labor damit hinter sich hatte, kehrte Dalí in sein Büro zurück. Er berührte den Talisman an seinem Hals und bündelte seine Energie, um den Peripatos anzuwenden. Nicht nur, weil das schneller ging, als den Fahrstuhl zu nehmen, sondern auch, weil solche Machtdemonstrationen seine Angestellten beeindruckten.

Verdammt, warum hatte die Entführung in der letzten Nacht nur nicht geklappt? Die Warterei machte ihn noch verrückt. Alles wäre so viel leichter gewesen, wenn Ari sich nicht ausgerechnet in dieser von zahlreichen Zaubern geschützten Villa verstecken würde, in der es noch dazu von Ginnaye nur so wimmelte. Dort einzubrechen überstieg

Dalís Macht bei Weitem. Insbesondere, weil er dabei nicht einmal seine eigenen Kräfte nutzen konnte, denn er musste sich ja nicht verteidigen. Im Gegenteil – er war der Angreifer. Gestern Nacht allerdings hatte Ari das Anwesen verlassen. Aber obwohl nur ein einziger Ginnaye bei ihr gewesen war, hatten seine Männer es nicht geschafft, sie zu ergreifen.

Egal. Er würde es wieder versuchen. Ihm blieb nur, weiter zu warten und sie zu beobachten. Wenn sie sich jedoch nicht bald wieder außerhalb der Villa blicken ließ, könnte es knapp werden. Dalí lief die Zeit davon.

Mit verschränkten Armen stand Trey an eine Kommode gelehnt in Aris Zimmer und blickte sie an. Ari hockte auf der Bettkante, hatte dunkle Schatten unter den Augen, weil sie vollkommen übermüdet war, und starrte zurück.

Trey seufzte.

Ari gähnte.

Er verlagerte das Gewicht von einem auf das andere Bein und trommelte mit den Fingern auf seinem Arm.

Ari sah auf die Uhr.

Trey räusperte sich.

Ari musterte ihre Schuhe. Als sie am Abend zuvor aus dem Club gekommen waren, hatte ihr irgendjemand Bier darübergeschüttet. Sie wünschte sich sehr, die gesamte gestrige Nacht vergessen zu können. Weil sie aber erst so spät eingeschlafen war, kam es ihr eher so vor, als wäre das alles erst ein paar Minuten her.

Jennifer und Chris hatten sich inzwischen bei Luca darüber beschwert, dass Jai und Ari einfach verschwunden waren, und er hatte daraufhin auf die Zahlung des Honorars verzichten müssen. Nach dem Überfall auf dem Highway hatte also auch noch ein wütender Luca auf Ari und Jai gewartet. Jai hatte ihm erklärt, dass der White King aufgetaucht sei und dass Dalí ihnen wieder eine Falle gestellt habe. Das hatte seinen Vater einigermaßen besänftigt. Trotzdem hatte er Aris vom Küssen gerötete Lippen bemerkt und sie mit einem wissenden Blick bedacht. Seine schlechte Laune lag natürlich auch daran, dass eine unzufriedene Klientin wie Jennifer dem ausgezeichneten Ruf seiner Firma schadete. Die Frau war schließlich nicht irgendwer.

Nach dem Gespräch mit Luca hatte Ari stundenlang wach gelegen und über alles nachgedacht, was in den letzten Wochen und Tagen mit ihr passiert war. Und dann war ihr wieder das Versprechen eingefallen, dass sie sich am Grab ihres Dads gegeben hatte.

So, es reichte! Sie würde nie wieder irgendwelchen Männern hinterherlaufen, denen sie nicht genug bedeutete. Diesmal meinte sie es absolut ernst.

Als sie dann endlich eingeschlafen war, hatte sie wieder von den beiden Dschinn geträumt, die wie in ihrem ersten Traum auf Leben und Tod miteinander gekämpft hatten. Warum nur hatte sie diese Träume ständig wieder? War die Frau vielleicht wirklich die Lilif, die unten auf dem Gemälde abgebildet war?

„Das machst du gut", brummte Trey und riss sie aus ihren Gedanken.

Sie lächelte ihn schwach an. „Mein Dad war auf eine gewisse Art sehr unreif. Wir haben dieses Spielchen ständig miteinander gespielt."

„Ich verstehe." Er kam zu ihr und stützte sich mit der Hand an einem der vier Bettpfosten ab. „Ich habe mit Jai geredet."

O nein, sie wollte das lieber gar nicht hören. „Gehe ich recht in der Annahme, dass du mich deshalb so unverschämt früh geweckt hast?"

„Er fühlt sich furchtbar, Ari", erklärte Trey und lächelte sie mitfühlend an.

„Willst du mir jetzt wieder erzählen, dass ich ihn noch nicht aufgeben darf? Spar es dir. Dafür ist es zu spät."

„Sag das nicht", stöhnte Trey. „Dann bekommt Charlie nämlich Geld von mir."

Ari stand der Mund offen. „Du hast mit Charlie gewettet, dass ich mit Jai zusammenkomme?"

„Ganz genau. Und er hat dagegen gewettet."

Geschockt schüttelte sie den Kopf. „Zwischen Jai und mir läuft nichts. Nichts. Kein Stück. Und das wird es auch nie. Er ... Er ist ein Idiot, genau wie ihr anderen alle auch."

„Hey!" Trey hob abwehrend die Arme. „Manche von uns sind ganz, ganz großartig."

Ari war zu wütend, um über den Scherz zu lachen, und wandte den Blick ab.

„Komm schon", sagte Trey sanft und setzte sich neben sie. „Sieh es doch auch mal von Jais Seite. Sein Leben war nicht leicht. Er versteht seine eigenen Gefühle nicht. Bitte vertrau ihm."

„Von heute an vertraue ich außer mir selbst niemandem mehr, Trey. Absolut niemandem. Ich werde nie wieder so naiv sein. Und ich werde mir nicht ständig das Herz brechen lassen. Mir reicht's. Ich will nicht mehr das Mädchen sein, das sein Dad nicht genug geliebt hat, das sein bester Freund nicht genug liebt … und das Jai nie genug lieben wird, um seine Probleme zu lösen und endlich hinter sich zu lassen."

„Du weißt ja nicht mal, was für Probleme das sind. Andernfalls würdest du …"

„Er erzählt mir so etwas nicht einmal." Ari schüttelte den Kopf. „Weil ich ihm nicht wichtig genug bin, um sich mir anzuvertrauen."

„Ari …"

„Nein!" Ari sprang auf und wirbelte herum. Ihre Augen funkelten. „Was gestern Nacht passiert ist … Es war ein Warnruf." Sie zitterte vor Schmerz und Entschlossenheit und wusste, dass Trey es ihr ansehen konnte. Nach einem Moment des Schweigens stand er auf und gab ihr einen Kuss auf die Wange. Ari lächelte traurig, und er ließ sie wieder allein.

Ari war gerade damit fertig, sich die Haare zu föhnen, als es an ihre Zimmertür klopfte. *Was will Trey denn jetzt schon wieder?* Sie verdrehte die Augen und öffnete die Tür. Doch dort stand zu ihrer Überraschung ein anderer. „Jai."

Jai warf einen Blick ins Zimmer. „Kann ich reinkommen?" Er sah genauso unsicher aus, wie sie sich fühlte.

Ari gab, statt zu antworten, die Tür frei, und Jai ging an ihr vorbei.

„Was gibt's?", fragte sie ruhig, auch wenn ihr Puls raste. Als Jai im Zimmer stand, kam ihr der Raum auf einmal winzig vor.

Man sah ihm an, wie befangen er war. „Ich … Ich dachte, wir sollten uns doch mal unterhalten."

Mit leicht zusammengekniffenen Augen musterte Ari ihn. „Trey hat dich geschickt, stimmt's?"

„Nein." Jai schüttelte hastig den Kopf und wandte den Blick ab.

„Willst du wirklich, dass ich meine Kräfte als Siegel gegen dich einsetze? Denn das mache ich gleich", schwindelte Ari und verschränkte die Arme vor der Brust.

Das brachte den alten Jai wieder zum Vorschein. Er warf ihr einen finsteren Blick zu. „Schön, also gut. Trey hat mich geschickt."

Sie zeigte zur Tür. „Verschwinde."

„Nein."

„Wir haben nichts miteinander zu besprechen."

Jai nahm sich ein Foto von Derek, das Ari auf den Nachttisch gestellt hatte. Jetzt schien ihm wieder einzufallen, was er eigentlich hatte sagen wollen. Vorsichtig stellte er das Bild zurück und drehte sich wieder zu Ari um. „Trey meinte, dass du mir nicht mehr vertraust."

Trey kann anscheinend den Mund nicht halten. „Ich vertraue dir als Bodyguard." Sie ging an Jai vorbei und packte ihren Föhn weg.

„Aber du vertraust mir nicht mehr hundertprozentig, Ari, und das geht nicht. Wir müssen Vertrauen zueinander haben, wenn wir als Team bestehen wollen."

Seufzend ließ Ari sich auf einen Hocker sinken. Jai deutete das offenbar als Einladung, sich ebenfalls zu setzen. Er nahm am Fußende des Bettes Platz, studierte seine Schuhspitzen und musste offensichtlich erst einmal nachdenken. Das schummerige Licht im Zimmer fiel auf sein Gesicht, die hohen Wangenknochen, die langen Wimpern. Ari sah schnell weg und biss sich auf die Unterlippe, damit sie nicht laut seufzte.

„Solche Gespräche ... Ich kann so etwas nicht besonders gut." Jai machte ein zerknirschtes Gesicht. „Wenn irgendwas schiefgeht, nehme ich das zur Kenntnis, und dann mache ich weiter. Trotzdem ... Ich schulde dir eine Erklärung für gestern. Wahrscheinlich sollte ich dir ein paar Sachen über mich erklären, damit du wieder an mich glauben kannst."

Ari ertrug es nicht, dass er sich so unwohl fühlte, und schüttelte den Kopf. „Schon gut, Jai. Du musst nicht darüber reden."

„Doch, und ich will das auch, weil ich ... an dich glaube."

Ari musste sich sehr beherrschen, um nicht gleich wieder weich zu werden. „Okay."

Jai sah nicht auf. Frustriert stöhnte er. Ob er ihr nun vertraute oder nicht – es war eindeutig, wie schwer ihm das hier fiel. „Ich brauche keinen Psychologen, der mir erklärt, warum ich so bin, wie ich bin. Ich ..." Er holte tief Luft. „Ich bin als Kind geschlagen, verprügelt, getreten und vernachlässigt worden."

Ari sah ihn an. Er tat ihr schrecklich leid. „Jai ..."

„Ich will kein Mitleid, Ari. Das liegt in der Vergangenheit, und ich habe schon lange akzeptiert, wie meine Kindheit gelaufen ist. Ich erzähle das nur ..." Jai runzelte die Stirn. „... damit du mich besser verstehst. Nicki und David waren die Schlimmsten. Mit der körperlichen Gewalt bin ich irgendwie zurechtgekommen. Mit den Ohrfeigen, den Gürteln, den

Schlägen, den Tritten. Glücklicherweise haben sie mich nie magisch angegriffen. Aber Nicki hat Luca gezwungen, mich zu schlagen, um damit zu beweisen, dass er sie mehr liebt als mich. Damit bin ich *nicht* klargekommen."

Mit jedem Wort von ihm wurde Ari wütender. Die Dunkelheit in ihr, dieses düstere Gefühl, wollte schon wieder die Kontrolle übernehmen und sie dazu zwingen, sich Nicki zu schnappen und ihr eine Lektion zu erteilen, die sie nie wieder vergessen würde.

„Die anderen haben einfach nur von Nicki und Luca gelernt. Natürlich gab es auch ein paar Leute in meinem Clan, die nicht damit einverstanden waren, wie ich behandelt wurde. Doch sie haben nichts dagegen unternommen. Tja, viele hatten auch wegen meiner Herkunft, meines Erbes Angst vor mir. Aber nur einer hat immer versucht, mich zu beschützen – soweit das in seiner Macht stand."

„Trey."

Jai lächelte traurig. „Ich würde ihm manchmal gern den Hals umdrehen, weil er seine Nase in Sachen steckt, die ihn nichts angehen. Aber er meint es gut. Er will nur … Du weißt schon …"

Jai war wirklich ein typischer Mann. „Er will, dass du glücklich bist", beendete Ari den Satz für ihn.

Schulterzuckend fuhr Jai fort: „Ich hatte noch nie eine gesunde, normale Beziehung. Trey ist der einzige Mensch, zu dem ich je Vertrauen hatte. Die meisten Leute hielten mich für Abschaum. Doch ich konnte ihnen das Gegenteil beweisen. Ich bin einer der besten Bodyguards des ganzen Clans. Das kann niemand leugnen, und dafür müssen sie mich respektieren. Mein Vater muss mich dafür respektieren. Dass ich gut in meinem Job bin und einen ausgezeichneten Ruf habe ... bedeutet mir viel", gab er zu und sah sie an. „Ari, es ist nicht nur so, dass ich keine Beziehung haben will, weil das mit meinem Job kollidieren würde. Es liegt auch an dir."

Auch wenn Ari mit einem Mal übel war, wartete sie ruhig darauf, dass er weitersprach.

Jai seufzte und fuhr sich übers Gesicht. Schließlich ließ er die Hände sinken und blickte sie an, als wollte er sichergehen, dass sie ihm wirklich zuhörte. „Zwischen uns ist etwas", gab er heiser zu. „Das lässt sich nicht abstreiten. Nur habe ich zu viel Respekt vor dir, um mich auf eine Affäre mit dir einzulassen. Du bist so unschuldig. Eigentlich fast noch ein Kind."

Ari wandte den Blick ab. Richtig, Jai wusste ja, dass sie noch Jungfrau war.

„Ich werde weder meinen Ruf riskieren noch werde ich dich für etwas verletzen, das nie ... *mehr* sein kann. Und ich bin nicht dazu in der Lage, dir mehr zu geben."

Etwas Ähnliches hatte er ihr schon einmal gesagt, aber jetzt verstand sie es besser. Es bestätigte Aris Entschluss, unabhängig zu werden und nicht länger irgendwelchen Männern hinterherzurennen, die ihre Gefühle nicht in gleichem Maße erwiderten. Sie fragte sich, ob sie alle in ihr ein bedauernswertes, einsames kleines Mädchen sahen, das verzweifelt jemanden suchte, der sich um es kümmerte. Dabei ging es ihr überhaupt nicht darum. Sie war einfach in Jai verliebt.

Aber er nicht in sie.

Plötzlich spürte sie Miss Maggies Energie. Es fühlte sich an, als würde die Dschinniya sie liebevoll umarmen. Ari hatte ganz vergessen, dass sie da war. Ihr lieber Poltergeist hatte alles mit angehört und versuchte nun, sie zu trösten. Das half zumindest ein wenig.

Ari stand auf. Jai sprang ebenfalls auf. Erwartungsvoll sah er sie an.

„Danke, dass du mir das alles erzählt hast", brachte Ari hervor. „Ich habe das schon einmal gesagt, aber lass es mich wiederholen – du hast etwas Besseres verdient als das, was du von deiner Familie bekommst. Du bist ein guter, anständiger Kerl."

„Das ist vielleicht ein bisschen übertrieben, aber danke, Ari."

Nach einem Moment des Schweigens ging Jai zur Tür, drehte sich dann noch einmal um und warf ihr ein kleines Lächeln zu. „Ist dann wieder alles gut zwischen uns?"

„Ja. Mach dir keine Sorgen. Du hast in jedem Punkt recht. Ich habe auch etwas Besseres verdient und ich habe begriffen, dass du mir das nicht geben kannst. Ich war nur ein bisschen verknallt. Und jetzt vergessen wir das Ganze."

Jai sah einen Moment lang gar nicht glücklich aus, dann zwang er sich zu einem schmallippigen Lächeln und ging hinaus. Ari war auf einmal kalt. Wenn sie doch nur den White King und diesen Dalí los wäre! Dann könnte sie hier verschwinden. Sie brauchte dringend einen Neuanfang.

Nur Miss Maggie würde sie dabei mitnehmen.

17. KAPITEL

DER SCHMERZ DES VATERS
WIRFT EINEN SCHATTEN
AUF SEINEN TRAURIGEN SOHN –
SILVERCHAIR

Ari betrachtete die Dschinn auf dem Gemälde. Der Künstler hatte die gefährliche Sinnlichkeit der Lilif wirklich brillant eingefangen. Die Ähnlichkeit mit der Frau aus ihrem Traum war zu unheimlich, um sie zu ignorieren.

„Beängstigend schön, nicht wahr?", erklang eine tiefe Stimme hinter ihr. Ari drehte sich um. Luca kam langsam auf sie zu. Zum ersten Mal konnte sie etwas von Jai in ihm erkennen: der athletische Gang, wie ein Panther im Dschungel, das ernste Gesicht, das offensichtliche Vertrauen in die eigenen Fähigkeiten. Ja, die beiden hatten viel mehr gemeinsam, als sie zugeben wollten.

„Entschuldigung?", fragte Ari und runzelte leicht verwirrt die Stirn.

„Lilif." Luca zeigte auf das Bild, als er neben sie trat. Er hatte breitere Schultern als Jai, ein noch markanteres Gesicht und sah noch besser aus – falls das überhaupt möglich war.

„Die erste der Sukkubi?"

„Und die Mutter der Sieben Könige der Dschinn", erklärte er.

Was? Ari traute ihren Ohren nicht. *Die erste Lilif war ihre Großmutter?*

Luca lachte. „Dachten Sie denn, die Könige hätten keine Mutter?"

„Na ja …" Sie wurde rot. „Ich war der Meinung … dass sie … dass Azazil …"

„Sie selbst geboren hat?" Er grinste.

Schulterzuckend entgegnete Ari: „Ich dachte, er hätte sie vielleicht aus den Sternen geschaffen oder etwas in der Art. So ist das doch meistens bei Mythen und Legenden."

„Nicht in diesem Fall. Die Sieben Könige haben auf ganz gewöhnliche Art das Licht der Welt erblickt."

„Was ist aus ihr geworden?", fragte Ari und sah sich wieder das Bild an.

„Es ranken sich viele Legenden um ihr Verschwinden." Seine Miene verfinsterte sich. „Welche davon nun wahr ist, kümmert mich nicht im Geringsten. Ich bin nur froh, dass sie fort ist. Ein Wesen, das etwas so Böses wie die Lilifs hervorbringen konnte, darf nicht frei herumlaufen."

Lucas Verbitterung war mehr als deutlich. Was sollte sie dazu sagen? Was *konnte* sie dazu sagen? Einerseits tat Luca ihr leid, aber andererseits verachtete sie ihn für das, was er Jai angetan hatte.

„Ich liebe meine Frau sehr", erklärte Luca. „Das habe ich immer getan. Es gab für mich nie eine andere, bis Jais Mutter ..."

„Nein", unterbrach Ari ihn. Sie hatte keine Lust, sich seine rührselige Geschichte anzuhören. Nicht nach allem, was sie von Jai wusste.

Luca sah sie undurchdringlich an. Offensichtlich traf er den Entschluss, ihren Widerspruch nicht zu beachten. „Sie hieß Nuala. Damals hatte sie angefangen, einem reichen Dschinn nachzustellen, einem verheirateten Geschäftsmann aus Kalifornien. Er engagierte mich als Bodyguard, und Nuala beschloss, dass ich wohl die größere Herausforderung darstellen würde. Ganz egal, welche Gefühle sie zu der Zeit in mir geweckt hat, welches Begehren – ich habe es nicht freiwillig getan. Es war eine Vergewaltigung." Seine Stimme klang hart. „Können Sie sich vorstellen, wie schwer es für einen Mann ist, das zuzugeben? Für einen starken Mann wie mich?"

„Wohl ebenso schwer wie für eine starke Frau", erwiderte Ari nicht unfreundlich.

„*Touché.*" Luca lächelte fast.

„Es tut mir wirklich leid, was Ihnen damals passiert ist. Ehrlich. Aber wie Sie Jai behandeln ... Und Sie lassen zu, dass andere ebenso mit ihm umgehen. Er hat etwas Besseres verdient."

Seufzend entgegnete Luca: „Ich bin sehr stolz darauf, wie Jai sich entwickelt hat. Allerdings glaube ich auch fest daran, dass diese Entwicklung das Ergebnis der strikten Erziehung ist, die er genossen hat."

Ari blieb fast der Mund offen stehen. „*Strikte Erziehung?* Warum nennen wir das Kind nicht beim Namen? Missbrauch und Gewalt."

Luca straffte die Schultern. „Mein Vater hat uns mit strenger Hand erzogen, und ich habe mir damals geschworen, meine Kinder anders zu behandeln. Das habe ich dann auch getan. Und was hat es mir gebracht? Verweichlichte, faule Söhne, von denen der eine früher oder später wegen eines Sexualdelikts vor Gericht landen wird, falls er nicht sehr viel Glück hat. Nur Jai ist anders." Luca schüttelte den Kopf, und seine Augen funkelten. „Mein Vater hatte recht. Jai ist als Kind nicht verhätschelt worden. Die Lektionen, die er gelernt hat, werden ihm für den Rest seines Lebens zugutekommen. Er ist der beste Bodyguard in meinem Team. Früher hat man mich dafür bedauert, dass ich mit diesem Sohn geschlagen bin, heute beneidet man mich um ihn. Härte und strenge Disziplin haben ihn zu dem gemacht, was er ist. Er ist ein guter Sohn."

Ari konnte nicht glauben, was sie da hörte. Aufgebracht starrte sie Luca an. Noch so ein egoistischer Vater, dem es vollkommen egal war, wie es seinem Kind ging, solange nur seine eigenen Wünsche und Bedürfnisse erfüllt wurden. Trotz allem, was zwischen ihnen schieflief, verspürte sie auf einmal den Wunsch, Jai zu beschützen und zu verteidigen. Immerhin war er ein Freund. „Selbstsüchtiger Mistkerl", flüsterte Ari und stellte zufrieden fest, dass Luca jetzt wütend wurde. „Aus Jai ist ein toller Mensch und ein brillanter Bodyguard geworden, *obwohl* er hier aufwachsen musste. Sie haben absolut nichts damit zu tun! Wagen Sie es also nicht, sich das als das eigene Verdienst anzurechnen."

Zu Aris Überraschung blieb Luca Bitar ruhig. „Ich habe Ihnen das alles nicht erzählt, um mir hinterher einen Vortrag von Ihnen anzuhören, junge Dame. Ich bekomme durchaus mit, wie Sie beide einander ansehen. Und wenn mein Sohn Ihnen auch nur das Geringste bedeutet, dann lassen Sie ihn verdammt noch mal in Ruhe."

Erstaunt hob Ari den Kopf.

Luca nickte und fuhr fort: „Falls Jai bei einer Klientin wie Ihnen, die noch dazu eine Dschinniya von höchster Bedeutung ist, eine Grenze überschreitet, wäre er furchtbar enttäuscht von sich selbst – und ich wäre von ihm ebenso enttäuscht. Sollte Jai also eine Beziehung mit Ihnen eingehen, die über das rein Geschäftliche hinausgeht, wäre sein Verhältnis zu mir für immer zerrüttet. Habe ich mich klar ausgedrückt?"

Ari trat einen Schritt zurück. Sie wollte nicht einmal dieselbe Luft atmen wie dieser Mann. „Vollkommen klar. Wissen Sie, Mr Bitar, bis gerade eben war ich noch der Meinung, dass Jai ein falsches Bild von Ihnen hat und dass Sie gar nicht so furchtbar sind, wie er denkt. Jetzt weiß ich es besser. Sie sind ein Albtraum. Ein selbstsüchtiger Egoist. Aber machen Sie sich keine Sorgen." Sie hob die Hände. „Zwischen Ihrem Sohn und mir ist absolut gar nichts, und er würde diese Grenze auch niemals überschreiten." Ihre Augen füllten sich mit Tränen. „Weil Sie ihn seelisch kaputt gemacht haben." Damit machte sie auf dem Absatz kehrt. Nun war sie nur noch entschlossener, auf Abstand zu Jai zu gehen. Eines Tages würde sie einen Mann finden, der sie wirklich liebte. Sie durfte nicht aufhören, daran zu glauben. Einen Mann, dem sie wichtiger war als die Dämonen der Vergangenheit. Und dieser Mann war auf keinen Fall Charlie, und auch Jai war es nicht. Sie verließ das Zimmer und zeigte nicht, wie weh ihr das alles tat. O Gott, wie satt sie das alles hatte. Irgendjemand schien sie immer in irgendeine Ecke drängen und besiegen zu wollen. Zuerst Jai und jetzt sein Vater. Es war an der Zeit, den Spieß umzudrehen. Es war an der Zeit, die Jägerin zu werden.

„Ari!"

Charlie kam aus dem Trainingsraum gelaufen. Seine Augen glitzerten, und seine Pupillen waren erweitert. Es schien fast so, als hätte er etwas geschluckt, und sie hatte schon Angst, er könnte wieder Drogen genommen haben. Doch nein, es waren offensichtlich die Auswirkungen seiner Magie. „Hallo."

„Ich habe dich schon überall gesucht. Hat Luca es dir erzählt?"

„Was?"

„Er hat herausgefunden, welche Gilde hinter Dalí her ist. Wir fliegen morgen hin, um uns mit den Mitgliedern des Stammes zu treffen."

Ari spürte, wie eine Welle der Erleichterung sie überspülte. *Endlich!*

18. KAPITEL

DAS MESSER IN DER EINEN HAND, LIEBE IN DER ANDEREN

Der Red King war in der großen verspiegelten Halle vor der Empore, auf der sich der Thron seines Vaters befand. Da der Sultan sehr traditionsbewusst war, war der Red King barfuß und trug einen offenen Seidenmantel. Während er auf eine Antwort seines Vaters wartete, spähte er hinüber zu Asmodeus. Der stand neben dem Thron und war tatsächlich noch größer als der Red King selbst, der immerhin stolze zwei Meter maß. Der Ausdruck auf seinem groben, harten, aber jungen Gesicht hatte sich verfinstert. Seine schwarzen Augen waren starr nach vorn gerichtet. Wie immer war er ganz in Schwarz gekleidet – deshalb galt er als Azazils Furcht einflößender Dunkler Ritter. Er war Azazils rechte Hand, ein Fürst unter den Dschinn. Red überlegte, wie Ari wohl auf Asmodeus reagieren würde, falls sie sich eines Tages kennenlernten. Heimlich hoffte er, dass dieser Tag niemals kommen würde. Es war schon schlimm genug, dass Azazil und der White King sie als Spielball benutzten. Azazil war sich noch nicht sicher, welche Verwendung er für sie hatte, der White King wusste es dafür umso genauer. White tat alles, um ihre

Macht gegen seinen Vater einsetzen zu können. Und jetzt wusste er, wo sie war, und hatte ihr einen Besuch abgestattet. Red ballte die Hände zu Fäusten. Wenn ihr etwas passiert wäre ... Er hätte sie *doch* mit diesem Schutzzauber belegen müssen. Wie er es ihr versprochen hatte. Was dachte sie nun bloß von ihm? Vertraute sie ihm noch? Es konnte doch nicht in Azazils Sinne sein, dass sie dieses Vertrauen verlor, nicht wahr?

Der Sultan lächelte freundlich von seinem Thron auf ihn herab. Heute trug er sein weißes Haar offen, und Red sah, dass eine Strähne scharlachrot gefärbt war. Blut. Manchmal strich Azazil sich das Blut seiner Opfer ins Haar, um damit seine Shaitane einzuschüchtern – und auch alle anderen.

„Entspann dich. Du hast keine eigenen Kinder, Red. Deshalb kannst du auch das Band zwischen einem Vater und seinen Nachkommen nicht verstehen. Obwohl es ihm sicherlich nicht gefällt, kenne ich meinen Sohn doch sehr gut. Ich habe dir gesagt, dass White nichts Unüberlegtes mehr tun wird, nachdem er Aris menschlichen Vater hat umbringen lassen. Er lernt aus seinen Fehlern. Er war zu ungeduldig, und der Tod dieses Menschen hat ihn keinen Schritt weitergebracht. Jetzt spielt er nur noch Psychospielchen mit ihr. Es wird Zeit, dass wir uns auch einer psychologischen Taktik bedienen. Ich habe daher zwei Aufträge für dich."

„Gebieter?"

„Zunächst musst du Ari dazu bringen, wieder an uns zu glauben. Belüge sie. Sag ihr, du hättest sie sehr wohl mit diesem Schutzzauber belegt, aber einer deiner Diener hätte für White spioniert und ihm verraten, wo sie sich aufgehalten hat. White hätte nur *behauptet*, du hättest sie nicht beschützt, damit sie das Vertrauen zu uns verliert."

Red begriff die Logik dieser Erklärung und war sich sicher, dass er Ari davon überzeugen könnte. Also nickte er. „Und meine zweite Aufgabe, Vater?"

„Tja." Azazil zuckte mit den Schultern und warf Asmodeus einen Blick zu. „Der White King hat uns einen Gefallen damit getan, dass er Derek aus dem Weg geräumt hat. Damit hat er den ersten Schritt gemacht, um Ari in die Isolation zu treiben. Er will, dass sie am Ende niemanden außer ihm hat, an den sie sich wenden kann. Und wir wollen, dass sie niemanden mehr hat außer uns. Konzentrieren wir uns also zunächst auf Charlie. Er hat für meinen Geschmack immer noch ein viel zu enges Verhältnis zu dem Mädchen. Schick ihm heimlich jemanden, der ihm beibringt, wie er mit seinen Kräften richtig umgeht. Je mehr er sie benutzt, desto abhängiger wird er davon werden. Und es wird auch seine Rachegelüste weiter befeuern. Das könnte der Stein des Anstoßes werden, der die Freundschaft zwischen ihm und Ari endgültig beendet. Aber das müssen wir abwarten."

Red nickte. Das sah er genauso. Ari würde rasend wütend auf Charlie sein. Sie wusste, dass ihm seine Rache eine Verhandlung vor dem Dschinn-Gericht und sehr wahrscheinlich die Todesstrafe einbringen würde.

„Gut." Azazils Augen funkelten. „Müssen wir sonst noch jemanden loswerden, damit Ari sich einsam fühlt?"

Red dachte an Jai. Obwohl er sich nicht sicher war, was für Gefühle Jai für sie hatte, war doch mehr als offensichtlich, dass Ari ihren Bodyguard liebte. Jai konnte dadurch zu einem wertvollen Instrument werden, um sie zu manipulieren. Red senkte den Blick und schüttelte den Kopf. „Nein, Gebieter. Sonst gibt es niemanden mehr."

Asmodeus schnaubte, und Vater und Sohn blickten ihn fragend an. Mit einem höhnischen Grinsen verschwand der Dunkle Ritter mit dem Peripatos.

Azazil sah Red an und zuckte mit den Schultern. „Er hat heute schlechte Laune. Oder besser gesagt: Er hat seit zehn Jahren schlechte Laune, und ich darf immer wieder die Scherben hinter ihm zusammenfegen."

Asmodeus musste der wohl temperamentvollste und launischste aller Dschinn sein. Red kannte sonst niemanden, der so war. Und das hieß angesichts der Tatsache, wer Reds Vater war, schon einiges. Apropos Azazil – Red musterte ihn mit einer seltsamen Mischung aus Liebe und Furcht. Er selbst lebte schon Tausende von Jahren, und eines wusste er ganz genau: Azazil war das Gleichgewicht aller Dinge. Er war mit sämtlichen Welten verwoben. Was immer er auch tat, beeinflusste alles. Wenn ein so mächtiges Wesen wie Asmodeus für unvorhergesehenes Chaos sorgte, war Azazil der Einzige, der das wieder in Ordnung bringen konnte – falls er sich denn dazu entschloss. Meistens tat er das und machte nach Asmodeus' häufigen Wutanfällen alles wieder gut. Manchmal jedoch tat er es auch nicht.

Was Asmodeus jetzt wohl wieder angestellt hatte? Tatsächlich waren außer dem Dunklen Ritter nur Red und seine Brüder in der Lage, das Gleichgewicht der Welten zu erschüttern. Doch selbst White hütete sich davor. Ob nun aus Respekt vor der natürlichen Ordnung oder weil er Azazil damit einen Hinweis auf seine weiteren Pläne gegeben hätte – Red wusste es nicht.

Der König schüttelte unmerklich den Kopf. Er war sich ziemlich sicher, dass sein Vater sowieso alles wusste. Buchstäblich alles.

19. KAPITEL

TRÄUME KÖNNEN WAHR SEIN, ABER DU BIST NICHT EHRLICH

Ari saß zwischen Jai und Charlie und hörte über Kopfhörer Musik. Die körperliche Nähe der beiden Männer machte es ihr zwar schwer, sich auf die Songs zu konzentrieren, dennoch ließ sie sich zumindest äußerlich nichts davon anmerken. Sie tat den beiden gegenüber so, als würden sie ihr wenigstens auf der romantischen Ebene nichts mehr bedeuten. Im Moment musste sie sich ausschließlich darauf konzentrieren, Dalí zu finden. Alles andere spielte keine Rolle. Jedenfalls hatte sie sich das fest vorgenommen.

Sie musste jetzt nur noch den einstündigen Flug von L. A. nach Arizona überstehen, wo die Roe-Gilde sie schon erwartete. Die Roes waren ein Team von Hybriden – also halb Mensch, halb Dschinn –, das Dalí jagte.

Die Suche nach ihm wäre viel leichter gewesen, wenn Ari dem Red King noch hätte vertrauen können. Kurz bevor sie bei den Bitars aufgebrochen waren, hatte er ihr noch einen Besuch abgestattet. Was sie von ihrem Onkel halten sollte, wusste Ari nicht mehr …

„Redest du nicht mehr mit mir?" Der Red King zog ein Gesicht, das bei einem Mann seiner Größe eher komisch wirkte.

Ari kniff ganz leicht die Augen zusammen. „Du hast gesagt, dass du einen Schutzzauber aussprechen würdest, damit man mich nicht findet. Das war gelogen."

Beschwichtigend hob Red die Hände. „Aber ich habe wirklich einen Zauber ausgesprochen", widersprach er mit Unschuldsmiene. „Es tut mir leid, dass mein Bruder dich trotzdem gefunden hat, Ari. Es war gewissermaßen auch meine Schuld. In meinem Palast befand sich ein Spion – ein Shaitan, dem ich vertraut habe. Er hat eine Unterhaltung zwischen mir und Azazil mit angehört und White darüber informiert, wo er dich finden kann. Dadurch wurde mein Zauber wertlos."

Ari musterte ihn misstrauisch und wusste nicht, ob sie ihm glauben sollte. Gut möglich, dass er nur ein ausgezeichneter Lügner war. Aber konnte er ihr auch den warmherzigen Blick vorspielen, mit dem er sie ansah? Als würde er echte Zuneigung für sie empfinden? Weil sie inzwischen niemandem sonst mehr traute, blieb ihr nur noch der Red King. Bis auf Weiteres jedenfalls.

„Na gut."

Er grinste. „Dann ist zwischen uns wieder alles in Ordnung?"

Seufzend nickte Ari.

Der Red King wurde wieder ernst und begann sofort, alles Wichtige mit ihr zu besprechen. "Mit Jai habe ich schon geredet. Die Roe-Gilde ist relativ bekannt und hat einen guten Ruf. Eines ihrer Teams macht Jagd auf Dalí. Sie sind ihm schon seit Monaten auf der Spur. Offenbar ist er ein sehr durchtriebener Bankräuber und der Kopf einer kleinen Verbrecherorganisation. Deshalb findet er auch so leicht Menschen, die die Drecksarbeit für ihn erledigen, wann immer er sie gerade braucht. Jedenfalls meint Jai, Luca habe bei den Roes angerufen. Das Team hat uns die Adresse in Phoenix gegeben, wo es Dalí zum letzten Mal aufgespürt hat. Auch die Gilde wurde eingeschworen, Stillschweigen über deine wahre Identität zu bewahren. Die Leute kennen die Strafe, falls sie diesen Schwur brechen."

Ari schluckte. Sie hasste es, der Grund für eine solche Drohung zu sein. "Dann treffe ich mich also mit diesen Leuten, und sie führen mich zu Dalí?"

"Sie sind wirklich gut darin, Mischblüter aufzuspüren, Ari. Sobald du ihnen die neuesten Informationen gegeben hast, werden sie ihn für dich finden."

"Welche neuesten Informationen?"

"Die Roe-Gilde weiß nicht, dass Dalí seine Vorgehensweise geändert hat. Bisher hat er Banken überfallen. Jetzt hat er es auf einmal auf dich abgesehen. Und dann ist da noch diese Droge, von der Jai erzählt hat ... Ich glaube, sie ist der Schlüs-

sel. Nur wenn du damit außer Gefecht gesetzt worden bist, kann sich dir ein Dschinn nähern, ohne deinem Willen unterworfen zu sein. Dalí muss das Mittel an echten Dschinn erprobt haben. Wenn du in Arizona bist, erzähl den Roes vom Harmal. Sie sollen nachforschen, ob in letzter Zeit irgendwo mehrere Dschinn verschwunden sind. Falls es da ein Muster gibt, könnte es euch zu Dalí führen."

Ari nickte. Bei dem Gedanken wurde ihr übel. „Ja, das klingt logisch. Ich werde es ihnen sagen. Danke."

Red legte den Kopf schräg und lächelte traurig. „Du kannst mir vertrauen."

Ari erwiderte sein Lächeln. „Das wird schon wieder." Vielleicht ...

Nach allem, was in den letzten Tagen passiert war, schlief Ari vor Erschöpfung ein. Das Flugzeug war auf einmal verschwunden, der enge Sitz, Charlies Bein, das sich an ihres schmiegte, Jais Duft – alles um sie herum schien sich aufzulösen ...

Ari sah sich um. Anscheinend befand sie sich in einer großen Höhle. Der Geruch nach Metall und salzigem Sand war überwältigend. Verwirrt drehte Ari sich um und suchte nach einem Licht, das ihr verriet, wo der Ausgang der Höhle war. Irgendwo hörte sie Wasser plätschern. Wo war sie?

Wo bin ich?

Plötzlich rauschte Wasser, dann folgte ein Wutschrei. Ari wirbelte herum. Zwei in Flammen stehende Wesen flogen auf sie zu. Mit einem lauten Knurren kollidierten sie und stürzten zu Boden. Feuer schoss empor und tauchte um sie herum alles in Licht. Ari sah das lange schwarze Haar einer Dschinniya im Sand und lief zu ihr. Es war wieder Lilif. Über ihr hockte ein Dschinn.

Wer war er? Sosehr Ari sich auch anstrengte, sie konnte sein Gesicht nicht erkennen. Sie sah seine muskulösen Arme, die kräftigen Hände, die den Hals der Dschinniya umklammerten, seine gewaltigen Schenkel, die sich gegen ihre schmalen Hüften pressten. Doch sein Gesicht blieb verschwommen, ganz gleich wie konzentriert Ari ihn auch anblickte.

„Es tut mir leid", sagte der Dschinn sanft zu Lilif. „Aber du richtest zu viel Chaos an. Eigentlich sollte es mir Freude machen. Doch das tut es nicht, weil du dabei so grausam übertreibst. Eine Katastrophe folgt der nächsten. Ich darf nicht zulassen, dass du weiterhin so existierst."

Wimmernd lag sie unter ihm und sah ihn flehentlich an. Ari beobachtete, wie er den Kopf schüttelte.

„Ich kann dich nicht töten." Der Dschinn beugte sich herunter und hauchte Lilif einen Kuss auf die Stirn. „Du wurdest geboren, um das Gleichgewicht zu erschüttern, Lilif. Das ist deine Natur. Wenn du tun und lassen könntest, was du willst, könntest du ein solches Chaos herbeiführen, dass nicht einmal Azazil, der die Zerstörung eigentlich liebt, erlauben könnte, dass dein Schicksal weiter in deiner Hand liegt. Daher werde ich von nun an über dich wachen." Er strich ihr über die Wange. „Verzeih mir."

Entsetzt sah Ari, wie der Dschinn eine Hand von Lilifs Hals nahm und mit seiner magischen Faust in ihren Brustkorb eindrang. Dann zog er sie wieder heraus, und Lilif lag vollkommen leblos unter ihm. In der Hand des Dschinns lag eine leuchtende, bernsteinfarbene Kugel, von der eine pulsierende Energie ausging.

„Ari, wach auf."

Das bernsteinfarbene Licht kam auf Ari zu. Seine ungeheure Macht ließ sie zurücktaumeln.

„Ari."

Es kam näher … Immer näher … „Nein!"

„Ari! Wach auf!"

Sie schlug die Augen auf und rang nach Luft. Ein fremder Mann sah sie stirnrunzelnd an, während er seine Tasche aus der Klappe über dem Sitz holte. Blinzelnd wandte Ari sich Jai zu. „Wo sind wir?", keuchte sie.

Ihr Bodyguard runzelte die Stirn. „Ist alles in Ordnung?"

„Ja." Sie wandte sich Charlie zu, um ihn zu bitten, sie vorbeizulassen. Doch ihr Freund starrte sie beunruhigt an. „Was ist?"

„Du hattest einen Albtraum", sagte Charlie leise, und in seinen Augen standen Sorge und Liebe. „Ist wirklich alles okay?"

„Ich habe nur schlecht geträumt, das ist alles."

„Willst du darüber reden?" Charlie warf Jai einen Blick zu, und Ari begriff, dass die beiden sich zusammengetan hatten. Seit wann verstanden die beiden sich so gut?

„Ja, unbedingt", sagte sie sarkastisch und stand genervt auf. „Und danach essen wir alle zusammen noch ein Eis und machen uns gegenseitig die Haare."

Die beiden jungen Männer seufzten schwer, und Ari musste sich zusammenreißen, um den beiden nicht in die Seite zu boxen.

20. KAPITEL

GERÜCHTE SAGEN,
ICH SOLL DICH NICHT MÖGEN

Das Haus in Scottsdale war riesig. Auf dem Weg dorthin, der durch ein spärlich bebautes Nobelviertel geführt hatte, waren sie an einigen ähnlichen Häusern vorbeigekommen – Bögen und Säulen, heller Stein, Terrakotta-Fliesen, Pools. Die Roes hatten das Anwesen nur für die Zeit gemietet, die sie in Arizona verbrachten. Und weil sie fünfzehn an der Zahl waren, musste es schon ein großes Haus sein, damit sie alle Platz hatten. Nebenbei war ihnen ein gewisser Stil offensichtlich nicht unwichtig.

„Wir gehen besser rein, bevor sie uns fälschlicherweise für merkwürdige Spanner halten", sagte Charlie vom Rücksitz des Mietwagens aus.

„Wieso ‚fälschlicherweise'?", brummte Jai.

Charlie prustete.

Ari zog eine Augenbraue hoch. Heute klangen die Sprüche von Charlie und Jai nicht so feindselig. Es kam ihr eher so vor, als würden sie miteinander und nicht mehr übereinander lachen. Super, jetzt fangen die beiden an, sich gut zu vertragen, während ich mich mit keinem von beiden mehr verstehe, dachte Ari. „Bitte erzählt den Roes nicht, dass wir Miss Maggie dabeihaben", sagte sie. „Unsere Gastgeber würden es bestimmt unheimlich finden, dass sie sie nicht sehen können."

„Klar. Hättest du mir nicht den gleichen Gefallen tun können?", fragte Charlie zwinkernd. Doch seine Aufheiterungsversuche prallten an Ari ab.

Jai nickte. „Gut, Miss Maggie bleibt unser kleines Geheimnis. Es ist sowieso besser, wenn so wenig Leute wie möglich wissen, dass wir sie noch als zusätzlichen Schutz an unserer Seite haben."

Erstaunlich – offenbar hatte er auf einmal seine Meinung über den Poltergeist geändert. „Wieso hast du mir eigentlich nie erzählt, dass Miss Maggie telepathisch mit dir kommuniziert?", fragte Ari leicht vorwurfsvoll.

„Das kam einfach nie zur Sprache."

„Aha. Und?"

„Und was?" Jai runzelte ungeduldig die Stirn. Offensichtlich konnte er ihre schlechte Laune langsam nicht mehr ertragen.

„Wie klingt sie?"

„Wie eine Frau."

Verärgert sah Ari ihn an. „Du bist so unglaublich wortgewandt, Jai, dass ich mir neben dir wie eine Null vorkomme."

Charlie schnaubte wieder.

Jai beachtete die beiden nicht weiter und stieg aus. Ari wusste, dass sie sich wie eine Zwölfjährige benahm, und es war ihr auch unangenehm, aber sie konnte im Augenblick nicht anders.

Charlie legte ihr die Hand auf die Schulter und erklärte: „Ich fand's witzig." Doch das half Ari auch nicht weiter. Mit einem tiefen Seufzen stieg sie aus dem Auto und trat hinaus in die Hitze.

„Wohin wir auch fahren, überall ist es heiß", schimpfte Charlie und zog sich den Pullover aus, den er über dem Smashing-Pumpkins-T-Shirt trug. „Ich beneide euch wirklich um euer seltsam reduziertes Temperaturempfinden. Können wir beim nächsten Mal bitte an einen Ort fahren, an dem es regnerisch und kühl ist?"

Jai holte das Gepäck aus dem Kofferraum, schlang sich Aris Tasche über die Schulter und warf Charlie seine Tasche zu. „Und ich beneide dich um deinen Mangel an Scharfsinn. Halte doch einfach mal den Mund."

„Schon mal daran gedacht, dass deine Verschlossenheit der Grund für ihre schlechte Laune sein könnte?"

„Schon mal daran gedacht, dass sie schlechte Laune hat, weil du der Idiot bist, der sich unbedingt etwas wünschen musste?"

„Schon mal d…"

„Schon mal daran gedacht, still zu sein?", versetzte Ari gereizt, nahm Jai ihre Tasche ab und marschierte zum Eingang des Hauses. Bevor sie die Hand heben konnte, um zu klingeln, wurde eine der großen Doppeltüren aufgerissen. Ein hübsches Mädchen mit dunklem Haar stand vor ihr und grinste sie an. Mit vor der Brust verschränkten Armen musterte sie Ari und streckte eine Hüfte raus. Ihrem Aussehen nach zu urteilen, musste sie in Aris Alter sein oder vielleicht ein bisschen jünger. Das war nicht so leicht zu schätzen, weil sie so zierlich und süß war. Um genau diesem Eindruck entgegenzuwirken, hatte sie sich die Augen dramatisch mit dickem schwarzem Eyeliner und viel Mascara geschminkt. Ein winziger silberner Stecker schmückte ihre Nase, und in ihrem linken Ohr zählte Ari mindestens sechs Piercings. Ihr T-Shirt und die Jeans saßen sehr eng, und um die Hüften trug sie einen Nietengürtel mit Totenköpfen darauf. Dieses Mädchen wollte auf keinen Fall den Anschein erwecken, „süß" zu sein.

Die Kleine ließ den Blick belustigt über Aris schlichtes graues Tanktop, die Hüftjeans, Flipflops und pink lackierte Zehennägel gleiten. Als sie in Aris Gesicht sah, veränderte sich der amüsierte Ausdruck. „Wow! Was für Augen!"

Die Bemerkung erinnerte Ari schmerzlich an zu Hause. Dort war es für niemanden neu gewesen, dass ihre Augen die Farbe wechseln konnten. Wenn jemand gefragt worden war, ob er Ari Johnson kannte, hatte die Antwort immer gelautet: „Klar, das ist das Mädchen mit den seltsamen Augen." Doch hier kannte sie niemand. „Das liegt daran, dass ich eine Dschinniya bin", erklärte sie knapp.

„Ja, klar. Reib einem armen Mädchen, dessen Blut so verdünnt ist, dass es vermutlich nur zu einem Fünftel Feuergeist ist, ruhig unter die Nase, dass du reinblütig bist. Warum denn nicht?"

„Was?"

Die Augen der Kleinen weiteten sich, als sie einen Blick über Aris Schulter warf und Charlie und Jai sah. Unwillkürlich leckte sie sich über die Lippen. „Mitglieder der Gilden sind die Nachfahren von Hybriden. Kaum einer von uns hat einen reinblütigen Dschinn als Vater oder Mutter. Abgesehen von meinem Dad. Und wer sind die zwei?"

„Das ist Jai." Mit einem Kopfnicken wies Ari über ihre linke Schulter. „Und das ist Charlie", sagte sie und deutete nach rechts. „Aber heute kannst du die beiden einfach Dumm und Dümmer nennen."

Das Mädchen lachte und streckte Ari ihre schmale Hand entgegen. Jeder Finger war beringt, an den Handgelenken klapperten Armreife, und sie trug diverse Edelsteinketten um den Hals. Die Kleine stand augenscheinlich auf Schmuck. „Ich bin Fallon Roe", stellte sie sich vor. „Komm herein, Ari Johnson." Dann nickte sie Charlie und Jai zu. „Hereinspaziert, Dumm und Dümmer."

Der Flur war hell und offen. Drei große Bögen führten in die anderen Teile des Hauses. Als sie von links Schritte kommen hörte, stellte sich Ari vor Jai und Charlie. Es war an der Zeit, dass sie in solchen Situationen die Kontrolle übernahm. Immerhin waren sie nur ihretwegen hier.

Eine attraktive Frau mit dunklen Haaren und langen Beinen kam um die Ecke. Ihr Alter war schwer zu schätzen – es bewegte sich irgendwo von Ende zwanzig bis Ende dreißig. Begleitet wurde sie von einem ebenfalls hochgewachsenen Mann, der ein genauso spitzes Kinn wie Fallon hatte. „Ari, das sind meine Tante Megan und mein Onkel Gerard. Sie leiten das Team, das hinter Dalí her ist. Zusammen mit Jacob, einem Meister der Gilde."

„Schön, dich kennenzulernen", sagten die beiden. Ari spürte, mit wie viel Misstrauen sie ihr gegenübertraten. Oh. Ein ungutes Gefühl beschlich sie.

Als hätte sie Aris Verunsicherung gespürt, lächelte Megan sie vorsichtig an. „Der Rest des Teams erwartet euch im Wohnzimmer. Kommt mit, dann stelle ich euch einander vor."

Ari blieb dicht bei Jai und Charlie, und gemeinsam folgten sie Megan, Gerard und Fallon in einen riesigen Raum. Eine Ecke des Zimmers wurde von einer großen Sitzecke beherrscht, vor der sich das Entertainment-System befand. Am anderen Ende gab es einen mannshohen Kamin, der offensichtlich unbenutzt war. Davor standen ein paar Sessel. Außerdem sah Ari einen Essbereich mit großem Tisch und Stühlen. Die gegenüberliegende Wand bestand nur aus Fenstern und bot einen tollen Ausblick auf den von einem Landschaftsarchitekten angelegten Garten. Dort befand sich auch ein Pool mit einem kleinen Wasserfall.

Alle fünfzehn Mitglieder des Teams saßen auf der Couch oder standen ungemütlich im Raum verteilt. Ari erkannte in den Mienen der Dschinn-Jäger Skepsis, Unbehagen und Wachsamkeit.

Ari wandte sich telepathisch an Jai und bemühte sich, ruhig zu klingen, obwohl sie das absolut nicht war. *Die freuen sich nicht gerade, mich zu sehen.*

Die sind sich nur unsicher. Gib ihnen noch einen Moment. Jai machte einen Schritt auf Ari zu und nickte ihr beruhigend zu. Charlie tat es ihm gleich, und Ari stellte widerwillig fest, wie sehr die Gegenwart der beiden sie tröstete.

„Ari", sagte Gerard. „Darf ich dich den anderen vorstellen? Leute, das hier sind Ari und …" Er warf Charlie einen fragenden Blick zu.

„Oh, also, ich bin Charlie." Er nickte den Mitgliedern der Gilde kühl zu. Mit einem Kopfnicken in Richtung Jai fügte er hinzu: „Und das ist Jai, Aris Bodyguard."

„Jai." Gerard schüttelte ihm voller Respekt die Hand. „Ich habe schon viel von dir gehört. Du genießt höchstes Ansehen in deinen Kreisen. Es ist mir eine große Freude, dich bei uns begrüßen zu dürfen."

Angesichts ihrer schlechten Laune musste Ari sich sehr zusammenreißen, um wegen der überschwänglichen Begrüßung für Jai nicht neidisch zu werden. Ein bisschen genervt war sie allerdings schon.

„Leute, das hier ist Jai", verkündete Gerard. „Jai, Ari, Charlie, das sind die fünfzehn Mitglieder der Roe-Gilde aus New Jersey. Ganz links auf dem Sofa sitzt Jack Hollis. Daneben sitzen Bryleigh und ihr Mann Scott Becke. Jacob Ballendine ist unser Meister und Bryleighs Vater. Drüben beim Esstisch stehen Susan Roe und ihr Bruder Aidan – Cousine und Cousin von mir. Dahinten stehen James Becke, Scotts Bruder, und Ailidh Ballendine, Bryleighs ältere Schwester. Das hier sind Anabeth Hollis und ihre Zwillingsbrüder Matt und Callum. Die drei sind außerdem Cousine und Cousins von Jack. Und neben meiner Frau steht Brechin Ballendine, Jacobs Neffe."

Hast du davon irgendwas verstanden? Ari war völlig überwältigt.

Ja, aber ich bin auch trainiert, auf Details zu achten.

Angeber.

Fallon grinste sie an. „Keine Sorge – es wird später nichts abgefragt. Wenn dich einer von uns anspricht, fragst du einfach höflich, wer zum Teufel er bitte ist."

Ari lächelte ihr dankbar zu. Fallon war die Einzige, die nicht so tat, als hätte gerade eine Aussätzige ihr Zuhause betreten. Der trockene Humor des Mädchens und die lockere Art gaben Ari etwas Sicherheit. Diese Leute hatten Angst vor ihr, vor der Kraft des Siegels. Die neue Ari aber liess sich davon nicht mehr beeindrucken. Sie liess Jai und Charlie ein paar Schritte hinter sich, straffte die Schultern und sah sich die Mitglieder der Gilde an. Ari schätzte das Alter der Leute von ungefähr siebzehn Jahren bis Anfang fünfzig. Weil von Gerard und Jacob, dem Ältesten der Runde, besonders viel magische Energie ausging, sprach Ari die beiden an. „Ich muss Dalí finden, und zwar so schnell wie möglich. Wie ich höre, habt ihr seine Spur hier in Phoenix verloren. Das liegt wahrscheinlich daran, dass er seine Vorgehensweise verändert hat. Er überfällt keine Banken mehr, sondern hat es stattdessen auf mich abgesehen. Und um mich zu entführen, muss er mich erst ausser Gefecht setzen. Wir sind zwei Mal von seinen menschlichen Helfern angegriffen worden." Ari holte Luft. „Sie haben versucht, meinen Bodyguard mit einer Droge zu lähmen, deren Hauptbestandteil Harmal ist. Der Red King ist der Meinung, dass Dalí das Mittel an echten Dschinn ausprobiert haben muss. Vermutlich an menschlich lebenden Dschinn, weil die leichter zu verschleppen sind. Das dürfte schon mal ein guter Anhaltspunkt sein. Wir sollten herausfinden, wo sich in den USA in letzter Zeit Vermisstenfälle häufen. Daraus könnte sich ein Muster ergeben, durch das wir ihm auf die Spur kommen."

Die Roes starrten sie einen Moment lang nur an. „Ich kümmere mich darum", sagte Jacob schließlich.

„Danke."

Er nickte ihr höflich zu. „Fallon zeigt euch jetzt eure Zimmer."

„Ich sollte das Outfit wechseln. Offenbar sehe ich darin aus wie ein Hotelpage", beschwerte sich Fallon grinsend, ging an ihrer Tante vorbei und gab Ari, Charlie und Jai ein Zeichen, ihr zu folgen.

Gut gemacht. Ari hörte Jais sanfte Stimme in ihrem Kopf.

Sie haben Angst vor mir.

Das gibt sich schon.

Fallon zeigte zuerst Jai und Charlie ihr Zimmer, das sie sich mit den Zwillingen teilen sollten. Dann brachte sie Ari zu einem Zimmer im hinteren Teil des Hauses. Es war klein, hatte aber eine Terrassentür zum Garten und zum Pool.

„Wir beide schlafen hier." Fallon ließ sich auf eines der zwei Betten fallen. „Das macht dir doch hoffentlich nichts aus?"

„Nein, das ist okay. Alles gut." Das Zimmer war hell, allerdings kahl und farblos. Es war kein Wunder, dass Ari sofort die bunten Edelsteine und das glänzende Silber auf der weißen Kommode ins Auge stachen. „Du hast eine Menge Schmuck."

Fallon hüpfte vom Bett und ging zur Kommode. Liebevoll strich sie mit den Fingerspitzen über die Ketten und Armbänder. „Das sind Talismane."

„Ach ja, natürlich."

Fallon grinste sie an, und Ari ließ ihre Tasche auf das freie Bett fallen. „Du bist ganz anders, als ich es mir vorgestellt habe."

„Inwiefern?"

Leise lachend schüttelte Fallon den Kopf. „Na ja, als wir von dir gehört haben, waren wir echt beeindruckt. Wundere dich also nicht über die Hasenfüße im Wohnzimmer. Ich dachte, jemand wie du wäre … ein Freak. Dann tauchst du hier mit diesen beiden Jungs auf, und ihr seht aus, als würdet ihr im Fernsehen in einer Vampirserie mitspielen. Superattraktiv eben. Damit hast du meine Erwartungen ziemlich erschüttert. Du bist achtzehn, oder?"

„Ja."

„Ich auch. Und der Typ?"

Ari runzelte die Stirn. „Welcher?"

„Der mit dem Smashing-Pumpkins-T-Shirt. Der ist heiß. Na ja, der andere auch – wenn man auf den ernsten Typ steht. Ihm eilt übrigens sein Ruf voraus: brillanter Bodyguard der Ginnaye. Und er sieht auch noch extrem gut aus. Trotzdem ist mir der Junge mit den zerzausten Haaren und dem Tattoo lieber."

Bei der Vorstellung, dass Fallon und Charlie etwas miteinander anfangen könnten, zog sich Ari der Magen zusammen. War das lediglich die Macht der Gewohnheit? Oder wurde ein Teil von ihr immer noch eifersüchtig, wenn Charlie etwas mit einem anderen Mädchen hatte?

Als Ari nichts erwiderte, erkundigte Fallon sich stirnrunzelnd: „Habt ihr etwas miteinander?"

Ari schüttelte den Kopf. „Nicht mehr, nein." Als sie Fallons ungläubigen Blick bemerkte, fügte sie hinzu: „Es ist kompliziert."

„Soll ich mich besser zurückhalten?"

Wenn Ari jetzt Ja sagte und Fallon bat, sich zurückzuhalten, würde Charlie einen ganz falschen Eindruck bekommen, falls er das irgendwie mitbekam. Nein, es war an der Zeit, ihn endgültig loszulassen. „Es ist schon in Ordnung, Fallon. Aber sei ein bisschen vorsichtig – er ist gerade in einer schwierigen Phase."

„Wegen dieser Zauberer-Geschichte?"

Ari blieb der Mund offen stehen. „Hat der Red King dir das etwa erzählt?"

Fallon zuckte mit den Schultern. „Das ist kein Problem. Wir passen schon auf ihn auf. Genau genommen könnte er es unter den Umständen gar nicht besser treffen, als hier bei uns zu sein. Er kann von uns lernen, seine Kräfte zu kontrollieren."

„Ich glaube ehrlich gesagt nicht, dass das so geplant war", wandte Ari ein. Sie konnte nichts dagegen tun – sie machte sich Sorgen um Charlie, auch wenn sie sich fest vorgenommen hatte, dass sein Leben allein seine Sache war. „Es ist besser, wenn er seine Magie nicht anwendet."

„Na ja, es ist natürlich deine Entscheidung. Wenn du das so siehst … Trotzdem. Meinst du nicht, dass er lernen muss, seine Kräfte zu kontrollieren, bevor sie ihn kontrollieren?"

Die Frage ärgerte Ari. Sie wandte schnell den Blick ab und sah durchs Fenster hinaus in den Garten und auf den Pool. Das blaue Wasser wirkte unglaublich einladend. „Er lernt gerade, wie er seine Kräfte zur Verteidigung einsetzt. Das sollte bis auf Weiteres reichen."

„Charlie sollte wissen, wie man Talismane benutzt, Ari. Für Wesen, die menschliches Blut in sich tragen, kann Magie bedrohlich werden. Sie kann wie eine Droge wirken, wenn man nicht lernt, die möglichen psychischen Auswirkungen zu beherrschen, die sie in einem auslösen kann."

„Du weißt nicht, wofür er seine Kräfte einsetzen will. Wenn du es wüsstest, wärst du meiner Meinung."

„Tja, wenn du mich fragst – er ist erwachsen und kann das selbst entscheiden."

Ari starrte Fallon ungerührt an. Sie wunderte sich über die Lässigkeit, mit der Fallon die ganze Sache betrachtete. Doch dann fiel Ari ein, dass Fallon ein wichtiges Teil des Puzzles fehlte. Sie kannte Charlie nicht und wusste nicht, dass er von Natur aus zu Süchten neigte.

Ari seufzte kaum hörbar. Andererseits war sie offiziell nicht mehr in Charlie verliebt und entschlossen, sich keinesfalls länger von den beiden Männern in ihrem Leben abhängig zu machen. Das bedeutete auch, sich aus ihrem Leben herauszuhalten. „Weißt du was? Du hast recht, Fallon."

„Gut, aber jetzt haben wir genug über deine beiden Kerle diskutiert. Lass uns was essen."

„Jetzt?" Ari wurde nervös. Sie war eben erst angekommen und sollte sich nun mit lauter Menschen an einen Tisch setzen, die sie zwar nicht offen anfeindeten, aber zumindest Angst vor ihr hatten?

„Entspann dich. Wir beißen nicht." Fallon verließ das Zimmer, und Ari blieb nichts anderes übrig, als ihr zu folgen. Statt in das Wohnzimmer mit dem riesigen Esstisch führte Fallon Ari in die größte Küche, die sie je gesehen hatte. Weiße Möbel, rostfreier Stahl und helle Fliesen verliehen der Küche einen hellen, hypermodernen, aber auch kalten und ungemütlichen Eindruck. Auf der Arbeitsplatte der Kochinsel in der Mitte befanden sich klein geschnittenes Gemüse, Besteck und ein Wok. Am anderen Ende des Raumes stand ein riesiger Küchentisch mit Sitzbänken. Um den Tisch herum hatte sich das gesamte Team inklusive Jai und Charlie versammelt. Jai unterhielt sich mit einem hübschen Mädchen in Aris Alter, das ihn so breit anlächelte, dass es Ari an die Grinsekatze aus *Alice im Wunderland* erinnerte. Jetzt kicherte die junge Frau über etwas, das Jai gesagt hatte, und er machte ein zufriedenes Gesicht. Ari betrachtete das rote Haar des Mädchens und beschloss, dass sie Rothaarige ab sofort nicht mehr ausstehen konnte.

„Hallo." Charlie lächelte, als Ari mit Fallon näher kam. Fallon setzte sich links von ihm auf die Bank, also nahm Ari den Platz rechts neben ihm. „Alles okay?", erkundigte er sich leise.

Kaum hatte Ari Platz genommen, verfielen alle in angespanntes Schweigen. Sie tat so, als hätte sie nichts bemerkt, sah Charlie an und nickte, um seine Frage zu beantworten.

„Ich hoffe, du magst asiatische Gemüsepfanne?" Eine junge Frau mit dunklem Haar und blauen Augen lächelte sie zurückhaltend an, während sie Teller verteilte.

„Tja, wenn es nicht schmeckt, kann ich euch ja befehlen, etwas anderes zu kochen", entgegnete Ari trocken. Sie war zu erschöpft, um nett zu sein.

Alle erstarrten, und Fallon verschluckte sich beinahe an ihrem Wasser.

Ari verdrehte die Augen. „Es war nur ein Scherz."

„Das war wirklich nur ein Scherz", versicherte Jai schnell und warf ihr einen warnenden Blick zu. „Ari hat ihre Kräfte noch nie gegen Unschuldige eingesetzt."

„Mal abgesehen von dem Baby, das nicht aufhören wollte, mich vollzusabbern", sagte sie.

Jemand rang erschrocken nach Luft.

Jai seufzte und blickte sie an. „Was ist denn in dich gefahren?"

Als hätte er ihr eine Ohrfeige verpasst, wurde Ari knallrot. „Rede nicht mit mir, als wäre ich vier Jahre alt."

„Dann hör auf, dich so zu benehmen."

„Komm, Jai, jetzt lass sie mal in Ruhe", schaltete Charlie sich ein. „Nicht hier."

„Normalerweise ist sie nicht so", versicherte Jai dem Team.

Ari ärgerte das. Wieso musste Jai schon wieder die Kontrolle übernehmen? „Du brauchst dich nicht für mich zu entschuldigen. Hier reagieren alle auf mich, als würde ich sie gleich anfallen oder so. Ich habe ein paar ziemlich harte Wochen hinter mir." Sie spürte, wie ihr die Tränen kamen, und ärgerte sich darüber. „Ich habe so viel verloren, und irgendwie liegt es auch an mir. Aber ich bin nicht böse oder so und möchte auch nicht so behandelt werden."

„Schön gesagt." Fallon grinste und warf einen Blick in die Runde. „So, und ihr hört jetzt auf, euch wie Idioten zu benehmen. Sie wird ihre Macht nicht gegen uns einsetzen, habt ihr verstanden?" Damit wandte sie sich Ari und Charlie zu und hielt ihnen einen Korb entgegen. „Brötchen?"

Ari lächelte dankbar und griff zu. „Tut mir leid." Sie seufzte und sah die Leute am Tisch an. Sie fühlten sich offensichtlich unwohl und hatten zum Teil ein schlechtes Gewissen. „Für gewöhnlich bin ich ausgeglichener. Ich … Ich will diesen Kerl nur unbedingt finden."

„Da haben wir eines gemeinsam." Jacob lächelte ihr vom Kopf des Tisches aus zu. „Ich habe Michael angerufen." Charlie, der neben ihr saß, hob den Kopf, als er den Namen hörte. „Michael ist Fallons Vater und der Großmeister unserer Gilde. Er wird wegen der Entführungen Nachforschungen anstellen und sich dann so schnell wie möglich bei uns melden."

Ari nickte ihm dankbar zu, und Jacob lächelte sie aufmunternd an. Dann hielt sie der jungen Frau, die sie gefragt hatte, ob sie gern Gemüsepfanne esse, ihren Teller hin.

„Bryleigh kann von uns allen am besten kochen." Fallon zeigte auf die junge Frau mit den blauen Augen.

„Danke." Ari nahm ihren gefüllten Teller wieder entgegen und wartete, bis die anderen ebenfalls versorgt waren. Beim Essen entspannten sich die anderen etwas. Die Unterhaltung war lebhaft, und die Mitglieder der Roe-Gilde schienen vergessen zu haben, dass sie Angst vor Ari hatten. Sehnsüchtig beobachtete Ari, was um sie herum vorging, und dachte an Derek. Weder sie noch ihr Vater hatten in ihrer Kindheit ein so fröhliches Familienleben kennengelernt. Es musste toll sein, eine große Familie zu haben. Sie ließ den Blick über die

Roes streifen, bis er schließlich an Jai hängen blieb. Er sah ihr in die Augen und machte ein nachsichtiges Gesicht. Doch Ari war immer noch sauer auf ihn und runzelte die Stirn. Schnell sah er weg und unterhielt sich wieder mit dem rothaarigen Mädchen, das Anabeth hieß, wie Ari inzwischen mitbekommen hatte. Sie war die Schwester der Zwillinge. Anabeth lächelte Jai strahlend an und legte ihm die Hand auf den Arm, während sie sich zu ihm beugte und ihm etwas erzählte.

Ari gefiel das ganz und gar nicht. Eilig ließ sie den Blick weiterschweifen. Dabei fiel ihr auf, dass Jack Hollis, eines der älteren Mitglieder des Teams, sich nicht an den Unterhaltungen beteiligte, sondern nur ruhig seinen Teller leerte. Jemand zog von hinten an Aris T-Shirt. Sie erblickte Fallon, die hinter Charlie hervorschaute.

„Jack redet nicht viel", flüsterte sie. Anscheinend war ihr Aris forschender Blick aufgefallen. „Seit seine Frau von einer Ghulah umgebracht wurde, hat er sich zurückgezogen."

Bei der Erwähnung der Ghulah zuckte Ari unwillkürlich zusammen und erinnerte sich mit Grauen an ihren eigenen Kampf gegen die Ghulah in Roswell. Es war erst ein paar Wochen her.

Ari sah ins Gesicht der Dschinniya, die die Gestalt einer Frau angenommen hatte. Ihr Mund war blutverschmiert und voller langer scharfer Zähne, in denen Fleisch und Sehnen hingen ...

„Das ist ja furchtbar", erwiderte Ari leise. Jack tat ihr wirklich leid.

„Das ist es", stimmte Fallon ihr zu und war ausnahmsweise mal vollkommen ernst. „Er ist trotzdem ein extrem guter Jäger." Damit setzte sie sich wieder gerade hin und unterhielt sich weiter mit Charlie. Was auch immer er geantwortet haben mochte, zauberte ihr ein Lächeln auf die Lippen. Er lachte leise. Als er nach dem Wasser griff, sah Ari ihn an. Es war offensichtlich, dass Fallon ihm gefiel, und er wirkte vollkommen entspannt. Ein warmes Gefühl durchströmte Ari. Es war eine seltsame Mischung aus Eifersucht und Erleichterung, die sie ergriff, als sie sich ausmalte, wie er sein Leben jetzt zufrieden weiterführen konnte. Sie wünschte es ihm so sehr. Eine zum Scheitern verurteilte Beziehung beziehungsweise schwierige Freundschaft, Blut und Rache sollten der Vergangenheit angehören.

Leise seufzend wollte sich Ari noch ein Brötchen nehmen. Als sie in den Korb griff, stieß sie unsanft mit der Hand eines der Zwillinge zusammen, der ebenfalls gerade zugreifen wollte. Die Frage, ob es nun Callum oder Matt war, trat in der nächsten Sekunde in den Hintergrund, weil ein magischer Stromschlag ihren Arm traf. Sie schrie auf und zog den Arm zurück. Jai war aufgesprungen, Geschirr klirrte und ein paar Gläser schwappten über. Ein bernsteinfarbener Lichtbogen entsprang aus Jais Hand. Der Zauber schirmte alle außer Ari und Charlie ab wie eine Wand. Jai zitterte vor Wut und betrachtete Aris Arm.

„Mir geht es gut", versicherte sie ihm flüsternd und hatte fast selbst Angst vor seinen Kräften. Manchmal vergaß sie ganz, dass er auch ein reinblütiger und ungeheuer mächtiger Dschinn war. Ari sah zu den Zwillingen, die sie ängstlich musterten. „Jai, ich glaube nicht, dass es Absicht war."

„Das war es auch nicht", versicherte der Zwilling, der ihr den Schlag versetzt hatte. Verschüchtert sah er zwischen Jai und Ari hin und her, bis er bemerkte, dass Jacob genauso wütend aussah wie Jai. „Sie hat mich nur erschreckt. Sie macht mir Angst."

„*Sie* hat einen Namen", erwiderte Charlie und legte Ari die Hand auf den Rücken.

„Es ist schon gut." Ari rutschte nach vorn, um Charlies Hand abzuschütteln. Vielleicht waren ihre sarkastischen Sprüche von vorhin einfach zu viel für die Leute gewesen. Sie hassten sie. „Er hat es wirklich nicht mit Absicht getan." Der Rest der Familie wirkte verunsichert. Einige von ihnen – darunter auch Fallon – sahen den Jungen böse an. Den anderen tat er eher leid. „Entschuldigt, dass ich euch alle so nervös mache. Allerdings weiß ich nicht genau, wie ich euch beweisen soll, dass ich nicht vorhabe, meine Kräfte gegen euch einzusetzen. Mit dem Siegel sollte sich tatsächlich niemand leichtfertig anlegen. Und genau deshalb bin ich hier. Um einen gefährlichen Schwarzmagier daran zu hindern, meine Kräfte für seine Ziele zu missbrauchen. Daher wäre ich euch allen sehr dankbar, wenn ihr nicht mehr so tun würdet, als hätte ich eine geladene Schrotflinte auf euch gerichtet. Ich hoffe, das ist jetzt klar geworden. Ich sage es nicht noch einmal."

Gerard Roe stand auf, und alle starrten ihn an. „Es wird nicht wieder vorkommen, das verspreche ich. Callum, entschuldige dich."

Also war es Callum gewesen, der ihr wehgetan hatte.

„Es tut mir wirklich sehr leid, und es wird nicht noch einmal passieren."

„Jai, könntest du deinen Zauber jetzt aufheben?" Gerard sah ihn bewundernd und voller Respekt an.

Doch Jai blickte erst zu Ari. *Wenn du willst, verschwinden wir hier, Ari.*

Sie war ihm zwar dankbar für das Angebot, schüttelte aber den Kopf. *Nein, wir brauchen die Gilde. Außerdem geht es mir gut. Danke.*

Jai beruhigte sich und löste die angespannten Muskeln, und im nächsten Moment war der Zauber gebrochen. Die anderen konnten sich wieder hinsetzen. Anabeth wischte die verschütteten Getränke auf, ohne jedoch aufzuhören, mit Jai zu flirten. Ari gefiel das überhaupt nicht.

„Du bist so ein Idiot", sagte Fallon und warf ein Brötchen nach Callum. „Schwache Nerven?"

Callum wurde rot. „Halt den Mund."

Und damit begannen alle wieder, das Essen zu genießen. Der Aufruhr war vorbei.

Aris Arm brannte noch lange, aber als sie nach dem Essen beim Abräumen half, wurde sie von Bryleigh mit einem Lächeln und von Megan mit einer Unterhaltung belohnt.

21. KAPITEL

WER MICH ZU MEINER RACHE TREIBT

In Momenten wie diesen spürte der Red King eine große Wut in seinem Inneren. Es war mitten in der Nacht, als er sich zusammen mit seinem Bruder, dem Glass King, über den leblosen Körper von Jack Hollis beugte. Wie war es möglich, dass jemand wie er selbst, der zu tiefen Gefühlen fähig war, völlig gleichgültig und ohne jede Emotion Beihilfe zum Mord an einem vollkommen Unschuldigen geleistet hatte? Noch dazu an einem Unschuldigen mit Dschinn-Blut? Menschen hatten Red schon immer fasziniert. Ihre Fähigkeit, Mitleid für jemanden zu empfinden, den sie nicht einmal kannten, rührte ihn ebenso, wie er sie verachtete. Solche Empfindungen waren einerseits wunderbar, doch andererseits ließen sie viele Menschen wegen der zahllosen Tragödien, die sich täglich um sie herum abspielten, auch verzweifeln.

Red runzelte die Stirn und sah seinen Bruder an, dessen leuchtend blaues Haar im Wind flatterte. „Hast du verstanden, was jetzt zu tun ist?"

Glass erwiderte seinen Blick. Sein Gesichtsausdruck war ernst, seine perfekten Züge scharf geschnitten. „Ich habe dir gesagt, dass ich alles tun werde, um dir und unserem Vater zu helfen."

„Gut. Dann zieh dich um, bevor ich die Leiche entsorge."
Red betrachtete wieder Jacks leere Hülle. Es war schnell gegangen und ohne Blutvergießen. Dieser Tod hatte Red keine Freude bereitet. Dennoch war er unvermeidbar gewesen. Er hatte es für seinen Vater getan.

Plötzlich war eine ungeheure Energie zu spüren. Red fühlte die gleiche Macht in seinen Adern. Ruhig beobachtete er, wie Glass' Körper zu zittern begann. Schatten wanden sich unter seiner Haut, Knochen knackten und Muskeln zogen sich zusammen, als er Zentimeter um Zentimeter schrumpfte. Dann veränderte sich sein Gesicht, quoll auf, fiel in sich zusammen, nahm schließlich eine neue Form an. Das blaue Haar glitt den Rücken hinauf, wurde kürzer und kürzer, verwandelte seine Farbe in dunkles Braun. Lederweste und Hose lösten sich auf, und im nächsten Moment stand der Glass King in einem karierten Hemd, alten Jeans und Stiefeln da.

„Wie sehe ich aus?", fragte Glass. Auch seine Stimme klang ganz anders.

„Wie ein Jäger der Roe-Gilde namens Jack Hollis."

Glass zog seine neuen Augenbrauen hoch. „Das Spiel kann beginnen."

Ari hatte in dieser ersten Nacht in einem fremden Haus keine Probleme mit dem Einschlafen – dazu kam sie nämlich erst gar nicht, weil Fallon so viel redete, dass sie sie die ganze Nacht lang wachhielt. Innerhalb von acht Stunden fand Ari heraus, dass Fallon eine sarkastische extrovertierte Optimistin war, die lieber eine introvertierte düstere Pessimistin gewesen wäre. Fallon war außerdem ein Einzelkind, das seine Eltern und der Rest der Familie gern verwöhnten. Sie hatte Freunde, einen Cousin und ihren Großvater verloren, die alle als Jäger der Gilde gestorben waren. Dennoch glaubte sie an die Werte ihrer Familie: Sie war der Überzeugung, dass es ein ehrenwerter Tod war, wenn man sein Leben gab, um Unschuldige vor bösen Dschinn zu schützen.

Aufgewachsen war Fallon in New Jersey, hatte aber dort außerhalb der Gilde kaum Freunde gehabt. Es war einfach zu schwierig, ständig ein Doppelleben zu führen und den ewigen Fragen auszuweichen. Unwissende wurden nur in die Gruppe aufgenommen, wenn sie ein Mitglied der Gilde heirateten. Allerdings musste vorher klar sein, dass der oder die Zukünftige nicht sofort zum Psychiater rannte, sobald herauskam, dass es Dschinn tatsächlich gab. Fallon hatte in der Schule eine längere Beziehung gehabt. Doch die Liebe war schließlich in die Brüche gegangen, weil ihr Freund Fallon für distanziert und verschlossen gehalten hatte. Bis sie jemanden treffen würde, der ein ähnliches Leben führte, wollte sie keine feste Beziehung mehr. In den letzten beiden Jahren hatte sie deshalb höchstens ein paar Affären gehabt.

Ari erfuhr auch eine Menge über die anderen Mitglieder der Gilde in Phoenix. Anabeth, die Rothaarige, war ein Jahr älter als Fallon und Ari. Laut Fallon war sie egoistisch und flirtete gnadenlos jeden Mann an, der ihr gefiel. Anabeths Mutter war eine Dschinniya. Deshalb verfügte Anabeth über starke magische Kräfte. Fallon mochte sie nicht, woran sie auch keinen Zweifel aufkommen ließ. Ihre Halbbrüder, die Zwillinge, waren normalerweise ziemlich entspannt. Matt war mit einer anderen Jägerin der Gilde verlobt, die aber nicht mit nach Arizona gekommen war. Mit Callum hatte Fallon ab und zu, wenn sie sich beide gelangweilt hatten, rumgeknutscht. Was am Tisch zwischen ihm und Ari vorgefallen war, hielt Fallon für einen Beweis von Schwäche. Deshalb hatte sie beschlossen, die Affäre mit ihm so schnell wie möglich zu beenden. Laut Fallon waren alle anderen jedoch ziemlich cool.

Ihr Onkel und ihre Tante sowie Fallons Cousine und Cousin Susan und Aidan Roe waren sehr nett. James und Scott Becke kannte sie kaum. Aber Bryleigh schien nett zu sein – wenn sie nur endlich aufhören würde, sich zu benehmen, als wäre sie einem Frauenmagazin aus den Fünfzigerjahren entsprungen.

Weil Jacob ein Meister der Roe-Gilde war, kannte Fallon seine Kinder Brechin und Ailidh ziemlich gut. Sie waren nett, nahmen allerdings alles sehr ernst. Mit Fallons lockerer Art konnten sie nicht viel anfangen. Andererseits war Fallon sich nicht sicher, ob überhaupt jemand aus dem Team damit zurechtkam.

Nachdem Fallon ihr die Roe-Gilde erklärt hatte, begann sie damit, Ari mit Fragen zu löchern. Wann hatte Ari herausgefunden, dass sie eine Dschinniya war? Was für ein Mensch war ihr Dad gewesen? Wie war Azazil? Und Mount Qaf? Lief da etwas mit Jai? Und so weiter und so weiter. Zu ihrer eigenen Überraschung gab Ari ihr bereitwillig Auskunft. Es brach einfach alles aus ihr heraus. Angefangen mit Mikes Tod an ihrem sechzehnten Geburtstag über Charlies darauf folgenden Absturz, die Vernachlässigung durch ihren Dad sowie die Party anlässlich ihres achtzehnten Geburtstages bis hin zur unerwarteten „Reise" nach Mount Qaf. Sie erzählte ihr, wie böse ihr leiblicher Vater war. Sie erzählte ihr auch vom Red King, von Jai, von Nicks Besessenheit, von Charlies Wunsch, von dem Korb, den sie sich von Jai eingefangen hatte, von Dereks Tod und dass ihr für Trauer kaum Zeit geblieben war. Nur Miss Maggie blieb Aris Geheimnis. Als sie fertig war, wurde es draußen schon fast hell.

„Du schaffst das, Ari Johnson", flüsterte Fallon noch. Und das war's.

Ari hatte eine neue Freundin gefunden. Ein schönes Gefühl.

„Verdammt!", rief Ari und riss den Arm hoch, um den Dolch zu schmelzen, bevor er ihr Herz traf. Für einen Moment stank es im Garten nach heißem Metall, bevor sich der Geruch dank der leichten Brise wieder verflüchtigte. Es war ihr dritter Tag bei der Roe-Gilde, und Ari trainierte nach dem Mittagessen draußen mit Fallon. Jai war ebenfalls da und überwachte das Training – mehr oder weniger. Und zur allgemeinen Überraschung hatte Jack Hollis Charlie unter seine Fittiche genommen. Die beiden waren ständig zusammen. Ari vermutete, dass sie sich so gut verstanden, weil sie beide wussten, wie es war, einen geliebten Menschen an einen bösen Dschinn zu verlieren. Das Training war ziemlich locker gewesen, bis Fallon an einem silbernen Ring gerieben hatte, den sie um den Hals trug, und aus dem Nichts einen Dolch herbeigezaubert hatte. Ari starrte das Mädchen mit offenem Mund an. „Was? Warum? Woher?"

„Der gehörte zu einem Trainingsset, das meine Mutter mir gekauft hat", erklärte Fallon. „Mach dir keine Sorgen, ich bin nicht sauer, weil du ihn kaputt gemacht hast."

„Du bist nicht sauer?", stieß Ari ungläubig hervor. Das Ding hätte sie beinahe aufgeschlitzt. „Trainingsset? Deine Mutter hat dir einen Dolch geschenkt?"

„Klar." Fallon schob die für ihr zierliches Gesicht viel zu große Sonnenbrille in ihr Haar und grinste. Dann sah sie zu Jai. „Hey, Hübscher!" Fallon hatte ihn noch nicht ein Mal mit seinem richtigen Namen angesprochen. Stattdessen nannte sie ihn „Süßer", „Adonis" oder „Honigkuchenpferd", was ihn ohne Ende nervte. Ari liebte sie dafür. „Ich habe gehört, du hast Ari zuerst nicht erzählt, was für Konsequenzen die Magie haben kann? Bist du ein Anfänger?"

Jai bedachte Ari mit einem unversöhnlichen Blick. „Ich dachte, mit dem Thema wären wir durch?"

Ari hob abwehrend die Hände. „Ich habe nicht wieder damit angefangen. Obwohl es noch eine Menge dazu zu sagen gäbe. Wenn du dich nicht freundlicherweise doch irgendwann bequemt hättest, mir die Wahrheit zu sagen, hätte ich vielleicht noch einen richtig schlimmen Fehler gemacht. Ich hätte mir zum Beispiel ein Cabrio heraufbeschworen – dass irgendein nettes kalifornisches Paar deshalb plötzlich ohne Auto auf dem Highway gelegen hätte und von einem Laster überfahren worden wäre, hätte ich ja nicht gewusst."

Fallon prustete.

Jai verdrehte die Augen. „Deshalb habe ich es dir ja gesagt. Also: Kein Cabrio, keine Verletzten."

„Glück gehabt."

Ihr Bodyguard seufzte und sah wieder in das Buch, in dem er gerade las und das er sich von Gerard geliehen hatte. „Du kannst dir gar nicht vorstellen, wie sehr ich mich jeden Tag auf diese erwachsenen und intellektuell stimulierenden Gespräche mit dir freue. Aber sag mir doch bitte Bescheid, wenn die alte Ari mal wieder vorbeischaut, ja?"

„Die alte Ari? Ich war früher nicht weniger sarkastisch als jetzt."

„Stimmt." Er nickte und blätterte um. „Allerdings gab es zwischen der ängstlichen, sarkastischen Ari und dieser neumodischen fünfjährigen Ari eine kurze Phase, in der deine Gesellschaft tatsächlich einigermaßen angenehm war."

Autsch! „Du kannst mich mal."

Jai grinste und warf ihr einen flüchtigen Blick zu. „Wie du willst."

Callum, der sich im Laufe der letzten Tage mit Ari angefreundet hatte, trat auf die Terrasse und lachte, als er das Ende der Unterhaltung mit anhörte. Ari schüttelte nur den Kopf und versuchte zu verbergen, dass ihr irgendwie warm geworden war. Schnell sah sie zu Fallon, die sie wissend angrinste.

Sie kam einen Schritt näher. „Wow", flüsterte sie.

Ari runzelte die Stirn. „Was denn?"

„Du und Jai", sagte Fallon leise. „Das ist wie ein verbales Vorspiel. Und das geht nun schon so, seitdem ihr hier seid."

Das geht schon so, seitdem wir uns zum ersten Mal gesehen haben.

Ari wurde rot, und Fallon brach in Gelächter aus. „Sieht so aus, als wäre da noch jemand Jungfrau."

„Wie bitte?", rief Ari, und sowohl Jai als auch Callum sahen sie an. „Bin ich etwa der einzige Mensch in der freien Welt, der noch keinen Sex hatte?"

„Wenn du willst, kann ich da Abhilfe schaffen", sagte Callum lachend und trat zu ihnen.

Doch er kam nur ein paar Schritte weit. Im nächsten Moment landete er scheinbar grundlos wie ein gefällter Baum im Gras. „Was zum Teufel war das denn?", brummte er und sah sich nach allen Seiten um. „Irgendjemand hat mich umgeworfen!"

Ari musste ein Lachen unterdrücken, als sie die vertraute Energie von Miss Maggie in der Nähe spürte. Die gute Miss Maggie … Wieder einmal verteidigte sie Aris Ehre. Ari sah Jai an. Als er mit diesem unglaublich sinnlichen Mund ihr Lächeln erwiderte, war es schwer, sich nicht nach einem Kuss von ihm zu sehnen.

Dann hörte sie seine Stimme in ihrem Kopf. *Langsam wächst Miss Maggie mir ans Herz.*

„Ich weiß wirklich zu schätzen, dass du das für mich tust", sagte Charlie leise, und ihm war anzumerken, wie aufgeregt er war.

Jack Hollis warf ihm einen bedachten Blick zu. Eigentlich war Jack ein verschlossener Mensch, doch am zweiten Tag hatte er Charlie in einem ruhigen Moment geradeheraus gefragt, warum er so unvernünftig gewesen sei, sich in einen Zauberer verwandeln zu lassen. Nachdem Charlie ihm von Mike erzählt hatte, hatte Jack genickt. Er verstand. Ihm war etwas ganz Ähnliches mit seiner Frau passiert.

Seitdem verbrachten die beiden viel Zeit miteinander. Charlie löcherte Jack mit Fragen über die Gilden, die verschiedenen Dschinn – und insbesondere über die Labartu. Offenbar handelte es sich bei ihnen um die schlimmsten weiblichen Dämonen überhaupt. Die Labartu zerstörten Leben, und ihre bevorzugten Opfer waren Kinder. Manche fraßen Menschenfleisch und tranken Blut. Andere gaben sich damit zufrieden, eine unheilvolle Kette von Ereignissen in Gang zu setzen, an deren Ende der Tod eines Kindes stand. Zu dieser Gruppe gehörte auch die Labartu, die Mike auf dem Gewissen hatte.

Dass sich eine Labartu in der Nähe aufhielt, erkannte man daran, dass Pflanzen verdorrten, Flüsse verschlammten und die Zahl der Fehlgeburten stieg. Ihre auserwählten Opfer litten oft schon Tage vor ihrem Tod an Albträumen. Als Jack das erwähnte, erinnerte Charlie sich plötzlich wieder. Mike hatte in der Woche vor dem Unfall ständig Albträume gehabt.

Jack seufzte. „Du hattest übrigens recht, Charlie. Ich kann die Ghulah, die meine Frau ermordet hat, nicht umbringen. Das würde meine Gilde in ernsthafte Schwierigkeiten bringen, und die Gilde ist das Letzte, was mir noch geblieben ist. Sonst hätte ich mir das Miststück schon längst vorgeknöpft. Deine Situation ist anders. Ich weiß, dass du es mit oder ohne meine Hilfe versuchen wirst. Aber da du mit meiner Hilfe wenigstens eine kleine Chance hast, werde ich dich unterstützen."

Charlie nickte. Nachdem er Jack ein paar Tage lang verfolgt und ihn immer wieder gebeten hatte, ihm zu zeigen, wie man einen Talisman benutzt, hatte Jack endlich eingelenkt. Im Keller hatte Jack sich eine kleine Werkstatt eingerichtet. Auf der Werkbank lagen Ketten mit Steinanhängern, runde, rechteckige, achteckige Amulette aus Metall sowie einige Ringe und kleine Steine.

Jack zeigte auf die Amulette. „Das Metall ist haltbarer als einige der Halbedelsteine. Ich habe weder Platin noch Weißgold hier. Das ist zu teuer. Aber Gelbgold kann ich anbieten." Er zeigte auf eine goldene Scheibe, in die ein exotischer Schriftzug graviert war. Die Scheibe war nur wenig kleiner als Charlies Hand. „Silber." Er zeigte auf ein rechteckiges Metallstück. „Bronze mit ein wenig Kupfer." Es gab mehrere Bronze-Amulette. „Diese Werkstoffe sind leichter aufzutreiben. Einige unserer Amulette sind aus eingeschmolzenen Cent-Stücken oder britischen Pence gefertigt."

„Und mit denen kann man seine Kräfte kanalisieren?", fragte Charlie leise und starrte die Amulette begierig an.

„Ja. Mit denen kannst du kleinere Sachen machen, wie zum Beispiel Dinge herbeizaubern. Aber schon bei größeren Gegenständen, die sich in weiterer Entfernung befinden, brauchst du ein edleres Metall. Mit der Zeit bekommst du ein Gefühl dafür, was die einzelnen Metalle möglich machen. Platin und Gold eignen sich gut für Bannzauber. Damit kannst du Leute daran hindern, ein Haus oder Zimmer zu betreten oder auch zu verlassen. Ansonsten funktionieren sie auch für Schutzzauber. Für all die Arten von Magie, die reinblütige Dschinn ohne Hilfsmittel beherrschen, brauchen wir die Metalle. Wenn du so einen Talisman in die Hand nimmst, spürst du ein Summen, eine Vibration. Hier." Er legte ein Kupferamulett in Charlies Hand.

„Wow." Charlies Augen weiteten sich, als er einen leichten Stromschlag verspürte. Das Amulett schien auf seiner Hand zu pulsieren.

„Es reagiert auf dich. Du hast die Energie eines Talismans verbraucht, wenn du dieses Summen nicht mehr spürst."

„Okay."

„Normalerweise benutzen Zauberer Edelsteine." Jack zeigte auf die Steine, Anhänger und Ringe. „Einen Smaragd habe ich gerade nicht da, aber ich kann dir sagen, dass es der Stein von Mount Qaf ist. Smaragde aus unserer Welt verfügen nicht über die gleiche Kraft, aber sie sind immer noch extrem gefährlich. So ein Smaragd kann einem Hybriden über Jahre hinweg Kraft verleihen. Und es ist der einzige Stein, der es einem Hybriden möglich macht, den Mantellus oder den Peripatos anzuwenden."

„Einen Moment mal." Charlie hob überrascht die Hand. „Wir können diese Zauber benutzen?"

„Nur mithilfe eines Smaragds. Dieser Stein hat allerdings eine berauschende Wirkung. Man glaubt, dass ein Smaragd seinen Träger von der Magie abhängig machen kann." Jacks Blick verfinsterte sich. „Die Gilden haben den privaten Gebrauch von Smaragden daher verboten. Du brauchst eine Sondererlaubnis, wenn du ihn benutzen willst. Und diese Sondererlaubnis erteilen die Meister der Gilden nur in absoluten Notfällen."

Alles in Charlie schrie nach einem Smaragd.

„Obsidian ist auch sehr nützlich. Die unterschiedlichen Ausprägungen des Edelsteins sind für verschiedene Zwecke gut." Jack zeigte Charlie eine Kette mit einem hübschen schwarzen Anhänger. „Schwarzer Obsidian. Damit kannst du einen Stromausfall verursachen, wenn es mal brenzlig wird und du unerkannt verschwinden musst. Und er kann auch Licht erzeugen."

„Cool, wie der Deluminator."

Jack sah ihn verständnislos an.

Charlie grinste. „Harry Potter?"

„Wer ist das?"

Charlie traute seinen Ohren nicht. Gab es tatsächlich noch jemanden auf dieser Welt, der nicht wusste, wer Harry Potter war? „Der Zauberlehrling."

„Wie bitte?"

Charlie hustete. „Das ist die Hauptfigur aus einer Reihe von Fantasyromanen, die eigentlich jeder kennt."

„Ganz offensichtlich nicht." Jack seufzte und wandte sich wieder den Steinen zu. Er zeigte auf den grünen und blauen Obsidian. Mit dem grünen konnte man alles, was Wurzeln hatte, aus dem Boden ziehen. Ein besonders mächtiger Zauberer konnte damit den Boden aufreißen und Felsen, Sand und Erde als Waffen einsetzen. Der blaue Obsidian hingegen war ein Wasserstein. Blaue und grüne Obsidiane zusammen hatten heilende Wirkung.

„Dann verfügt also jeder Stein über andere Kräfte?", fragte Charlie beeindruckt.

Jack nickte. „Du musst noch vieles lernen. Das Wissen von sechzehn Jahren wirst du in wenigen Tagen aufnehmen müssen. Bist du sicher, dass du dir das antun willst?"

Charlie nickte. „Ja, ich bin mir sicher."

„Gut." Jack zeigte auf Charlies Hand, mit der er noch immer die Bronzescheibe festhielt. „Beschwöre etwas aus deinem Zimmer herauf."

„Aus meinem Zimmer in Ohio?"

„Nein, aus dem Zimmer hier im Haus. Bronze ist nicht stark genug, um Dinge aus weiter Entfernung herbeizuzaubern."

Charlie betrachtete nervös die Metallscheibe in seiner Hand. Jetzt gab es kein Zurück mehr. „Wie mache ich das?"

„Konzentriere dich auf das Metall, lass es ein Teil von dir werden."

„Wie …"

„Tu es einfach."

Konzentriere dich auf das Metall. Charlie seufzte. Klang nach esoterischem Humbug. Trotzdem … Charlie konzentrierte sich, ließ das Summen seinen Arm hinauf vibrieren, stellte sich vor, das Metallstück wäre Teil seines Arms und läge nicht nur als separater Gegenstand darauf. Nach ein paar Sekunden wurde ihm unnatürlich heiß, und er nahm einen metallischen Geschmack auf der Zunge wahr.

„Kannst du es schon schmecken?" Jack grinste ihn an.

Charlies Augen weiteten sich, und er nickte stumm.

„Gut, dann hast du es geschafft. Und jetzt konzentriere dich auf einen kleinen Gegenstand, der sich hier in deinem Zimmer befindet. Stell dir vor, wie er vor dir erscheint. Du *willst*, dass er vor dir erscheint. Du brauchst ihn."

Charlie dachte an sein Smartphone und sah auf seine Hand. Er stellte sich vor, wie das Handy darauf lag. Er befahl es dort hin. Er wollte es, er brauchte es … „Oh, mein Gott!" Als er das Telefon plötzlich auf der Hand spürte, machte er vor Schreck einen Satz zurück und ließ es fallen. Nur die Schutzhülle verhinderte, dass die Rückseite absprang. Charlies Herz raste. Das hier war etwas ganz anderes als Magie zu Verteidigungszwecken. Das hier war ... Es war ...

Sein Blut rauschte schneller durch seine Adern. So kraftvoll, so stark, zu so viel fähig. Mit glänzenden Augen lächelte er Jack an, der das böse Lächeln mit demselben Gesichtsausdruck erwiderte. „Das war cool."

22. KAPITEL

WENN MAN VERMISST, WAS MAN NIE BESESSEN HAT

Jack hatte Charlie versprochen, dass er seine Kontakte in den Gilden nutzen würde, um die Labartu aufzuspüren, die Mike auf dem Gewissen hatte. Allerdings nur, wenn Charlie es schaffte, seine Magie wirklich zu kontrollieren. Auf keinen Fall wollte Jack dafür verantwortlich sein, dass ein unerfahrener Zauberlehrling herumlief, der seine Kräfte nicht beherrschte. Charlie war einverstanden und zu allem bereit. Endlich hatte er die begründete Hoffnung, seinem Ziel näher zu kommen.

„Sehr gut", murmelte Jack, als Charlie mithilfe des blauen Obsidians Wasser durch die Rohre lenkte. Charlie hielt den Edelstein in der Hand, rieb daran und ließ das Wasser in die Spüle am anderen Ende des Kellers fließen.

„Hier." Jack hielt eine Kette mit drei Metallscheiben daran hoch. Kupfer, Silber und Gold. Er hängte sie Charlie um den Hals. „Die kannst du behalten."

„Danke." Versonnen berührte Charlie das Metall und war seinem Mentor aufrichtig und zutiefst dankbar. Jack wurde langsam zu einer Art Vaterfigur für ihn. Er war wie der Vater, den er so nie gehabt hatte – und dabei kannten sie sich erst seit einer Woche. Andererseits hatte sein richtiger Vater nie so viel Zeit mit ihm verbracht, wie Jack es in dieser einen Woche getan hatte. „Ich weiß das echt zu schätzen."

„Das war noch nicht alles." Jack grinste. Der alte Mann war viel aufgeschlossener und fröhlicher als früher. Seine Veränderung war auch den anderen nicht entgangen, und sie waren dem jungen Zauberer dankbar, weil er Jack aus seinem Tief herausgeholt hatte. Jetzt hielt Jack einen Ring hoch, der mit einem blauen und einem grünen Obsidian besetzt war. „Er gehört dir, wenn du willst."

Mit zitternden Händen steckte Charlie sich den auffälligen Herrenring an den Mittelfinger der linken Hand. Er fühlte sich an der Stelle seltsam richtig an – fast, als würde er genau dort hingehören.

„Was zum Teufel ist hier los?"

O nein, Charlie erkannte die Stimme sofort. Jai. Er schloss kurz die Augen, holte Luft und drehte sich dann um. Der Dschinn sah riesig aus, wie er da am Fuße der Treppe stand. Wütend sah er sich den Tisch mit den Talismanen an, ehe er näher kam.

„Hör mal, Jai …" Jack hob warnend die Hand. „Ich habe nur getan, was für Charlie das Beste ist."

„Charlie ist ein kleiner Junge", stieß Jai hervor und kam drohend einen Schritt näher. „Und du kennst ihn kaum. Woher will also einer von euch beiden wissen, was für ihn das Beste ist?"

Charlie hasste es, wenn Jai so tat, als wäre er noch ein Kind. Er wusste nicht, ob der Grund dafür die Rivalität wegen Ari war oder ob Jai ihn wirklich so sah. Hoffentlich war es nicht Letzteres … Denn tief in seinem Inneren … Na ja, Charlie wünschte sich schon, dass Jai ihn respektierte. „Ich bin kein Kind mehr, verdammt", erwiderte er und machte einen Schritt auf den Bodyguard zu. Jai war nur ein paar Zentimeter größer als er. Er würde schon mit ihm fertigwerden. Gedankenverloren strich Charlie über den Ring an seinem Finger. Es war schon erstaunlich, wie viel Selbstbewusstsein der Talisman ihm gab.

Jai betrachtete den Ring und lachte verächtlich. „Denk nicht mal daran." Im nächsten Moment bemerkte Charlie, wie Jais Blick ins Leere ging. Ihn beschlich eine böse Ahnung. Rief Jai gerade per Telepathie nach Ari?

Unvermittelt züngelten wunderschöne goldene Flammen empor, aus denen Ari trat. Flammen, die viel heller waren als die der anderen Dschinn.

„Was ist los?", fragte sie sanft. Verletzt beobachtete Charlie, dass sie sich nicht neben ihn, sondern neben Jai stellte. Die beiden sahen aus, als würden sie zusammengehören. Ein Gedanke, den Charlie schnell wieder verdrängte. Er hatte die Hoffnung noch nicht aufgegeben, dass er Ari eines Tages doch noch zurückgewinnen würde. Dafür war es nicht zu spät, daran musste er glauben.

„Jack bringt Charlie bei, wie ein Zauberer Talismane und Amulette benutzt."

Aris Miene verfinsterte sich. Sie sah auf den Tisch mit den Schmuckstücken, bevor ihr Blick zwischen Jack und Charlie hin- und herwanderte. Charlie spürte, dass Ari Angst bekam – Angst um ihn. Schuldgefühle erfassten ihn.

Aber dann schüttelte sie den Kopf, ihre angespannten Muskeln schienen sich zu lockern, und sie sah ihn vollkommen gleichgültig an. Charlie schluckte. Es war schon das zweite Mal, dass sie ihn so merkwürdig anblickte. Fast so, als wäre ihr auf einmal egal, was aus ihm wurde.

„Das geht mich nichts an, Charlie. Du kannst machen, was du willst." Damit ging sie wieder in Flammen auf und war in dem Moment verschwunden, als Fallon die Treppe heruntergerannt kam. Ein Blick auf Jai und Charlie genügte, und Fallon wusste, dass etwas passiert war. Endlich. Fallon beschwerte sich ständig darüber, wie langweilig es hier war.

„Und? Was habe ich verpasst?", fragte sie aufgeregt.

Jai machte ein genauso verwirrtes Gesicht wie Charlie. „Offensichtlich nichts", sagte er und rieb sich über den Nacken. Seufzend sah er Jack an. „Sorg dafür, dass ihm nichts passiert."

„Ich bringe ihm bei, wie er seine Kräfte besonnen kontrolliert", versicherte Jack.

Mit einem erneuten tiefen Seufzen drehte Jai sich um und ging schweigend wieder die Treppe hoch.

Fallon sah ihm erstaunt hinterher, ehe sie zu Charlie ging. Bei jedem Schritt wippte ihr Haar. Die Sinnlichkeit, die sie ausstrahlte, gefiel Charlie. Bevor er begriffen hatte, dass er Ari und nur Ari wollte, hatte er genau auf diesen Typ Frau gestanden. Doch an Fallon gefiel ihm mehr als nur ihr Aussehen. Er mochte ihren trockenen Humor und ihre entspannte Lebenseinstellung. Anders als Ari nahm sie nicht alles so furchtbar ernst. Sie sah es auch nicht so eng, dass er sich in einen Zauberer verwandeln lassen hatte oder machte ihm deshalb gar Vorwürfe. Und es war angenehm, dass sie ihn nicht schon gekannt hatte, bevor die Sache mit Mike passiert war. So wie sie ständig mit ihm flirtete und ihn zum Lachen brachte, schien sie ihn zu mögen, wie er jetzt war, und verglich ihn nicht ständig mit dem alten Charlie.

„Aha. Ich verstehe." Fallon sah auf den Tisch. „Jack bringt dir gerade bei, wie man einen Talisman benutzt."

„Willst du mir deshalb jetzt etwa auch Ärger machen?", fragte Charlie.

Die Augen der Jägerin der Gilde weiteten sich. „Wie kommst du denn darauf?" Sie nahm sich einen Lapislazuli. „Ich mache mit."

Charlie grinste und sah ihr dabei zu, wie sie mithilfe des Steins den ganzen Keller verzauberte. Alles leuchtete blau, sogar sie selbst. Nur Jack und Charlie behielten ihre normale Farbe.

„Wo ist sie geblieben?", fragte Charlie und sah sich angestrengt um. Dann lachte er. Fallon hatte die Augen geöffnet. Sie waren das Einzige, was von ihr vor der Treppe, vor der sie stand und mit der sie optisch praktisch verschmolzen war, sichtbar wurde.

„Das ist natürlich nicht sonderlich sinnvoll." Fallon kicherte. „Aber es ist ein netter Spaß."

Jack holte tief Luft. „Fallon, ich versuche hier gerade, ihm wichtige Dinge beizubringen, keinen Unsinn. Mal ganz davon abgesehen, dass du gerade wer weiß wie viele Eimer dieser Farbe in den Baumärkten der Umgebung geleert hast."

Tatsächlich stank es im Keller furchtbar nach Farbe. Mit einem Mal tropfte sie von den Wänden, sammelte sich zu einem kleinen Fluss auf dem Boden, blubberte und spritzte und verschwand dann. Auch Fallon war nicht mehr blau eingefärbt. „Aber der Unsinn macht immer am meisten Spaß. Außerdem war es nur ein bisschen *Farbe* – es ist ja nicht so, als hätte ich Gold oder so etwas geklaut."

Ihr Lächeln war ansteckend. Charlie lachte und war wie im Rausch. Plötzlich hatte er so viel Macht. Und diese Macht könnte er auch weiterhin einsetzen, nachdem er seinen Rachedurst gestillt hätte. Eine innere Stimme flüsterte ihm leise „*Denk an die Konsequenzen!*" zu. Doch Charlie verdrängte das. Er hatte keine Lust, sich die Laune verderben zu lassen.

Ein paar Stunden später starrte Ari ins knisternde Kaminfeuer, während der Regen gegen die Scheiben prasselte. Im Zimmer war es dunkel. Am Himmel türmten sich schwarze Wolken. Gleich ein Feuer anzumachen war sicherlich etwas übertrieben gewesen, weil es draußen immer noch warm war. Aber Matt hatte sich dafür entschieden, um es gemütlicher zu machen. Die Zwillinge saßen auf dem Sofa und spielten mit der Wii. Ari bemerkte sie kaum, weil sie mit den Gedanken unten im Keller war, wo Fallon und Jack Charlie beibrachten, seine Kräfte zu beherrschen. Sie war krank vor Sorge und hatte keine Lust mehr, weiterhin so zu tun, als wäre das nicht so. Charlie war leicht zu beeinflussen, und man musste sich nur jemanden wie Dalí ansehen, um zu wissen, welche Auswirkung die Magie auf einen Zauberer haben konnte.

Ari war mit den Frauen zusammen in der Küche gewesen, bevor sie sich zurückgezogen hatte, um in Ruhe nachzudenken. Inzwischen waren die Roes in ihrer Gegenwart ziemlich entspannt. Bryleigh hatte sich ums Abendessen gekümmert, Megan, Susan und Ailidh hatten am Frühstückstisch gesessen und sich über dies und das unterhalten. Irgendwann hatte Ari in einer Gesprächspause gefragt: „Wann, meint ihr, werden wir etwas wegen Dalí hören?"

„Bald." Megan hatte sie verständnisvoll angelächelt.

„Der Mistkerl ist bestimmt nicht mehr in Phoenix", hatte Susan mit einer Karotte in der Hand gesagt. „Wir haben hier keine Spur mehr von ihm gefunden. Gestern habe ich mit den Zwillingen zusammen Nachforschungen angestellt, und heute sind Aidan, Brechin und Anabeth unterwegs. Die drei haben vorhin angerufen … Wieder nichts. Null. Zero."

„Wenn er sich inzwischen von Banküberfällen auf Entführungen und möglicherweise sogar Mord verlegt hat, sollte man uns doch wenigstens Unterstützung schicken, oder?" Ailidh hatte ein finsteres Gesicht gemacht.

„Was meinst du damit?", hatte Ari verwirrt gefragt.

Megan hatte es ihr erklärt. „Wie alle Dschinn haben auch wir in den Gilden unterschiedlich starke Kräfte. Daher machen wir immer erst eine Analyse des Falles und schicken dann ein Team los, das der Sache auf jeden Fall gewachsen ist. Sobald richtig böse Dschinn wie Ghulah, Labartu, Nisnas, Marids, Shaitane und so weiter auftauchen, beobachten wir sie und tun alles, um sie davon abzuhalten, Menschen zu schaden. Wir dürfen sie nach dem Dschinn-Gesetz nicht umbringen, also verfolgen wir sie, passen auf und schreiten im Notfall ein. Meistens ziehen sie irgendwann weiter und verlassen das Land. Dann alarmieren wir die Jäger dort, damit eine ihrer Gilden übernimmt. Bei Zauberern allerdings verhält es sich anders. Sie sind nicht so leicht aufzuspüren, weil ihre Energie genau wie bei uns weniger stark ist. Wir können sie aus dem Weg räumen, ohne vors Dschinn-Gericht gestellt zu werden. Wenn wir einen Zauberer also erst gefunden haben, beseitigen wir ihn. Und falls wir es dabei mit einem besonders grausamen Zauberer zu tun haben, sorgen wir dafür, dass unsere mächtigsten Jäger mit im Team sind."

„Aber so jemand ist hier nicht dabei?", hatte Ari sich erkundigt.

Bryleigh hatte den Kopf geschüttelt, während sie den Teig für ihre Tarte ausgerollt hatte. „Fallons Vater hat von uns allen die stärksten Kräfte. Fallon wird eines Tages fast genauso mächtig sein wie er, aber noch ist es nicht so weit."

„Das verstehe ich nicht", hatte Ari entgegnet. „Ihr wusstet doch, dass Dalí der Sohn eines Dschinn-Königs ist, oder? Warum habt ihr dann nicht gleich Fallons Vater auf ihn angesetzt?"

„Nein, wir wussten es nicht." Megan hatte die Stirn gerunzelt. „Bisher war es nicht mehr als ein Gerücht. Jeder Zauberer auf der ganzen Welt behauptet mit Vorliebe, er wäre mit dem Sultan oder mindestens einem der Dschinn-Könige verwandt. Deshalb haben wir dieses Gerede nicht ernst genommen. Aber das macht nichts. Wir haben ein paar mächtige Jäger hier. Zum einen Jacob." Megan hatte bekräftigend genickt. „Und meinen Gerard und Jacobs Neffen Brechin. Außerdem gehört jetzt Jai zu uns. Ein echter Ginnaye. Er ist mächtiger als zwei von uns zusammen."

Damit war das Thema beendet gewesen. Susan hatte darüber reden wollen, dass ihre Cousine eindeutig in Charlie verliebt war, woraufhin Ari leise aus der Küche ins Wohnzimmer verschwunden war. Dort hatte sie sich in einen der Sessel vor dem Kamin gesetzt.

„Hast du das von dem schottischen Mitglied der Gilde gehört?", fragte Callum nun hinter ihr leise.

Matt schüttelte den Kopf. „Nein. Um wen geht's?"

„Scott und Gerard haben sich heute Morgen darüber unterhalten. Michael hat sich gemeldet. Sie haben neue Informationen über die Entführungen. Er wollte später noch mal anrufen, falls sich das bestätigt. Na ja, und dann hat er auch noch erzählt, dass ein Jäger der Gilde aus Schottland vom Dschinn-Gericht zum Tode verurteilt worden ist."

Aris Augen weiteten sich, und sie spitzte die Ohren.

Matt sah seinen Bruder traurig an. „Was ist denn passiert?"

„Er hat eine Ghulah umgebracht. Die war gerade dabei, ein anderes Mitglied der Gilde zu verspeisen. Man hat ihn vor Gericht gestellt, aber seine Verteidigung war nicht überzeugend genug und es hat sich auch kein reinblütiger Dschinn gefunden, der sich vor Gericht für ihn eingesetzt hätte. Tja, und jetzt hat er das Todesurteil bekommen."

„Scheiße." Matt schüttelte wütend den Kopf. „Ein Typ wie Jai wäre mit einer kleinen Ermahnung davongekommen. Aber nein … Ein Tropfen menschliches Blut in deinen Adern, und du hast keine Chance mehr auf ein faires Verfahren."

Die Worte trafen Ari wie ein Schlag in die Magengrube, und sie musste tief Luft holen. Zum ersten Mal seit Wochen stand sie wieder kurz vor einer Panikattacke. Es gab keine Chance, dem eigenen Schicksal zu entkommen. Das galt auch für sie selbst. Ihre Zukunft war hoffnungslos. Das war ihr klar. Das war ihr immer klar gewesen. Heute allerdings überwältigte sie das alles, und ihre Selbstbeherrschung geriet ins Wanken. Damit die beiden Jungs das nicht mitbekamen, flüchtete sie schnell aus dem Wohn- ins Arbeitszimmer. Wie angewurzelt blieb sie stehen, als sie Jai erblickte, der am Schreibtisch saß und durchs Fenster hinaus in den Regen sah.

„Was ist los?", fragte er sanft, stand auf und kam zu ihr.

Vollkommen erschöpft antwortete Ari: „Ich habe gerade beschlossen, einen Waffenstillstand auszurufen."

Jai grinste, und seine Augen funkelten belustigt. „Warum?"

Sie atmete tief durch. „Weil ich gerade wirklich einen Freund brauche."

Jai nahm ihre Hand und ging mit Ari zum Ledersofa. Sie setzten sich. „Was ist denn passiert?", erkundigte er sich leise.

Dieses Mal war Ari nicht genervt, als sie die Besorgnis in seiner Stimme hörte – sie war dankbar.

„Ich werde es nicht schaffen", sagte Ari mit zitternder Stimme. „Ja, wir sind hinter Dalí her und tun alles, um meinem Vater zu entgehen. Trotzdem werde ich das hier nicht überstehen, Jai. Azazil plant irgendetwas, da bin ich mir sicher. Außerdem ist es nur eine Frage der Zeit, bis die gesamte Dschinn-Welt von mir erfährt. Und was dann? Dann ist es vorbei. Ich bin eine tote Frau." Die Angst schnürte ihr die Kehle zu, ihr Herz raste, und sie bekam kaum noch Luft.

Jai erkannte, dass sie eine Panikattacke hatte. Behutsam ergriff er ihre Hände. „Ich lasse nicht zu, dass das geschieht, Ari", versprach er ihr und blickte sie eindringlich an. „Das musst du mir glauben."

„Ich will nicht, dass dir etwas zustößt." Ari brach das Versprechen, das sie sich selbst gegeben hatte. Sie wollte ihre Gefühle nicht mehr unterdrücken. Trotz allem, was in den letzten Wochen geschehen war, trotz der Dinge, die er ihr über Yasmin erzählt hatte, und trotz ihrer Enttäuschung darüber, wie Jai die junge Ginnaye behandelt hatte, konnte Ari ihn noch immer nicht loslassen. Obwohl sie wusste, dass es ein Fehler war.

Aber … Sie konnte einfach nicht anders.

Jai schluckte. „Und ich will nicht, dass dir etwas passiert", flüsterte er. Sein Blick fiel auf ihren Mund. Ihre Lippen zitterten, und Jai stöhnte unterdrückt auf. Es knisterte zwischen ihnen. Man konnte fast fühlen, wie aufgeladen die Atmosphäre auf einmal war. Jai beugte sich zu ihr und drückte ihre Hand …

„Ach, hier seid ihr", rief Gerard und kam herein. Ohne zu ahnen, wie sehr er störte, blieb er vor ihnen stehen. „Hört mal, es gibt Neuigkeiten. Mehrere vermisste Dschinn-Mädchen, alle ungefähr in Aris Alter. Acht insgesamt. Die letzten beiden sind in Philadelphia verschwunden. Der jüngste Versuch einer Entführung hat in Columbus, Ohio, stattgefunden. Das Mädchen konnte allerdings entkommen."

Ari erschauderte. „Er hat in Ohio nach mir gesucht."

Gerard nickte ernst. „Ja, das denke ich auch. Es kann sein, dass er noch da ist. Das war, wie gesagt, sein jüngster Versuch – und noch dazu in deinem Heimatstaat."

„Stimmt. Trotzdem hat er Jai und mich in L. A. angreifen lassen."

„Ja, aber ohne jede Magie. Ich habe keine Dschinn-Energie gespürt", überlegte Jai laut. „In Sandford Ridge war das anders."

„Wie dem auch sei. Wir haben ein ziemlich genaues Profil von ihm erarbeitet. Wir wissen, was für Häuser er bevorzugt mietet. Wohin er am liebsten geht, also Clubs, Restaurants und dergleichen. Nach unseren Erkenntnissen hält er sich eher in Großstädten auf. Also fangen wir mit Cleveland an."

„Dann denkst du nicht, dass er in Sandford ist?", fragte Ari, die Angst um die Freunde hatte, die sie dort zurückgelassen hatte.

„Nein, er hasst Kleinstädte."

„Gut. Wann brechen wir auf?"

Gerard schnalzte mit der Zunge und sah Ari voller Bedauern an. „Also ... Mein Gildenmeister hat mich gebeten, vorher noch etwas Geschäftliches in Phoenix zu erledigen."

Misstrauisch runzelte Jai die Stirn. „Etwas Geschäftliches?"

„Einer unserer Jäger war einem Utukku-Dschinn auf der Spur. Der Mistkerl ist ihm entwischt und nach Phoenix geflohen. Unser Mann ist verwundet, hat das Biest aber noch bis auf den St.-Francis-Friedhof verfolgt. Der ist nicht weit von hier entfernt. Er braucht Unterstützung."

„Moment mal." Ari hob die Hand. „Was zum Teufel ist ein Utukka?"

„Utukku", berichtigte Jai. „Es gibt gute und böse. Die guten Utukku nennt man Shedu. Sie bewachen die Toten und Friedhöfe, vertreiben Vandalen und so etwas. Die bösen Utukku heißen Edimmu. Sie spuken auf Friedhöfen und greifen die Besucher dort an." Seufzend sah er Gerard an, und Ari hätte ihren Freund am liebsten tröstend umarmt, auch wenn das Wort „Freund" einen bitteren Nachgeschmack hatte. „Wenn ich es recht verstanden habe, müsst ihr die Angelegenheit regeln, bevor wir aufbrechen können."

Wütend beobachtete Ari, wie Gerard nickte. Sie warteten jetzt schon so lange darauf, sich Dalí endlich zu schnappen – jedenfalls fühlte es sich wie eine Ewigkeit an. Langsam neigte sich ihre Geduld dem Ende zu. Ari wollte die Sache nur noch hinter sich bringen, damit sie sich der nächsten Herausforderung stellen konnte.

„Jai, ich wollte dich bitten, uns auf die Mission zu begleiten", sagte Gerard leise. „Ich habe Anabeth versprochen, dass sie die nächste große Jagd macht. Allerdings wäre ihr wohler, wenn du sie zum Treffen mit unserem verwundeten Gildenbruder begleitest."

Ari beschlich eine böse Vorahnung, als sie sah, wie Jai nickte. „Selbstverständlich."

„Er heißt Brett McConnell und wartet am Eingang zum Friedhof auf euch. Hier ist die Wegbeschreibung." Gerard gab Jai einen Zettel.

Anabeth kam herein. Aufgeregt suchte sie Jais Blick. „Bereit?", fragte sie und ignorierte Ari, wie sie es schon seit deren Ankunft hier tat.

Jai nickte erneut und sah Ari an. „Es wird nicht lange dauern."

Ari neigte zustimmend den Kopf. Verstohlen musterte sie Anabeth. Natürlich gefiel es ihr nicht, wie das Mädchen mit Jai flirtete, aber das war es nicht. Irgendetwas war heute an Anabeths Energie anders: Die Energie pulsierte heftig, und Anabeths Blick, der hektisch umherhuschte, wirkte merkwürdig. Fast kam es Ari so vor, als würde Anabeth unter dem Einfluss von Drogen stehen. „Sei vorsichtig, Jai", flüsterte Ari ihm zu und ihre Vorahnung verstärkte sich noch. Irgendetwas stimmte hier ganz und gar nicht.

„Ihm passiert schon nichts, Ari", versicherte Gerard. „Er ist einer der Besten."

23. KAPITEL

NIMM MEIN HERZ, WENN DEINES NICHT MEHR SCHLÄGT

Türen und Fenster waren verschlossen, und abgesehen von einer großen Kerze auf dem Boden zwischen den beiden Chaiselonguen war es dunkel im Zimmer. Sie lag ihm gegenüber auf ihrer Chaiselongue, und der Red King bewunderte ihr schönes Gesicht und die wundervolle Figur in dem roten Kleid, dessen Farbe genau der seiner Haare entsprach. Er hatte nicht oft Gelegenheit, sie anzusehen. Wie bedauerlich, dass sie gerade so wütend auf ihn war.

„Du hast es versprochen", sagte sie leise, damit kein Dritter sie hörte. Ihre außergewöhnlichen Augen funkelten vor Enttäuschung und heißem Zorn.

Red zuckte mit den Schultern und tat unbeeindruckt. So funktionierte ihr Spiel, das waren ihre Regeln. Beide trugen eine Maske der Gleichgültigkeit, obwohl sie wussten, welch tiefe Gefühle sich dahinter verbargen. So tiefe Gefühle. Was auch immer die Konsequenzen sein mochten, diese Empfindungen waren alles wert. „Ich tue alles, was in meiner Macht steht."

„Du hast deinen Bruder vorgeschickt. Den Glass King. Der Mann ist eiskalt, Red. Warum ausgerechnet ihn?"

Missbilligend schüttelte Red den Kopf. „Vergiss nicht, was er für dich getan hat. Für uns. Außerdem hat Glass sehr wohl Gefühle. Und er ist loyal. Er tut, was man ihm aufgetragen hat."

„Was *du* ihm aufgetragen hast." Sie sah ihn böse an und schüttelte den Kopf. Die langen Locken fielen ihr über die makellose Schulter.

Es fiel Red schwer, bei diesem Anblick nicht zu vergessen, worüber sie gerade sprachen. „Du weißt doch, wie es ist. Ich tue alles, was in meiner Macht steht."

„Und Charlie?" Sie kniff ganz leicht die Augen zusammen und wirkte frustriert. „Sosehr der Junge mir auch missfällt, Ari bedeutet er viel. Sie hat schon zu viele Verluste erlitten. Und du versuchst, die beiden auseinanderzubringen. Langsam habe ich den Verdacht, dass du Charlie den Marid geschickt hast, der ihn in einen Zauberer verwandelt hat." Als er darauf schwieg, wusste sie Bescheid. „Muss sie wirklich auch noch Charlie verlieren?"

„Das kannst du doch gar nicht wissen."

„Bedeuten deine Versprechen denn gar nichts?"

Wut stieg in ihm auf, die Kerze auf dem Boden flackerte und erlosch. Mit einem Wink seiner Hand ließ er das Licht wieder aufflammen. Sie hatte sich inzwischen gerade hingesetzt und sah ihn wachsam an. Als ob er ihr je etwas antun könnte. „Ich tue alles, was in meiner Macht steht", wiederholte er.

„Ich muss sie beschützen", flüsterte sie und ballte die Hände zu Fäusten.

„Ich habe dir bereits gesagt, dass das wahrscheinlich nicht gehen wird", erwiderte er traurig.

Verstimmt schnaubte sie. „Aber wir tun, was in unserer Macht steht", benutzte sie voller Bitterkeit seine Worte, während sie sich erhob.

„Wirst du lange fortbleiben?", fragte Red und stand ebenfalls auf. Er hätte sie gern berührt, doch sie waren sich einig darüber, dass sie sich im Moment ganz auf diese Sache konzentrieren mussten.

Sie schüttelte den Kopf. „Ich muss Kraft sammeln, aber das wird schnell gehen."

Eifersüchtig sah er sie an. „Und wer soll diesmal dein Opfer werden?"

„Tja, niemand aus dem Team." Sie schien zu bemerken, was er empfand, denn ihr Blick wurde weicher. „Diese Männer bedeuten mir nichts."

„Ich weiß", versicherte er.

„Damit es keine unnötigen Komplikationen gibt, werde ich mir jemanden aus der Stadt suchen. Gib mir einen Tag, dann kehre ich zu Ari zurück." Sie machte einen Schritt zurück und bereitete sich auf den Peripatos vor.

Er lächelte zärtlich. „Bis bald ... *Miss Maggie*."

Sie erwiderte sein Lächeln traurig. „Ein seltsamer Name für mich ... Aber ich habe mich langsam daran gewöhnt."

Brett McConnell war ein drahtiger junger Mann, hochgewachsen und ganz in Schwarz gekleidet. Er humpelte heftig, als er Jai und Anabeth am Eingang zum Mausoleum begrüßte, von wo aus man auf den Hauptfriedhof gelangte.

„Es freut mich, dass ihr es hierhergeschafft habt." Brett grinste, obwohl er müde und blass aussah. „Ich habe nicht mal bemerkt, dass der Mistkerl mich in die Ecke gedrängt hatte. Jedenfalls hat er mir eine heftige Wunde am Bein beigebracht und ist auf diesen Friedhof geflohen. Wir waren vorher in Utah – eine ganz schöne Verfolgungsjagd also. Glücklicherweise hat er sich einen Ort ganz in eurer Nähe ausgesucht."

Ja, was für ein unglaublicher Zufall, dachte Jai und sah sich unauffällig um. Irgendetwas stimmte an dieser Geschichte nicht. Allerdings glaubte er nicht, dass es eine Falle war. Er konnte Menschen normalerweise sehr gut einschätzen, und Gerard war ehrlich zu ihm gewesen. Außerdem hatte die Gilde keinen Grund, ihn aus dem Weg zu schaffen oder was auch immer sonst hier passieren sollte. Nein, er befürchtete eher, dass der Utukku über Ari Bescheid wusste. Doch was konnte ein Utukku von ihr wollen? Das ergab alles überhaupt keinen Sinn.

„Du wirkst sehr aufgeregt, Anabeth", stellte Brett fest, und seine Augen funkelten belustigt.

Die junge Frau nickte und sah sich hektisch um.

Jai runzelte die Stirn. Hatte sie Angst? Eigentlich war sie nicht der Typ dafür. Tatsächlich war sie ihm in den letzten Tagen immer näher gekommen. Allmählich kam er sich fast ein bisschen verfolgt vor.

„Es ist ihr erster Utukku", erklärte Brett Jai. „Ihre erste große Jagd." Er wandte sich wieder Anabeth zu. „Du wirst das großartig machen. Du weißt, dass du es kannst."

Sie lächelte, als sie das Kompliment hörte. „Ich weiß. Ich bin nur ein bisschen nervös. Ich will es einfach hinter mich bringen."

„Tja, es wird langsam dunkel, und der Friedhof ist leer. Wir können also vorrücken." Er sah Jai an. „Ich weiß, dass du fast so etwas wie eine Berühmtheit und hoch angesehen bist und so weiter, aber hattest du es schon mal mit einem Utukku zu tun?"

„Ein einziges Mal."

„Gut. Dann weißt du, dass die Temperatur fällt, sobald er in deine Nähe kommt?"

Jai grinste. „Das kann ich als Dschinn nicht fühlen."

„Ach ja. Du bist reinblütig, stimmt ja." Brett zuckte die Achseln. „Gut, dann hoffe ich, dass deine Reaktionszeiten wirklich so phänomenal sind." Er nahm den Rucksack ab und holte eine dunkle Holzschachtel heraus. „Da du schon mal da bist, kannst du dich auch nützlich machen. Ich habe dieses Biest von einem Friedhof zum nächsten gejagt, und ihm keine Zeit gelassen, jemanden anzufallen. Aber dieser Utukku ist wirklich zäh – das Bösartigste, was ich je gesehen habe."

Jai musterte die Schachtel. Man nannte diese Holzkistchen Secretum, und sie waren sehr selten. Sie bestanden aus dem Holz eines Jasminbaums und Harmalwurzel und waren dann noch einmal zusätzlich mit Harmal behandelt. Ein mächtiger Dschinn konnte einen schwächeren darin einsperren. War die Schachtel erst abgeschlossen, wurde eine Flucht unmöglich. Den Utukku konnte man also in dieses Kistchen sperren – allerdings hatte Jai so etwas noch nie gemacht.

„Ich wäre dir dankbar, wenn du das erledigst." Brett grinste. „Anabeth und ich lenken ihn solange ab."

Jai nahm zögerlich das Secretum. „Ich kann euch nichts versprechen."

Die drei durchquerten das Mausoleum und betraten den Friedhof. Anabeths Atem ging immer schneller. Jai tippte ihr auf die Schulter, um sie darauf aufmerksam zu machen, dass sie sich beruhigen musste. Sie nickte dankbar.

„Wen haben wir denn da? Drei kleine Dschinn auf der Suche nach mir?"

Die drei wirbelten herum, und Jai stellte sich instinktiv vor die Jäger der Gilde. Auf einem großen Grabstein hockte der Utukku. Er war kleiner als ein gewöhnlicher Mensch, und seine langen dürren Gliedmaßen waren mit dunkelgrünen Schuppen besetzt. Er starrte Jai mit seinen gelben Augen an und lächelte wie eine Raubkatze. Auf dem Kopf wuchsen ihm weiße Haarbüschel, am Ende der Finger saßen lange schwarze Krallen. „Alú – stets zu Diensten." Er sah Jai an und sagte dann: „Ich habe meinen Teil erledigt. Jetzt bist du dran."

Mit diesen Worten ging der Utukku in Flammen auf und verschwand mit dem Peripatos. Verwirrt drehte Jai sich um und versuchte zu verstehen, was das Wesen eben gesagt hatte. Im nächsten Moment erblickte er den bewusstlos am Boden liegenden Brett und begriff. Aus einer klaffenden Wunde in der Brust des Jägers sickerte Blut. Anabeth umklammerte die Waffe, mit der sie ihn aufgeschlitzt hatte.

„Warum?", fragte Jai geschockt, aber ohne jede Angst.

„Er will, dass du ein für alle Mal verschwindest", flüsterte sie. „Dafür wird er mir alles geben." Ein verträumtes Lächeln erhellte ihr hübsches Gesicht. Sie war offenbar ganz verzaubert von der berauschenden Macht des Dschinns, der ihr diese Versprechungen gemacht hatte. „Sogar das hier." Sie zog einen Stein an einer silbernen Kette aus ihrem Kragen. Bevor er sie davon abhalten konnte, rieb sie an dem Smaragd, und

Jai flog rückwärts durch die Luft. Er prallte so hart auf, dass es ihm kurz den Atem raubte. Während er noch nach Luft rang, regnete es brennende Schwerter vom Himmel ...

Ari wurde immer unruhiger und begann, am ganzen Körper zu zittern. Sie wusste, dass etwas nicht stimmte. Was war das nur für eine seltsame Energie gewesen, die Anabeth vorhin ausgestrahlt hatte? Und wieso suchte sich ein Utukku ausgerechnet einen Friedhof aus, der sich in direkter Nachbarschaft zu einer Gilde befand? Je länger sie darüber nachgrübelte, desto weniger konnte sie an einen reinen Zufall glauben.

Oh, verdammt!

Hatte die Gilde ihnen eine Falle gestellt?

Hatten sie Jai eine Falle gestellt?

Warum hatte der Idiot das nicht durchschaut? Er war doch der Bodyguard mit der super Ausbildung!

O Gott, Jai!

In ihrer Panik sah Ari ihn schon leblos vor sich liegen.

Nein, nein, beruhige dich bloß! Sie schüttelte den Kopf. *Du benimmst dich ja wie eine Verrückte.*

Oder vielleicht doch nicht?

Es gab nur eine Lösung – sie musste zu Jai und ihn bei der Jagd unterstützen. Wenn mit ihm alles in Ordnung war und er sie zurückschickte, würde sie gehorchen. Aber sie musste mit eigenen Augen sehen, dass es ihm gut ging. *Soll ich Bescheid sagen, dass ich verschwinde?*

Ari traute den Roes nicht.

Nein.

Genau wie Jai es ihr beigebracht hatte, konzentrierte sie sich auf den Friedhof. Sie richtete all ihre Gedanken auf den St.-Francis-Friedhof in Phoenix und ganz besonders auf Jai. Feuer schlug aus ihrem Körper, unsichtbare Flammen leckten über ihre Haut. Dieses Mal verschwand die Orientierungslosigkeit ganz schnell, und Ari trat in die kühle Nachtluft hinaus.

Dann passierte alles in Sekundenschnelle.

Jai schrie vor Schmerzen. Zwei flammende Schwerter hatten seine Schultern durchbohrt und hefteten ihn an den Boden. Ein paar Meter entfernt stand Anabeth über einen leblosen Körper gebeugt und rieb einen riesigen Smaragd. In der anderen Hand hielt sie eine große Kugel aus glühendem Bernstein, die immer schneller rotierte.

„Das war's für dich, Jai!", schrie sie wie von Sinnen. „Er will, dass du für immer verschwindest!" Dann schleuderte sie den glühenden Ball, bevor Ari ihr befehlen konnte, aufzuhören, und bevor sie sie aufhalten konnte.

Stattdessen ging Ari in der nächsten Sekunde in Flammen auf. Feuer züngelte, brannte, ihr wurde schwindelig … Und dann stand sie zwischen der Bernsteinkugel und Jai. Es kam ihr vor, als hätte eine brennende Kanonenkugel sie durchschlagen. Die Schmerzen in der Brust waren unbeschreiblich qualvoll. Ari bekam keine Luft mehr. Über ihr leuchteten die Sterne, doch auch die halfen ihr nicht. Verzweifelt rang sie nach Luft. Tränen liefen ihr über die Wangen, ihr Körper wand sich auf dem Boden. Plötzlich arbeitete ihre Lunge wieder, doch sie spürte umso deutlicher den unglaublichen Schmerz in der Brust. Die Sterne am Himmel verschwammen vor ihren Augen. Alles um sie herum wollte in Dunkelheit versinken.

Über sich erkannte sie im nächsten Moment Anabeths bestürztes Gesicht. „O nein! Nicht du!", wisperte die Jägerin. „Nein!"

Ari wusste, dass sie kurz davorstand, das Bewusstsein zu verlieren. Ihr lief die Zeit davon. Sie musste Jai retten. „Ich bef…" Sie spuckte Blut. „Ich befehle dir, Jai unversehrt zu lassen", flüsterte sie. Dann wurde alles schwarz.

Die magischen Kräfte der Schwerter waren stark, und Jai war schwach. Es war kein gewöhnlicher Smaragd, den Anabeth da in der Hand hielt. Es war ein Smaragd aus Mount Qaf.

Er erblickte Ari, die auf dem Boden lag, nachdem sie sich vor ihn gestellt hatte, um ihn zu retten. Er hätte sterben sollen, und jetzt starb vielleicht sie. Anabeth beugte sich über Ari, und er konnte nichts dagegen tun.

„O nein! Nicht du!", wisperte Anabeth. „Nein!"

Ari zitterte, und Jai versuchte verzweifelt, einen Arm zu bewegen.

„Ich bef…" Sie spuckte Blut, und Jai zerriss es das Herz. „Ich befehle dir, Jai unversehrt zu lassen", flüsterte sie. Im nächsten Moment lag sie vollkommen reglos da.

„Nein!", schrie er, und seine Angst war stärker als der Schmerz. „Nein! Ari!"

Anabeth taumelte zurück und sah ihn panisch an. „Was mache ich denn jetzt?"

Bevor Jai sie anflehen konnte, ihn zu befreien, damit er Ari retten konnte, flüchtete sie mit dem Peripatos. Auf dem Friedhof herrschte mit einem Mal gespenstische Stille. Jai lag hilflos da und verfluchte Ari dafür, dass sie ihr Leben für seines geopfert hatte.

Red, komm sofort her! Ari stirbt!

Kaum hatte er die Nachricht übertragen, tauchte der Red King auf und rannte zu Ari. Sein rotes Haar wehte wie eine Kriegsflagge im Wind. „Was ist passiert?", fragte er und ließ sich mit wutverzerrtem Gesicht neben Ari auf die Knie fallen.

Jai musste die Tränen unterdrücken. „Eine Jägerin der Gilde", stieß er mühsam hervor. Red ließ die Hand über Aris Wunde schweben und fühlte ihren Puls. „Sie hat uns mithilfe eines Utukku in die Falle gelockt. Den Utukku hat jemand geschickt, um mich aus dem Weg zu räumen. Es muss jemand aus Mount Qaf gewesen sein. Die Jägerin hatte einen Smaragd aus dem Dschinn-Reich."

Die Augen des Red Kings glühten, als er Aris leblosen Körper behutsam hochhob. Er trat zu Jai und betrachtete die Schwerter. „Du hast recht. Das ist sehr mächtige Magie."

Er legte die freie Hand auf das rechte Schwert, das daraufhin zu Asche zerfiel. Sofort sickerte Blut aus der offenen Wunde und durchtränkte Jais Hemd. Dann ließ der Red King auch das linke Schwert zu Asche zerfallen.

Mühsam setzte Jai sich auf. Sein gesamter Oberkörper schmerzte. Doch was mit ihm war, spielt für ihn keine Rolle – ihm ging es nur um Ari.

„Kommt sie durch?", flüsterte er heiser und kam taumelnd auf die Füße.

Angespannt erwiderte der Red King seinen Blick. „Ich muss euch beide zu meinem Heiler bringen. Ich habe ihn bereits in ein Geheimversteck befohlen. Im Augenblick können wir der Gilde nicht trauen."

Allein bei dem Gedanken an den Peripatos wurde Jai fast schwarz vor Augen. Mühsam wandte er sich um und sah zu Brett, der noch immer bewusstlos auf dem Boden lag. „Der Jäger … Ich glaube, er hatte nichts damit zu tun. Dahinter steckte allein Anabeth."

„Ich kümmere mich später um den Jäger", versprach der Red King. „Aber wir dürfen jetzt keine Zeit mehr verlieren.

Jede Minute zählt." Damit ging er in Flammen auf, und Ari verschwand mit ihm. Jai dachte nicht daran, sich auf den Ort zu konzentrieren, an den er wollte. Es war ihm auch egal, ob er in seinem geschwächten Zustand überhaupt dort ankommen würde. Sein einziger Gedanke war, dem Mädchen zu folgen, das ihm inzwischen so viel bedeutete.

Dem Mädchen, das ihm das Leben gerettet hatte.

24. KAPITEL

ES GIBT KEINE ENTSCHULDIGUNGEN, NUR ENTSCHEIDUNGEN

Ari würde es überleben. Reds Heiler hatte sie gerettet. Seine Nichte trug königliches Blut in sich und war stark, und auch Jai erholte sich ausgesprochen schnell von seinen Verwundungen. Hätte der letzte Angriff allerdings ihn getroffen, wäre er ohne Zweifel daran gestorben. Ari hatte ihm das Leben gerettet. Nachdem der Red King sich noch einen Vortrag von „Miss Maggie" hatte anhören dürfen, weil er in ihrer Abwesenheit nicht besser aufgepasst hatte, ließ er Ari in der Obhut der Roe-Gilde zurück. Es war tatsächlich so, dass von ihnen niemand an der Sache beteiligt gewesen war. Ganz im Gegenteil: Es hatte die Jäger der Gilde zutiefst erschüttert, dass jemand aus ihren Reihen so etwas hatte tun können. Besonders die Zwillinge waren schockiert gewesen, dass ein Dschinn ihre Schwester zu diesem Verrat überredet hatte, ohne dass sie etwas davon mitbekommen hatten. Anabeth blieb verschwunden, wurde aber nun von ihrer eigenen Gilde gejagt.

Wie versprochen, hatte der Red Kind den Jäger vom Friedhof gerettet. Er befand sich jetzt im Hauptquartier seiner

Gilde in New Jersey und erholte sich gut. Ja, es hatte alles doch noch ein gutes Ende genommen …

Blieb nur die Frage, wer Anabeth überhaupt zu dem Verrat gebracht hatte. Das aber konnte dem Red King nur Azazil verraten.

„Du musst doch wissen, wer hinter dem Angriff steckt, Vater!"

Der Red King stand vor Azazils Thron und verlangte eine Antwort.

„Ja, ich weiß es." Azazil zuckte mit den Schultern und warf Red einen warnenden Blick zu, der ihm bedeuten sollte, nicht weiter nachzufragen.

Normalerweise wäre der König dem unausgesprochenen Befehl gefolgt, ohne ihn zu hinterfragen, doch was er für seine Nichte empfand, hielt ihn davon ab. „Wer war es? White?"

„Und wenn ich dir das nun bestätigen würde? Was würdest du dann tun? Willst du ihn zusammenschlagen?"

Red gefiel Azazils höhnischer Ton gar nicht.

„Es war nicht dein Bruder." Azazil machte eine wegwerfende Handbewegung, und die Edelsteine an seinen Fingern funkelten im hellen Licht des riesigen Thronsaals. „Es war Asmodeus. Er hat Anabeth manipuliert und ihr den Smaragd gegeben. Sie hat für ihr Versagen bezahlt. Ihre Gilde wird sie niemals finden."

Es war nicht leicht, einen König der Dschinn zu schockieren, doch Azazil hatte es geschafft. „Warum? Welchen Grund hatte Asmodeus dafür?"

„Mein Dunkler Ritter hat beschlossen, dass es unterhaltsam wäre, bei dem Spielchen mitzumischen. Das waren seine Worte, nicht meine." Azazil presste die Lippen aufeinander, bevor er weitersprach. „Mach dir deshalb keine Sorgen, Sohn. Ich habe mich um die Sache gekümmert. Asmodeus hat mir versprochen, sich nicht weiter in die Angelegenheit einzumischen."

Soweit Red wusste, hatte Azazil Asmodeus noch nie ein Versprechen abgenommen. Er war wirklich froh, dass sein Vater es diesmal dennoch getan hatte. Ari hatte schon genügend mächtige Feinde, da brauchte sie nicht auch noch den Dunklen Ritter.

Azazil sah seinen Sohn mit leicht zusammengekniffenen Augen an. „Ich frage mich allerdings … Warum war Asmodeus der Meinung, dass Jais Tod Aris Welt ins Wanken bringen würde?"

Weil die beiden sich lieben.

Red zuckte die Achseln und entschied sich trotz schlechtem Gewissen für eine Lüge. „Jai ist ihr wichtigster Beschützer. Wenn er nicht wäre, hätten der White King und Dalí leichteres Spiel."

Azazils Lächeln wirkte hinterhältig. „Du machst die ganze Sache so viel interessanter, mein Sohn." Seufzend lehnte der

Sultan sich zurück. „Du darfst niemandem davon erzählen, dass Asmodeus etwas damit zu tun hatte. Das ist ein Befehl. Und jetzt ... Du kannst gehen."

Das musste er Red nicht zweimal sagen.

Jai saß auf dem zweiten Bett im Zimmer und beobachtete Ari beim Schlafen. Während der letzten drei Tage war sie immer nur zeitweise bei Bewusstsein gewesen. Man musste wirklich sagen, dass Reds Heiler Wunder gewirkt hatte. Bei Jai selbst, aber vor allem bei Ari. Wie lange sie noch brauchen würde, bis es ihr wieder gut ging, war noch nicht abzusehen, doch er zumindest war bereits vollkommen wiederhergestellt.

Die Gilde packte gerade ihre Sachen zusammen, um nach Ohio aufzubrechen. Sie waren verständlicherweise alle beschämt, weil eine ihrer Jägerinnen eine Verräterin war. Jai gab den Roes allerdings keine Schuld. Schuld war vielmehr irgendein Mistkerl aus Mount Qaf.

Jai war froh, dass er im Moment allein hier war, weil man ihm sonst angesehen hätte, wie viel Angst er um Ari hatte. Und dass er hier allein war, hatte er Fallon zu verdanken, der es irgendwann endlich gelungen war, Charlie von Aris Bett loszueisen. Aris Nahtoderfahrung hatte Charlie sehr mitgenommen. Blieb nur zu hoffen, dass er dadurch vielleicht etwas kapierte und von seinen neuen Talismanen abließ, von denen er in letzter Zeit besessen gewesen war.

Besorgt musterte Jai Aris Gesicht. Mit Erleichterung bemerkte er, dass die Farbe in ihre Wangen zurückgekehrt war. Was sie da auf dem Friedhof getan hatte, war unfassbar.

Sie hatte sich vor die Dschinn-Version einer Panzerfaust gestellt, um ihn zu retten.

Jai konnte es noch immer nicht begreifen.

Wie sollte er sich verhalten, wenn sie wieder aufwachte? Was sollte er sagen?

Das Vibrieren des Handys in seiner Hosentasche riss ihn aus seinen Grübeleien. Jai nahm das Gespräch an und hörte eine vertraute Stimme. „Trey."

„Ich habe es gerade gehört", sagte Trey ruhig. „Wird sie es schaffen? Und wie geht es dir?"

„Mit mir ist alles in Ordnung", versicherte Jai. Doch als er die Stimme seines besten Freundes hörte, war es mit seiner Selbstbeherrschung vorbei. Geschockt und verwirrt flüsterte er: „Sie hat mir das Leben gerettet. Sie hat sich vor mich gestellt … Mit letzter Kraft hat sie diesem Mädchen befohlen, mich in Ruhe zu lassen. Warum hat Ari das gemacht?" Verlegen senkte er den Kopf, und Tränen liefen ihm über die Wangen.

Trey schwieg einen Moment lang. „Ich glaube, das weißt du ganz genau. Und wenn du jetzt nicht die richtige Entscheidung triffst, bist du wirklich ein Idiot."

„Trey." Jai schüttelte frustriert den Kopf. „So leicht ist das nicht."

„O doch", erwiderte Trey und hatte unbewusst die Stimme erhoben. „*Die* haben dich halb tot geschlagen, und *er* hat zugesehen. Jahrelang. *Sie* aber ist fast gestorben, um dich zu retten. Da ist die Entscheidung eindeutig, Jai."

„Aber es ist gerade so viel los." Jai schüttelte den Kopf und war froh, weil ihm so viele gute Gründe einfielen, diese Entscheidung, die sein Leben verändern würde, aufzuschieben. „Wir sind immer noch hinter Dalí her, und Ari ist noch nicht mal aufgewacht …"

Ein leises Stöhnen ließ Jai verstummen. Ari bewegte sich und öffnete die Augen einen kleinen Spaltbreit. Als sie ihn bemerkte, weiteten sich ihre Augen.

„Sie ist gerade aufgewacht", sagte Jai leise ins Telefon.

Trey seufzte erleichtert. „Erzähl ihr, dass ich mich nach ihr erkundigt habe. Und vergiss nicht, was ich dir gesagt habe." Er legte auf, ohne sich zu verabschieden. Jai hatte das Gefühl, dass sein bester Freund zum ersten Mal wirklich wütend auf ihn war.

Ari versuchte mühsam, sich aufzusetzen. Schnell sprang Jai auf und half ihr dabei.

„Ist alles in Ordnung?", brachte sie hervor und hielt seinen Arm umklammert.

Gegen seinen Willen musste er lächeln. Er war erstaunt darüber, dass das ihre erste Frage war. „Mir geht es gut."

Ari starrte Jai an, als hätte sie noch nie zuvor einen Mann gesehen. Er war gesund und am Leben. Erleichterung durchflutete sie. Sie fühlte sich schlecht und verwirrt, doch der Schmerz, an den sie sich erinnerte, war vollkommen verschwunden. Was war geschehen? War sie wieder im Haus der Gilde?

Langsam ließ sie ihre Hand von Jais Arm gleiten. „Was ist passiert?"

Nachdem er ihr alles erklärt hatte, schlug Ari die Decke zurück und stieg aus dem Bett.

„Was machst du da?" Jai runzelte die Stirn und versperrte ihr den Weg.

„Ich stehe auf. Da draußen rennt irgendein Idiot herum, der hinter mir her ist. Darum muss ich mich jetzt kümmern."

„Zurück ins Bett. Du wärst fast gestorben", presste er hervor. „Und glaube ja nicht, dass ich nach deiner halsbrecherischen Aktion auf dem Friedhof schon mit dir fertig bin."

Ungläubig starrte Ari ihn an. „Ist das deine Art, dich zu bedanken?"

Jai zog eine Augenbraue hoch. „Bedanken?", flüsterte er. „Willst du, dass ich dir dafür dankbar bin? Du hättest dich fast umgebracht!"

Du sollst dich bei mir bedanken, weil ich dir das Leben gerettet habe! Ich will hören, wie du sagst: Ari, ich habe es endlich begriffen!

Bitter enttäuscht schüttelte sie den Kopf. „Ich will gar nichts von dir."

In diesem Moment flog die Tür auf, und Charlie stürmte herein. Mit drei großen Schritten war er am Bett, riss Ari in seine Arme und hielt sie fest. Ari erwiderte seine Umarmung und fühlte sich getröstet.

„Ich hatte solche Angst", sagte Charlie heiser.

„Mir geht es gut." Sie drückte ihn noch einmal. Dann machte sie einen Schritt zurück, ohne ihn dabei loszulassen. Sie war noch immer ein wenig unsicher auf den Beinen.

Inzwischen waren auch Fallon und der Red King hereingekommen und stellten sich zu Jai. Neben den beiden großen Männern sah die Jägerin besonders klein und zierlich aus. Ari lächelte dem Red King kurz dankbar zu – immerhin hatte er ihr das Leben gerettet –, dann boxte Fallon ihr gegen den Arm.

„Jetzt sieh sich einer das an." Sie grinste. „Du hast eine Haqeeqah überlebt. Ich habe meinen neuen Meister gefunden." Mit übertriebener Unterwürfigkeit neigte sie den Kopf.

Ari sah den Red King fragend an. *Haqeeqah?*

Ihr Onkel lächelte nachsichtig, und Ari erkannte die Zuneigung in seinem Blick, die er sonst möglichst versteckte. Konnte sie ihm vielleicht doch vertrauen? „Das bedeutet auf Arabisch Wahrheit. Es ist die Essenz der Kraft eines Smaragds aus Mount Qaf. Der Smaragd ist rein. Seine Quelle, seine Macht sind rein. So rein wie die Wahrheit."

„Und dadurch wäre ich fast gestorben?"

Sein Blick verfinsterte sich. „Ja."

„Habt ihr herausgefunden, wer dahintersteckte?", wollte Charlie wissen.

Alle sahen den Red King erwartungsvoll an. Der schüttelte jedoch den Kopf. „Freiwillig hat sich niemand dazu bekannt, und den üblichen Verdächtigen hat Azazil für unschuldig erklärt."

Charlie verzog wütend das Gesicht. „Und das war's? Das ist doch lächerlich! Wie sollen wir Ari nicht mehr nur vor einem, sondern vor drei Feinden beschützen, von denen einer ein Unbekannter ist?"

„Wir wissen vielleicht nicht, wer er ist", meldete Jai sich zu Wort. „Aber wir wissen, dass er es nicht auf Ari abgesehen hat. Er hat *mich* in die Falle gelockt."

„Ja." Fallon sah ihn gereizt an. „Aber nur, um dich aus dem Weg zu schaffen und so leichter an Ari zu gelangen."

Plötzlich redeten alle durcheinander. Ari spürte, wie ihr Kopf zu schmerzen begann. Sie sah den Red King hilflos an. Er lächelte mitfühlend.

Danke, dass du mir das Leben gerettet hast.

Er sah sie eindringlich an. *Gern geschehen. Ich bin immer für dich da, wenn du mich brauchst.*

Und ich möchte dir auch dafür danken, dass du ihn gerettet hast.

Reds Lächeln erstarb, und er warf Jai einen kurzen Blick zu, bevor er wieder Ari ansah. *Das hast du getan. Nicht ich.*

Das stimmte. Weil der Gedanke, ihn zu verlieren …

Ari.

Sie blickte in Reds hellblaue Augen. *Ja?*

Deshalb hatten sie es auf ihn abgesehen. Sie versuchen, ihn gegen dich zu benutzen. Du musst deine Gefühle für ihn verbergen.

Kaum merklich schüttelte Ari den Kopf und straffte die Schultern. *Mit dem Versteckspiel ist es vorbei. Jetzt bin ich die Jägerin.*

Ein freches Lächeln huschte über das Gesicht des Dschinn-Königs, ehe er in die Hände klatschte, damit die anderen den Mund hielten. „Ruhe. Einen Feind nach dem anderen. Ari scheint bereit zu sein, den Kampf aufzunehmen."

Ihre drei Freunde starrten sie mit hochgezogenen Augenbrauen an.

Entschlossen erwiderte sie die skeptischen Blicke. „Ihr habt Seine Hoheit gehört", zog sie ihre Freunde auf. „Legen wir los und schaffen uns wenigstens einen dieser Kerle vom Hals."

25. KAPITEL

KANN MAN EINEN JÄGER JAGEN?

Ari saß wieder in einem Zimmer, das nicht ihres war, starrte zum Fenster und wünschte sich, sie könnte hinaussehen. Aber sie waren ganz besonders vorsichtig, um wirklich sicherzugehen, dass diesmal weder Dalí noch sonst irgendjemand herausfand, wo Ari steckte. Daher musste sie absolut unsichtbar bleiben. Sie langweilte sich furchtbar. Jai mied sie, und Charlie schlief gerade auf dem Bett neben ihr. Nur Miss Maggies Energie pulsierte im Zimmer.

Charlie wich Ari nicht von der Seite. Anscheinend plagte ihn sein schlechtes Gewissen. Er war von seinem Schnellkurs in Zauberei so fasziniert gewesen, dass er nicht einmal mitbekommen hatte, wie Jai das Haus verlassen hatte, um den Utukku zu jagen. Natürlich war es nicht Charlies Schuld, doch das sagte sie ihm bewusst nicht, weil es ihn – zumindest für den Augenblick – davon abhielt, sich seinen neuen Kräften hinzugeben. Sie sah zu ihm. Seine langen Beine hingen halb aus dem Bett. Das konnte nicht bequem sein. Er schnarchte leise, und Ari war einfach nur glücklich, dass er bei ihr war. Sie vermisste ihren alten Freund. Lange schon unterhielten sie sich nicht mehr über normale Dinge wie

Bücher, Filme oder Musik. Stattdessen saß Ari die ganze Zeit herum und wartete darauf, dass Charlie seinen letzten Rausch überwand, in den ihn die Magie versetzt hatte. Das letzte Mal war es passiert, als der Red King mit ihm zusammen den Peripatos angewendet hatte. Damit niemand ihnen folgte, hatte der Dschinn-König angeboten, Charlie auf diesem Wege in ihr Hotel in Cleveland zu bringen, damit Dalí Charlie nicht benutzen konnte, um Ari aufzuspüren.

Ari hatte das Gesicht verzogen und die Hände in die Hüften gestemmt. „Und das hättest du uns nicht schon viel früher anbieten können? Zum Beispiel als wir nach L. A. oder Phoenix fliegen mussten?"

Der Red King grinste. „Tja, ich dachte, es könnte euch ganz guttun, in Ruhe ein bisschen Zeit miteinander zu verbringen. Dazu seid ihr bei all den Problemen gar nicht gekommen."

„Ein bisschen Zeit miteinander verbringen – ja, klar! Du machst einfach immer das, was du willst, oder?"

Ihr Onkel zuckte mit den Schultern, und seine Augen funkelten geheimnisvoll.

Seufzend sah Ari zum gefühlt tausendsten Mal zur Uhr. Jai war im Zimmer nebenan. Er wartete ebenfalls. Das Team kam mit dem Flugzeug her. Sobald die anderen hier eingetroffen wären, würden sie den nächsten Schritt angehen. Ari konnte es kaum erwarten. Sie musste sich dringend auf etwas anderes konzentrieren als auf den ständigen Gedanken an Jai. War sie wieder genau da, wo sie angefangen hatte? Verzehrte sie sich wieder nach einem Mann, der ihre Gefühle nicht erwiderte? Nein, das konnte nicht sein.

Gut, die Antwort darauf lautete Ja und Nein. Es war dumm von ihr gewesen, zu glauben, sie könnte ihre Gefühle einfach abstellen. Das schaffte sie nicht einmal bei Charlie. Sanft strich sie ihm über das Gesicht. Diese Dinge brauchten Zeit. Und die Wahrheit war: Sie liebte Jai noch immer. So sehr, dass ihr Herz klopfte, dass sie weiche Knie bekam und dass ihr der Atem stockte, wann immer sie ihn sah. Was auf dem Friedhof geschehen war, hatte ihre Einstellung noch einmal vollkommen verändert.

Vielleicht hatte sie in diesem Kampf um das Siegel wirklich keine Chance.

Vielleicht würde sie dabei sterben. Vielleicht gab es keine andere Möglichkeit.

Dennoch hatte sie eines von der Gilde gelernt: Wenn man schon sterben musste, dann im Kampf für die Gerechtigkeit und für die Menschen, die man liebte. Das war viel besser, als tatenlos herumzusitzen und auf das Ende zu warten.

„Ja, das ist es", flüsterte sie.

„Was ist was?", fragte Charlie. Ari sah ihn an, und er erwiderte ihren Blick. Seine Augen wirkten zwar etwas verschlafen, aber wunderschön. Es versetzte ihr einen Stich. Sie war einmal so verliebt in ihn gewesen. Aber es war eine Teenager-Liebe gewesen. Kindliche Träume. Sie mochte ihn noch immer, doch sie war nicht mehr verliebt in ihn. Inzwischen kannte Ari den Unterschied.

„Ich habe so verzweifelt versucht, dich loszulassen", sagte sie leise.

Charlie setzte sich auf und sah auf einmal sehr wach aus. Sein Haar wurde allmählich wieder länger. Es stand ihm viel besser. Es passte zu ihm. „Und hast du es geschafft?", wollte er wissen, und man hörte, wie schwer ihm die Frage fiel.

„Ich habe mir eingeredet, dass du mir egal bist. Doch auch nach allem, was passiert ist, ist es nicht so." Sie nahm seine Hand und drückte sie. „Ich habe schreckliche Angst um dich."

Stirnrunzelnd drückte Charlie ebenfalls ihre Hand. „Hey, mach dir keine Sorgen. Ich lerne gerade, wie man diese Kräfte kontrolliert. Zugegeben, ich war am Anfang irgendwie besessen davon, aber das wird nicht wieder passieren. Ich fühle mich schlecht, weil ich nicht da war, als du mich gebraucht hast."

„Das gilt für uns beide", gab sie zu.

„Ich lasse mir viel Zeit dabei", versprach er. „Damit nichts schiefgeht."

„Du wirst wahrscheinlich trotzdem dabei sterben."

„Ich muss es tun, Ari. Begreifst du das nicht?"

Ari überlegte eine Minute. Was würde sie Anabeth gegenüber empfinden, wenn es ihr gelungen wäre, Jai zu töten? Ja, sie empfand Hass auf Anabeth und sie wollte, dass die Gildenjägerin zur Rechenschaft gezogen wurde. Dennoch war Ari nicht der Typ, der sich von seinen Emotionen blenden ließ. Deshalb hatte sie auch nicht versucht, sich am White King zu rächen, nachdem er ihren Dad ermordet hatte.

„Ich glaube schon", sagte sie. Er schien erleichtert zu sein, als er das hörte. „Das heißt aber nicht, dass ich das, was du vorhast, richtig finde."

Ari dachte an Fallon, die gar nicht erfreut darüber gewesen war, ohne Charlie mit dem Flugzeug nachkommen zu müssen. „Du und Fallon … Sie mag dich. Läuft da etwas?"

Charlie rollte mit den Augen und wirkte verärgert. „Nein, und das weißt du auch ganz genau."

„Charlie …" Ari holte tief Luft. „Vielleicht solltest du dich auf eine Beziehung mit ihr einlassen."

„Wie bitte?"

Sie durfte nicht zulassen, dass er sich weiterhin Hoffnungen machte. Am besten stellte sie die Sache jetzt ein für alle Mal klar. „Ich war bereit, für *ihn* zu sterben."

Charlies Augen weiteten sich, als er verstand, was sie ihm damit sagen wollte. Ari sah ihm an, wie weh ihm das tat. Sie ertrug es nicht, dass sie ihn so verletzen musste, und umarmte ihn. Nach ein paar Sekunden schlang auch er die Arme um sie und zog sie ganz eng an sich. So standen sie noch eine Weile da und hielten einander fest. Irgendwann nickte Charlie und streichelte ihr über den Rücken, als müsste er *sie* trösten und nicht umgekehrt. Dann ließ er sie los und verschwand ohne ein weiteres Wort aus dem Zimmer.

Ein paar Stunden nachdem das Team eingetroffen war, trafen sich alle in einem der Konferenzsäle des Hotels, den sie zu diesem Zwecke reserviert hatten. Ari kam mit Miss Maggie und Jai herein. Charlie saß bereits mit Jack Hollis am Tisch und wartete. Jack schien Anabeths Verrat erstaunlich kaltzulassen. Möglicherweise hatten die beiden kein besonders enges Verhältnis zueinander gehabt. Oder aber auch er war – genau wie Ari – nach seinen persönlichen Verlusten langsam abgestumpft. Charlie, der neben ihm saß, schaffte es nicht, ihr in die Augen zu sehen. Das überraschte sie allerdings nicht. Traurig fragte sie sich, ob ihre Freundschaft noch eine Chance hätte.

„Es gab eine weitere versuchte Entführung", begann Gerard. „Und zwar hier in Cleveland. In einem Club."

Ari runzelte die Stirn. „Aber vor zwei Wochen hat Dalí mich in Kalifornien angreifen lassen. Das hätte er nicht gemacht, wenn seine Harmal-Droge noch nicht funktioniert hätte. Wozu braucht er also weitere Versuchspersonen?"

Am anderen Ende des Tisches beugte sich Jacob vor und sagte grimmig: „Vielleicht funktionierte sie, vielleicht aber auch nicht. Möglicherweise experimentiert er noch mit der richtigen Mischung herum, um die Wirksamkeit zu verlängern oder etwas in der Art. Wie auch immer. Wir dürfen keine Risiken eingehen. Er hat versucht, jemanden zu kidnappen, und ist gescheitert. Es steht also zu vermuten, dass er es wieder tun wird. Daher werden wir uns von nun an jeden Abend in mehrere Teams aufteilen und die Clubszene überwachen. Tagsüber sehen wir uns verschiedene Bürogebäude an, die seinem Profil entsprechen. Ari wird ihr Hotelzimmer auf keinen Fall verlassen." Er hob die Hand, als sie ihn unterbrechen wollte. „Niemand, *absolut* niemand außer uns darf wissen, dass du dich hier aufhältst."

Es passte Ari zwar nicht, doch sie musste zugeben, dass er recht hatte.

Von jetzt an war sie zum Zuhören verdammt. Die unterschiedlichen Teams wurden eingeteilt und weitere Einzelheiten besprochen. Aris Blick glitt immer wieder zu Jai. Als er sie dabei ertappte, wurde ihr heiß und sie bekam Herzklopfen. Sie spürte, dass ihre Verbindung zu ihm noch stärker geworden war, seit sie ihm das Leben gerettet hatte.

„Jai?" Gerard sah den Ginnaye und Ari vorwurfsvoll an. Offensichtlich waren die beiden nicht bei der Sache.

Jai räusperte sich. „Ja?"

„Du gehst heute Nacht mit Charlie und Fallon los. Ihr kümmert euch um *Club A* im Warehouse District."

Ari ertrug den Gedanken kaum, dass die anderen sich in Gefahr brachten, während sie untätig herumsitzen musste. Schlecht gelaunt beobachtete sie, wie Fallon von Gerard den Zettel mit der Adresse bekam. Das Meeting dauerte noch eine Dreiviertelstunde, in der die wichtigen Punkte abgehakt und Talismane verteilt wurden. Schließlich stand Jacob auf und ging den anderen voran aus dem Konferenzraum.

„Kommst du, Ari?", fragte Fallon und schob ihren Stuhl zurück.

„Gib mir noch einen Augenblick." Ari lächelte leicht. Fallon nickte und beeilte sich, Jack und Charlie hinaus zu folgen. Jai saß noch immer am Tisch, und Charlie warf Ari von der Tür aus noch einen traurigen Blick zu. Dann nickte er knapp. Es brach Ari das Herz. Sie verstand, was er ihr damit sagen wollte. Er hatte ihre Entscheidung akzeptiert. Die Tür fiel leise ins Schloss, und sie war mit Jai allein.

Jai sah sie an, und Ari bekam eine Gänsehaut. Unwillkürlich hielt sie den Atem an. Doch Jai sagte nichts. Das Schweigen schien endlos zu dauern. So viele Dinge standen unausgesprochen im Raum.

Plötzlich öffnete sich die Tür wieder, und ein Mitarbeiter des Hotels steckte den Kopf hinein. „Würden Sie den Saal bitte verlassen? In fünfzehn Minuten ist er für ein Meeting gebucht, und wir müssen noch einiges vorbereiten."

„Natürlich." Jai nickte, erhob sich und ging auf Ari zu.

Angespannt beobachtete sie jeden Schritt, wollte ihm entgegenlaufen, ihm um den Hals fallen, ihn küssen, ihn schlagen … ihn überzeugen.

Sie wollte ihn lieben.

Schließlich blieb er vor ihr stehen, und sie nahm seinen außergewöhnlichen, sinnlichen Duft wahr. Sie ballte die Hände zu Fäusten und tat alles, um ihn nicht an sich zu reißen und ihn anzuflehen, sie zu lieben.

Stumm schauten die beiden sich einen Moment lang an. Ausnahmsweise versuchte Jai nicht, zu verbergen, was er dachte. In seinen grünen Augen spiegelten sich Verwirrung und Angst. Langsam hob er die Hand, strich Ari über die Wange, umkreiste mit den Fingerspitzen sacht ihr Ohr. Ari schloss die Augen. Hoffnung keimte in ihr auf.

Seine raue Stimme holte sie unsanft in die Wirklichkeit zurück. „Wenn das hier vorbei ist, müssen … Dann müssen wir beide miteinander reden."

„Jai?" Was sollte das heißen? War das nun gut oder schlecht? „Was …"

Ari wurde von zwei Hotelmitarbeitern unterbrochen, die mit einem Wagen mit Erfrischungen hereinplatzten. Schnell nahm Jai ihre Hand und ging mit Ari zur Tür.

Am Fahrstuhl erwartete Fallon sie. Ari gab die Hoffnung auf, Jai noch weitere Fragen stellen zu können. Als die Jägerin bemerkte, dass Ari und Jai sich an den Händen hielten, zog sie die Augenbrauen hoch. „Du wirst mit mir zusammen in Charlies Zimmer erwartet, Adonis, um noch einmal unseren Einsatzplan für heute Abend durchzugehen."

Jai ließ Aris Hand los. Ein Schauer überlief sie. Dieses Mal war es allerdings ein Schauer der Angst. „Wir bringen dich auf dein Zimmer", sagte Jai und sah Ari ungerührt an. Die Emotionen, die eben noch in seinen Augen gestanden hatten, waren wieder verschwunden. „Und du wirst versprechen, es keine Sekunde zu verlassen."

„Versprochen." Ari seufzte schwer. „Macht bitte keine Dummheiten und lasst euch nicht umbringen, ja? Das fände ich nämlich gar nicht lustig."

26. KAPITEL

EIGENTLICH IST ES GANZ OFFENSICHTLICH, WENN MAN ES WEISS

Jais Herz klopfte. Adrenalin rauschte durch seine Adern. So ging es ihm schon, seit er im Konferenzsaal mit Ari gesprochen hatte. Mit ihren faszinierenden Augen, deren Farbe ständig zwischen Grün, Blau, Gold und Haselnussbraun wechselte, hatte sie ihn angeblickt, und er hatte sich nie zuvor so begehrt und gebraucht gefühlt.

Er wusste jetzt, dass er sich nach keiner anderen Frau je so sehr sehnen würde wie nach Ari. Bisher hatte er sich immer wieder eingeredet, dass er nur freundschaftliche Gefühle für sie hatte. Er hatte sich selbst weisgemacht, dass er, solange sie in Sicherheit war und es ihr gut ging, zufrieden war, selbst wenn er sie nicht sah. Aber davon stimmte kein Wort. Allein der Gedanke, dass ein anderer Mann sie berührte, küsste, beschützte, brachte ihn fast um. Die Vorstellung bereitete ihm körperliche Schmerzen.

Die ganze Zeit rang er mit sich. Sein guter Ruf und die Meinung seines Vaters waren ihm wichtig. Andererseits wollte er Ari. Er dachte daran, wie sie ihm das Leben gerettet hatte, und er dachte an sein Telefonat mit Trey. Wollte er Ari wirklich wegen seines Vaters verlieren, dem er niemals so wichtig gewesen war, wie er ihr zu sein schien? Sie war bereit gewesen, für ihn zu sterben. Sogar ihre letzten Worte hatten seinem Schutz gegolten.

Wie viele Frauen gab es dort draußen, die so mutig, leidenschaftlich, klug und schön waren? So absolut einzigartig?

Und sie wollte ihn.

Trey hatte recht – wenn er jetzt nicht die richtige Entscheidung traf, war er ein Idiot.

„Der Schuppen ist ja das Letzte", stöhnte Fallon und riss ihn unsanft aus seinen Gedanken.

Club A war ein ziemlich großer R&B-Club im Warehouse District. Bisher hatte Jai noch nichts Verdächtiges entdecken können und spürte auch keine Dschinn-Energie.

Er stieß Fallon an. „Egal. Du mischst dich mit Charlie unter die Leute auf der Tanzfläche. Und dabei haltet ihr die Augen nach einem Typ Mitte bis Ende zwanzig auf, der einen Talisman trägt. Wahrscheinlich ist es ein Smaragd. Los jetzt."

Fallon streckte die Hand nach Charlie aus. Als der sich nicht bewegte, rief sie: „Hey, ich habe keine ansteckende Krankheit oder so."

Charlie entspannte sich ein wenig und grinste sie an. „Natürlich nicht. Ich bin nur einfach kein besonders guter Tänzer."

„Ehrlich?" Fallon zog an Charlies T-Shirt. „Dabei siehst du so aus, als wüsstest du, wie du deine Hüften bewegen musst."

Charlie grinste. „Du hast keine Ahnung."

Die beiden tanzten eng umschlungen, lächelten sich immer wieder an und sahen sich unauffällig nach Verdächtigen um.

Wann ist das denn passiert, fragte Jai sich, während er die beiden beobachtete. Natürlich hatte Jai mitbekommen, dass es zwischen den beiden knisterte. Aber er hätte nicht gedacht, dass Charlie ernsthaft auf Fallons Flirt eingehen würde. Warum hatte er es sich anders überlegt? Hatte Ari mit ihm geredet? War es zwischen den beiden endgültig vorbei? Jai spürte, wie sich sein Magen zusammenzog. Er traf eine Entscheidung: Bevor er etwas mit Ari anfangen würde, musste er sie nach ihren Gefühlen für Charlie fragen. Das sollten sie ein für alle Mal klären. Sich von Ari das Herz brechen zu lassen war so ungefähr das Letzte, was er jetzt gebrauchen konnte.

Plötzlich spürte Jai ein magisches Summen. Mit einem unterdrückten Fluchen stürzte er sich in die Menge. *Verdammt.* Er war zu abgelenkt. Er musste sich konzentrieren. Er folgte der Energie und kam kurz darauf taumelnd vor Fallon zum Stehen. Finster funkelte er sie an, als er sah, wie sie gerade an ihrem Talisman rieb. Ein verlegenes Lächeln huschte über ihr Gesicht, als ihr klar wurde, dass sie Jai durch ihre Aktion dazu verleitet hatte, zu glauben, den Verdächtigen gefunden zu haben. „Es war so dunkel hier. Ich wollte nur etwas mehr sehen."

„Ist das deine erste Jagd, Fallon?", schimpfte Jai.

Charlie wollte sich vor sie stellen, aber sie schob ihn weg. Fallon brauchte keinen Beschützer. „Nein, Süßer, ist es nicht. Was willst du eigentlich?"

„Du hast eben Energie ausgestrahlt. Willst du uns verraten?"

Fallon wurde bleich und schüttelte den Kopf. „Nein, entschuldige bitte."

Verärgert fuhr Jai sich übers Haar und sah sich im Club um. Im hinteren Teil des Raumes bemerkte er eine Bewegung. Mit seinen scharfen Dschinn-Augen sah er etwas. Eine Tür, die geöffnet wurde. Ein Mädchen. Eine Hand über dem Mund. Eine Tür, die zuschlug.

„Hier entlang." Jai kanalisierte seine Energie und spürte, wie seine Finger zu leuchten begannen. Mit einem Blick über die Schulter vergewisserte er sich, dass Fallon und Charlie direkt hinter ihm waren. Zu dritt bahnten sie sich einen Weg durch die Menge. An der Tür angekommen, stürzte Jai nach draußen in eine kleine Seitengasse.

Es war wie ein Déjà-vu. Und zwar kein schönes.

Vor ihnen standen eine Frau und zwei Männer. Einer von ihnen hatte ein junges Mädchen umklammert und hielt ihr ein Messer an die Kehle.

Dalí war ganz offensichtlich ein Feigling, der seine Drecksarbeit immer von anderen erledigen ließ. Was Jai allerdings seltsam vorkam, war, wie die Kidnapper dastanden – als hätten sie bereits auf sie gewartet. Das sah alles nach einer Falle aus.

„Irgendwas stimmt hier nicht", flüsterte nun auch Fallon.

„Ich bin ganz deiner Meinung", stimmte Jai ihr zu und umgab sie alle drei mit einem magischen Schutzschild. Das Schild würde ihn schwächen, aber so würde niemand von der Hauptstraße den bevorstehenden Kampf mitverfolgen können. Für ein paar Menschen würden seine Kräfte hoffentlich dennoch ausreichen. „Wir dürfen das Mädchen trotzdem nicht einfach im Stich lassen. Machen wir also kurzen Prozess." Bevor er den letzten Satz beendet hatte, hielt Jai schon ein Messer aus der Sammlung in der Hand, die er zu Hause hatte. Mit grimmig entschlossenem Gesicht versteckte er es hinter dem Rücken.

„Mit Meister Dalí werdet ihr nie fertig!", sagte der Kerl, der das Mädchen festhielt, plötzlich.

„Was bezahlt er euch?", fragte Jai gefährlich ruhig. „Und ist es wirklich genug?" Das Messer zischte durch die Luft, traf sein Ziel und durchschnitt Haut und Sehnen am Handgelenk des Anführers. Er schrie auf, ließ sein eigenes Messer fallen und das Mädchen los. Jammernd hielt er sich die verletzte Hand. Das Mädchen flüchtete zum Ende der Gasse.

Gut, es ist an der Zeit, hier zu verschwinden, dachte Jai, als die Kleine frei und in Sicherheit war.

„Worauf wartet ihr denn?", schrie der Anführer und fiel vor Schmerzen auf die Knie. Die Klinge hatte seine Hand durchbohrt. „Erschießt sie!"

Als die Kidnapper jetzt die Waffen zogen, trat Fallon, bevor Jai sie stoppen konnte, einen Schritt vor. Sie rieb ihren Talisman mit dem blauen Obsidian, und eine glitzernde Magiewelle überspülte die Angreifer. Verwirrt taumelten sie rückwärts und sahen einander fragend an. Die einzige Frau unter ihnen zuckte mit den Schultern. Im nächsten Moment konzentrierte sie sich wieder und wollte ihre Glock abfeuern. In der Sekunde holte Jai aus, als würde er einen Baseball ins Feld schlagen. Sein Schutzschirm schnellte wie ein Gummiband nach vorn und traf die Frau mit der Glock, ehe er sich wieder zusammenzog. Die Frau ging unsanft zu Boden. Im Fallen drückte sie ab. Ihre Pistole klickte, doch es löste sich kein Schuss. Fallon grinste Jai an. „Ich habe ihre Patronen mit Wasser gefüllt." Sie hielt den blauen Obsidian hoch.

Jai und Charlie lachten. „Sehr klug von dir!"

„Kann ich sie jetzt schlagen?", fragte Charlie eifrig.

„Sie haben uns noch nicht angegriffen." Jai schüttelte den Kopf. „Sobald sie das tun, wird deine Verteidigungsmagie sich ungeheuer verstärken."

Um die drei Angreifer zu provozieren, marschierten Jai, Charlie und Fallon drohend auf sie zu. Die beiden, die noch standen, versuchten weiterhin, ihre Waffen abzufeuern. Als das jedoch nicht klappte, warfen sie sie weg und zogen Messer.

Charlie hob eine golden leuchtende Faust. „Kann ich sie jetzt schlagen?"

Jai schoss einen magischen Strahl ab, der die Klingen der Kidnapper schmelzen ließ. Die Männer wurden aschfahl, und ihre Angst war fast greifbar. Aber sie hatten es ja auch nicht anders verdient. „Ja." Jai nickte und ließ Charlie den Vortritt. „Jetzt kannst du sie schlagen."

Ari war allein mit Miss Maggie im Hotelzimmer und lief nervös auf und ab. Als sie plötzlich ein Geräusch hörte, wirbelte sie herum. Auf dem Nachttisch schob eine unsichtbare Hand einen Zettel hin und her. Stirnrunzelnd setzte Ari sich aufs Bett, um zu sehen, worauf Miss Maggie sie aufmerksam machen wollte. Sie musste schmunzeln, als sie las, was auf dem Zettel stand.

Zimmerservice.

Wow, ihr Poltergeist passte wirklich auf. Sie hatte den ganzen Tag noch nichts gegessen, weil sie zu aufgeregt gewesen war. Aber Miss Maggie hatte recht. Sie musste bei Kräften bleiben.

„Danke, Miss Maggie."

Nachdem sie etwas zu essen bestellt hatte, schaltete Ari den Fernseher ein, obwohl sie wusste, dass sie nichts von der Angst um ihre Freunde ablenken konnte. Allerdings war es angenehmer, wenn der Fernseher lief, als weiter die erdrückende Stille im Zimmer zu ertragen.

Als es endlich an der Tür klopfte, war Ari froh, weil sie inzwischen tatsächlich Hunger hatte. „Zimmerservice", verkündete draußen eine sanfte weibliche Stimme.

„Ich komme!", rief Ari zurück, lief barfuß über den flauschigen Teppich und öffnete die Tür. Der Duft des Essens stieg ihr in die Nase. Sie lächelte der gepflegten älteren Frau zu und öffnete die Tür noch etwas weiter. „Danke."

„Sehr gern", erwiderte die Hotelangestellte freundlich.

Ach, das Trinkgeld! Ari durchquerte das Zimmer, um ihr Portemonnaie zu holen. Die Schritte hinter ihr hörte sie nicht. Und auch sonst warnte sie nichts vor dem, was nun geschah. Ari spürte plötzlich einen Stich im Hals.

„Was ...", schrie sie und griff an die schmerzende Stelle. Der Raum um sie herum verschwamm. Ihre Arme wurden schwer, und ihre Beine schienen weich zu werden. Sie ging zu Boden. Im nächsten Moment sah sie das Gesicht dieser Frau über sich.

„Ich bin Dr. Cremer, Ari. Ich habe dir Harmal gespritzt. Versuche, dich zu entspannen."

Entspannen? Ist die verrückt?

Ja, Ari, das ist eine Irre!

Dann fühlte Ari nichts mehr. Ihre Augen starrten teilnahmslos in die Welt. Es war erschreckend. Sie wollte stöhnen, doch sie schien keinen Laut mehr über die Lippen bringen zu können.

O Gott, dachte sie stumm. *Er hat mich gefunden. Er hat mich gefunden.*

Schwere Schritte näherten sich, und Ari fragte sich, wie sie das hören konnte, wenn sie doch das Gefühl hatte, keine Ohren mehr zu haben.

Du hast Ohren, sagte sie sich panisch und versuchte, sich zu beruhigen. *Jai hat gesagt, dass diese Droge einen lähmt.*

Verdammt, ich bin gelähmt!

Ihre Gedanken flossen ineinander.

Ihre Panik verschwand.

Alles verschwand.

Sie ... *war* nur noch.

„Ari", sagte eine tiefe Stimme, und ein anderes Gesicht beugte sich über sie. Ein junger Mann mit stahlblauen Augen starrte sie an, als wäre sie ein außergewöhnliches Schmuckstück. „Endlich."

Jemand hob sie hoch. Flüstern. Bewegungen. Die Tapete verschwamm vor ihren Augen. Eine Brise zerzauste ihr Haar. Motorengeräusch. Bäume, Häuser, Himmel in schneller Folge.

Dann überall Weiß.

Das Gesicht einer Frau.

„Ich schnalle dich jetzt fest, Ari."

Das Gesicht eines Mannes. „Tut mir leid, dass es nicht anders ging, Ari. Aber dank des Harmals wird es dir nichts ausmachen. Ich brauche deine Kraft, Ari. Ich habe herausgefunden, dass es mit dem Blut zusammenhängt. Wenn ich dich mit Harmal betäuben kann, kann ich dir Blut abnehmen und meine Talismane damit verstärken. Mit stetigen Transfusionen besteht die Möglichkeit, dir genug Blut abzunehmen, damit deine Kräfte mir für den Rest meines Lebens zur Verfügung stehen. Ich danke dir für dieses Geschenk, Ari. Du bist so kostbar."

Blutgeruch. Das Gesicht einer Frau. „Du machst das ganz toll, Ari."

Weiß, überall.

Weiß.

Weiß.

Weiß.

„Nein!" Eine tiefe Stimme erklang. Das Gesicht eines Mannes. Wut? „Warum funktioniert es nicht?"

Eine helle Stimme antwortete. „Sie kann es Ihnen nicht sagen. Sie ist betäubt. Ich hatte Ihnen gesagt, dass es möglicherweise nicht klappen wird. Allerdings ist die Dschinniya, der Sie befehlen wollten, noch nicht ganz bei sich. Sie steht noch unter dem Einfluss des Harmals."

„Da haben Sie natürlich recht. Danke, Dr. Cremer. Kümmern Sie sich um sie."

Weiß.

Weiß, überall.

27. KAPITEL

DER ZORN ZWEIER KÖNIGE

„Was machst du hier?" Red knallte die Tür zu seinen Privatgemächern zu. Wie konnte sie sich so in Gefahr bringen? Sie durfte sich in Mount Qaf nicht blicken lassen. Niemals und unter gar keinen Umständen! Er hatte ein Haus im Reich der Menschen, von dem niemand außer ihnen beiden wusste. Dort konnte sie hinkommen.

Sie rang die Hände und lief auf ihn zu. Er blieb abrupt stehen. Sie war normalerweise keine Frau, die hysterisch wurde. „Er hat sie, Red." Sie schüttelte wütend den Kopf. „Dalí hat Ari aus dem Hotel entführt, und ich konnte ihnen nicht folgen. Er hat einen Schutzschirm aufgebaut. Einen sehr starken. Aber nicht stark genug, dass du ihn nicht trotzdem auffinden könntest. Er kann noch nicht weit sein. Du wirst sie doch finden, oder?"

Der Dschinn-König schüttelte den Kopf. „Er ist ein Hybride. Bis ich ihn aufgespürt habe, kann es dauern. Und so viel Zeit haben wir unter Umständen nicht. Trotzdem – ich verspreche dir, dass ich sie da raushole. Ich weiß auch schon, wer mir verraten wird, wo ich diesen Mistkerl finden kann. Und wenn ich denjenigen umbringen muss, um es aus ihm herauszuquetschen!" Der Red King stürzte zur Tür. „Und du verschwindest hier. Oder bist du lebensmüde?"

„Sie dürfen das Zimmer jetzt nicht betreten, Hoheit!", rief der Shaitan, als der Red King an ihm vorbeistürmte.

Eine Handbewegung von Red reichte, und der Shaitan flog gegen die Wand des Korridors. Die anderen Shaitane duckten sich. Red stieß die Schlafzimmertür des Gleaming Kings auf.

„Was zum Teufel machst du hier?", brüllte Gleaming und sprang aus dem Bett, das er mit einigen Frauen teilte.

„Raus!", fuhr der Red King die Damen an, die daraufhin entsetzt aus dem Zimmer verschwanden.

Ungläubig beobachtete Gleaming das Ganze einen Moment lang, bevor er sich wieder sammelte. In Lederhose und Seidenmantel marschierte er drohend auf Red zu. „Was hat das alles zu bedeuten?"

Ohne ein Wort versetzte Red ihm einen Schlag. Der Gleaming King flog gegen einen der Bettpfosten. Mit einem Sprung durch die Luft landete Red auf seinem Bruder und verabreichte ihm, bevor er sich wehren konnte, mit glühender Faust einen Haken.

„Wo ist sie?", brüllte Red. „Er hat Ari! Wo ist sie?"

Gleaming hustete, Blut rann aus seiner Nase, dann drehte er den Kopf und starrte ihm in die Augen. „Du kannst mich an meinem königlichen Dschinn-Arsch lecken, mein lieber Bruder."

Red brüllte frustriert auf und wollte ihn wieder schlagen. Doch im nächsten Moment flog er durch die Luft. Sein Bruder hatte sich entschlossen, sich zur Wehr zu setzen. Flammen züngelten, Glas schmolz und Vorhänge fingen Feuer, während die beiden miteinander kämpften, wie sie es seit Jahrhunderten nicht mehr getan hatten.

Leider brachte Red das keinen Schritt weiter. Sie waren einfach gleich stark.

„Sag es mir", keuchte Red nach zwanzig Minuten. An seiner Augenbraue hatte er eine blutende Wunde, und sein Haar roch versengt.

„Niemals. Als ich Dalí wiedergefunden habe, war es verdammt schwer, ihn dazu zu bringen, mir überhaupt wieder zu vertrauen. Denkst du, das setze ich aufs Spiel, indem ich dir sage, wo er das Mädchen versteckt hält? Kein stolzer Vater würde das tun!" Gleaming schüttelte grinsend den Kopf.

Bevor Red etwas darauf entgegnen konnte, flog zum zweiten Mal an diesem Tag die Tür zum Schlafzimmer auf. Überrascht beobachteten die beiden, wie ein vor Wut kochender White King hereinstürmte. Sein Blick war auf den Gleaming King gerichtet.

„Red", sagte White ruhig. „Halt ihn fest."

Entsetzen durchströmte Red, als er verstand. Doch er schüttelte es ab, und gemeinsam drückten sie den Gleaming King mit unsichtbaren Händen gegen die Wand. Der wehrte sich zwar, aber gegen zwei seiner Brüder hatte er keine Chance – und man sah ihm an, dass er das wusste.

White ging einige Schritte auf Gleaming zu. Neben ihm erschienen blaue Flammen. Das Feuer eines Nisnas. Vadit, der Schoßhund des White Kings. Ein besonders blutdürstiger Nisnas.

„Mein kleiner Vadit wird dir so lange das Fleisch von den Knochen nagen, bis du mir sagst, wo Ari ist. Ist dein Mischblut die ungeheuren Schmerzen wirklich wert?"

Eines musste man White lassen, schoss es dem Red King durch den Kopf: Seine kalte, beherrschte Wut war sehr viel Furcht einflößender als Azazils hasserfüllte Drohungen.

Gleaming fuhr sich mit der Zunge über die Lippen und beäugte nervös Vadit. „Das wirst du nicht tun, ich bin doch auf deiner Seite."

White legte den Kopf leicht schräg und streichelte über Vadits Kopf. „Ach ja? Du lässt zu, dass dein missratener Spross meine Tochter entführt und sie dann so lange zur Ader lässt, bis er ihre Kräfte aus ihr herausgezogen hat. Kräfte, die ich ihr unter größten Kraftanstrengungen verliehen habe. Das nennst du auf meiner Seite sein?"

„Er ist mein Sohn, White!", schrie Gleaming. „Ich will das

Beste für ihn. Du wirst doch wohl verstehen, wie stolz ich auf ihn bin, oder? Es war ein unterhaltsamer Plan, den er da gefasst hat. Und er schadet niemandem. Wir wissen doch alle, dass er damit keinen Erfolg haben wird."

„Er wird es nicht schaffen, sich die Macht des Siegels untertan zu machen, richtig. Aber es wird ihm gelingen, Ari umzubringen, wenn du mir nicht sagst, wo sie ist."

„Das kann ich nicht. Ich habe schließlich nicht euer Ehrenwort, dass ihr ihn nicht ermordet."

White verzog den Mund, und Red wartete ängstlich. Die Zeit lief ihnen davon. „Du fängst besser an zu reden, Gleaming, oder Vadit beginnt gleich mit den Körperteilen von dir, die du am meisten vermissen wirst."

Gleaming wurde tiefrot. Schließlich stieß er eine Adresse in Cleveland hervor.

Red sah Aris Vater an. Der schüttelte den Kopf. „Hol sie da raus, Red. Auch wenn sie das noch weiter in deine Arme treibt." Seine schwarzen Augen funkelten böse. „Aber glaube nicht, dass ich schon aufgegeben hätte." Dann sah er wieder Gleaming an. „Unser Bruder und ich werden uns unterdessen noch ein wenig unterhalten."

Ob die beiden sich an die Gurgel gingen, war Red vollkommen egal. Er nickte seinen Brüdern noch einmal zu und verschwand mit dem Peripatos.

28. KAPITEL

AUCH AN DEN HÄNDEN EINES HELDEN BLEIBT BLUT DOCH IMMER NOCH BLUT

Charlie, der noch immer in einem Adrenalinrausch war, weil er gegen die Kidnapper seine Magie eingesetzt hatte, begriff erst kaum, was der Red King ihnen erzählte. Er war mitten in der kleinen Gasse vor ihnen aufgetaucht und stand jetzt in einem schwarzen T-Shirt, schwarzen Jeans und schwarzen Springerstiefeln vor ihnen. Das lange Haar war zu einem Zopf geflochten.

Es war eine Falle gewesen.

Ari war entführt worden.

Der Mistkerl hatte sie.

Es war alles nur eine Falle gewesen.

„Charlie?" Fallon sah ihn besorgt an. „Ist mit dir alles in Ordnung?"

„Wir müssen sie da rausholen", flüsterte er und versuchte, sich zu konzentrieren. Das war nicht ganz leicht, weil er seit dem Kampf einen ungeheuren Hunger nach mehr Macht und stärkeren magischen Kräften verspürte, der ihn fast verzehrte. Jack hatte ihn gewarnt, dass so etwas passieren könnte.

„Aber ich habe nichts gespürt, und das müsste ich doch", sagte Jai verwirrt. Angst flackerte in seinen Augen auf.

Red schüttelte den Kopf. „Ich glaube, das Harmal unterdrückt all ihre Empfindungen – deshalb funktioniert auch deine Verbindung zu ihr nicht, Jai."

„Haben Sie Ihre Adresse?"

Der Red King nickte. „Ich nehme die beiden mit." Er zeigte auf Charlie und Fallon. Als Charlie begriff, dass er damit den Peripatos meinte, erfasste ihn Aufregung. Sofort bekam er ein schlechtes Gewissen und unterdrückte das Gefühl.

Jai erkundigte sich noch einmal nach der Adresse, und der Red King gab sie ihm. Charlie indes hörte sie kaum, weil er zu beschäftigt damit war, ein- und auszuatmen, seine Sucht nach Macht und Magie zu bezwingen, sie zu unterdrücken. Er versuchte, alles auszublenden, was nichts mit Ari zu tun hatte. Jemand ergriff sanft seine Hand. Fallon. Sie wusste ganz offensichtlich, was in ihm vorging, verurteilte ihn jedoch nicht dafür. Das gab ihm die Kraft, seine inneren Dämonen niederzuringen. Endlich konnte er wieder klar denken. Dankbar nickte er ihr zu und sah dann entschlossen den Red King an. „Gut, regeln wir die Sache."

Wie beim letzten Mal hatte Charlie erst Angst, als das Feuer um ihn aufflammte. Die Reise mit dem Peripatos war wie die Fahrt in einer rasenden Achterbahn. Der Wind riss an seinen Haaren, und Charlie bekam kaum Luft. Farben verliefen ineinander, und in seinen Ohren rauschte es. Im nächsten Moment war alles vorbei.

Sie standen vor einem rechteckigen Gebäude in Lakeshore.

„Wie wollen wir vorgehen?", fragte der Red King.

„Sie machen die Mistkerle fertig, während wir nach Ari suchen", antwortete Jai und musterte das Haus, als könnte er mit einem Röntgenblick durch die Wände sehen.

„Abgemacht." Der Red King hob die Hände, und die Glastüren am Eingang zerbarsten. Doch statt Scherben und Splittern regnete es Sand. „Auf geht's!" Red marschierte los. In diesem Moment kam eine Frau mit einem Gewehr aus dem Haus gerannt. Eine Handbewegung von Red reichte, und sie fiel bewusstlos zu Boden. Charlie, Jai und Fallon konnten das Gebäude völlig unbeschadet betreten, während der Red King jeden Gegner sofort aus dem Weg räumte. Als sie die Rezeption erreichten, die nicht besetzt war, hatte der Red King bereits drei Leute ausgeschaltet.

„Ich spüre Dschinn-Energien." Der Red King sah Jai an. „Kannst du Ari ausmachen?"

Als Jai nickte, zog sich Charlie der Magen zusammen. Jai kannte Ari so gut, dass er sie aus der Ferne erspüren konnte. Das gelang nicht einmal dem Red King. Charlie unterdrückte seine Eifersucht. „Wo entlang?"

„In den Keller." Jai zeigte auf den Fahrstuhl.

Genau in diesem Moment setzte sich der Fahrstuhl in Bewegung. „Ich glaube, wir bekommen hier gleich Gesellschaft", bemerkte Fallon trocken und ging in Position.

Zu dritt standen sie nebeneinander und warteten.

Mit einem leisen *Pling* öffneten sich die Türen des Fahrstuhls. Sechs Leute mit Gewehren stürmten heraus. Die Kugeln prallten an einem unsichtbaren Schutzwall ab, der jedes Mal bernsteinfarben aufleuchtete, wenn er getroffen wurde. Fasziniert starrte Charlie den Red King an. Ohne ihn hätten sie diese Rettungsaktion wahrscheinlich niemals überlebt.

Die Angreifer hatten begriffen, dass Gewehre hier nutzlos waren. Zwei von ihnen zückten Messer, drei senkten die Köpfe und konzentrierten sich. Dann schlugen Funken aus ihren Fingerspitzen.

„Dschinn?", fragte Charlie überrascht.

„Niedere Dschinn der unteren Ränge", antwortete Red verächtlich. „Sie haben keine Ahnung, mit wem sie sich angelegt haben." Höhnisch grinsend sagte er zu Jai: „Nimm du dich ihrer an."

Jai stürzte auf den ersten Dschinn zu und verpasste ihm einen Handkantenschlag. Im nächsten Moment wirbelte er herum und versetzte ihm einen Tritt, wie Charlie ihn nur aus Karatefilmen kannte.

Einer der anderen Dschinn rammte Jai die Faust ins Gesicht.

Charlie und Fallon rannten auf die Gruppe zu. Fallon ließ einen Zauber los, den Charlie noch nicht beherrschte. Einer der Dschinn ging in die Knie und rang nach Luft – Fallon hatte ihm die Kehle zugeschnürt. Charlie stellte sich einem der Menschen entgegen, der ein Messer in der Hand hielt.

Er wartete.

Aber er musste nicht lange warten.

Der Mann holte mit dem Messer aus. Doch Charlie wich dem Angriff geschickt aus. Sein Blut pumpte Adrenalin durch Charlies Körper, und all seine Reflexe funktionierten schneller als sonst. Durch den Angriff erwachte seine Verteidigungsmagie. Charlie rieb an dem goldenen Amulett, das er von Jack bekommen hatte, und konzentrierte sich darauf, das Messer schmelzen zu lassen. Dann beobachtete er fast ungläubig, wie genau das geschah. Der Mann schrie vor Schmerzen auf, als das Metall in seiner Hand glühend heiß wurde und sich verbog. Jäh ließ er die Waffe fallen. Charlie kickte sie weg und rammte dem Kerl sein Knie in den Bauch. Sein Gegner taumelte mit schmerzverzerrtem Gesicht zurück. Jetzt holte Charlie aus und schleuderte dem Kerl seine gebündelte Energie entgegen. Er traf ihn mitten ins Gesicht, ohne ihn dafür tatsächlich berühren zu müssen. Blut strömte dem Kerl aus der Nase, aber er gab sich noch immer nicht geschlagen. Der nächste magische Angriff traf sein Kinn. Bewusstlos brach er zusammen und kippte gegen eine Wand.

Charlie wirbelte herum und wollte Fallon helfen, doch die streckte gerade den nächsten Menschen nieder. Jai war nur noch Beobachter, denn mit den drei Dschinn war er schon längst fertig. Charlie betrachtete Jais Opfer. Wenigstens einer schien nicht mehr zu atmen. Gut, also war er tot. Charlie schluckte.

„Gut gemacht", erklärte der Red King knapp und ging an ihnen vorbei in den Fahrstuhl. „Das war ausgesprochen unterhaltsam. Und jetzt steigt ein."

Die drei beeilten sich, der Fahrstuhl fuhr los und brachte sie in den Keller. Charlie blinzelte. Das Labor war strahlend weiß gekachelt. Als seine Augen sich an die Lichtverhältnisse gewöhnt hatten, hatte der Red King schon wieder zwei Leute aus dem Weg geräumt.

Charlie sah sich um. Das Labor schien in jeder Hinsicht hervorragend ausgestattet zu sein – auch was Versuchspersonen anging. Zwei Mädchen waren an Stühlen festgeschnallt, wie man sie eigentlich aus einer Zahnarztpraxis kannte. Sie sahen blass aus, hatten die Augen geschlossen. Entweder schliefen sie oder sie waren tot. Keine von beiden war Ari. Sein Herz begann, vor Angst um sie zu rasen.

„Da!", rief Fallon und zeigte in eine Ecke des Labors.

Genau wie die anderen Mädchen saß auch Ari fixiert auf einem dieser Stühle. War sie tot? Charlie fing an zu zittern. Dann bemerkte er aus dem Augenwinkel eine Bewegung. Ein Mann stand an der Wand neben der Tür und tippte einen Sicherheitscode ein.

Dalí?

„Er entkommt uns!", schrie Fallon mit grimmiger Miene.

„Lasst ihn!", rief der Red King und bestätigte damit, dass es sich tatsächlich um Dalí handelte.

Doch Fallon hörte nicht auf ihn. Sie rannte auf den Zauberer zu und sprang über ein paar umgekippte Behälter. In der nächsten Sekunde geriet sie ins Taumeln. Sie war auf einer Flüssigkeit ausgerutscht. Es war Blut …

Charlie wurde bleich, als er Ari näher betrachtete. Sie war an einen Blutbeutel angeschlossen. Überall um sie herum waren Blutlachen. Ein Behälter voller Blut stand neben ihr. Was zum Teufel hatte der Kerl ihr angetan?

„Fallon!", brüllte der Red King, aber sie ignorierte ihn. Ihr Energiestrahl traf Dalí am Rücken und schleuderte ihn gegen die Wand, als die Tür sich gerade öffnete. Der nächste Strahl traf die Tür, die sich wieder schloss und den Zauberer mit ihnen im Labor einschloss. Dalí musterte Fallon. Um seinen Hals hing an einem schwarzen Band sein Talisman – ein Smaragd.

Charlie sah zu Jai, aber der hatte nur Augen für Ari.

„Was hat er mit ihr gemacht?", murmelte Jai entsetzt. In diesem Moment hatte er keine Ähnlichkeit mehr mit dem kühlen, kontrollierten Bodyguard, den Charlie kennengelernt hatte.

Red schüttelte den Kopf und trat zur leblosen Ari. „Er hat versucht, ihr Blut abzulassen. Er glaubte, auf diese Weise ihre Kraft auf seine Talismane übertragen zu können."

„Lasst sie!", brüllte der Zauberer, als der Red King die Lederriemen löste, mit denen Ari gefesselt war. Ein lauter Knall war zu hören, und Dalís Kopf flog nach hinten. Fallon hatte ihm einen magischen Schlag ins Gesicht verpasst. Jetzt musterte er die junge Jägerin und schüttelte voller Bedauern den Kopf. „Ihr hättet mich gehen lassen sollen. Glaubt mir, ihr wollt dieses Spiel nicht mit mir spielen."

Bevor ihn jemand aufhalten konnte, hatte er sich auf Fallon gestürzt und drückte ihr die Kehle zu. Er murmelte etwas, und dicke Adern traten auf ihrem Gesicht hervor. Entsetzt riss sie die Augen auf und zog an seinen Armen.

Charlie dachte nicht nach.

Er reagierte einfach.

Schneller als er es sich je zugetraut hätte, war er bei den Kämpfenden. Er rieb sein silbernes Amulett und dachte an den Dolch in Jacks Waffenkiste. Eine Sekunde später spürte er das kühle Metall auch schon in der Hand. Charlie riss den Arm hoch und trieb die Klinge in Dalís Rücken. Gnadenlos durchtrennte sie Fleisch und Muskeln. Dalís Körper sackte in sich zusammen, und Fallon rang keuchend nach Luft. Charlie zog die blutverschmierte Klinge der Mordwaffe wieder aus Dalís Herz.

Dalí rollte zur Seite, und erschrocken wich Charlie zurück. Die leblosen Augen seines Gegners starrten ihn an.

„Charlie", flüsterte eine vertraute Stimme heiser.

Er ist tot.
Ich habe ihn getötet.
Charlie betrachtete seine Hand. *Blut.*
Es ging so schnell.
„Charlie." Fallon sah ihn an. „Charlie." Sie streichelte sein Gesicht. „Es ist okay, du hast mich gerettet, oder? Es ist alles gut!"

Ihm wurde übel, und er wischte verzweifelt die Hand an der Hose ab.

„Es ist okay, Charlie."

„Er ist tot."

„Du hast mich gerettet."

Was? Er sah die roten Würgemale an ihrem Hals, die Dalí hinterlassen hatte. „Ich habe dich gerettet."

Fallon lächelte traurig. „Ja, und ich danke dir."

Jai verdrängte, was gerade geschehen war. Er musste sich darauf konzentrieren, Ari zu retten. Charlie wirkte traumatisiert, aber Jai konnte sich nur um ein Problem auf einmal kümmern. Und Ari brauchte ihn. Der Red King hatte endlich alle Lederriemen gelöst, und Jai hob sie hoch. Schlaff und reglos lag sie in seinen Armen.

„Draußen wartet ein Wagen auf uns", sagte Red und strich Ari zärtlich das Haar aus dem Gesicht. „Mein Heiler sitzt darin."

Jai achtete nicht mehr auf die anderen drei, sondern trug Ari behutsam an sich gepresst zum Ausgang. „Komm schon, Ari", flüsterte er ihr ins Ohr, während der Lift ins Erdgeschoss fuhr. „Wach auf, Süße."

Durch die kaputten Glastüren rannte er mit ihr zum Wagen. Ein Mann stieg aus. Es war der junge Heiler, der ihnen auch schon beim letzten Mal geholfen hatte. Sein silbriges Haar glitzerte im Mondlicht. „Leg sie ins Auto", sagte er zu Jai.

Jai legte Ari vorsichtig auf den Rücksitz, stieg dann ebenfalls ein und nahm sie auf den Schoß.

Charlie und Fallon, die Jai und Ari gefolgt waren, setzten sich zu ihnen. „Kommt sie durch?", fragte Charlie den Heiler leise.

Der Heiler schloss die Tür und der Wagen fuhr los. Der junge Mann ließ seine Hände über Ari schweben und schloss die Augen. Seine Fingerspitzen begannen zu leuchten. Nach einem Moment lächelte er Jai aufmunternd zu.

„Sie wird wieder gesund. In ein paar Tagen wird die Droge ihren Körper vollständig verlassen haben, ohne dauerhafte Schäden verursacht zu haben. Gib ihr Zeit, sich zu erholen, und wecke sie nicht auf, bevor sie von allein aufwacht."

Erleichtert drückte Jai sie an sich.

„Weiß sie es?", fragte Charlie, als sein Blick den von Jai traf.

Seltsamerweise hatte Jai plötzlich ein schlechtes Gewissen, weil Charlie seine wahren Gefühle erkannt hatte. Er wollte niemandem wehtun. Er schüttelte den Kopf. „Noch nicht."

„Noch nicht ...", wiederholte Charlie, wandte den Kopf ab und versuchte, alles auszublenden, was gerade geschehen war. Anders konnte er nicht damit umgehen.

Jai sah zu Ari, und auf seinem Gesicht spiegelte sich all die Liebe, die er ihr längst hätte zeigen müssen.

Hoffentlich wachte sie bald auf ...

29. KAPITEL

DER WEG ZUR HEILUNG
FÜHRT VORS GERICHT

Ari wachte mitten in der Nacht in einem unbekannten Zimmer auf. Panisch erinnerte sie sich an die Gesichter eines Mannes und einer Frau, an Blut, Medikamente, Hilflosigkeit, Verzweiflung. Eine Hand legte sich auf ihre Stirn. Ari blickte in Fallons Augen. Die junge Frau erklärte ihr alles, was in Dalís Labor geschehen war.

Jetzt befanden sie sich in einem neuen Hotel, und die Gilde wartete sehnsüchtig darauf, dass sie wieder aufwachte. Alle machten sich ihretwegen Sorgen. Das war schön. Ari war noch immer so schrecklich müde. Ihre Lider schlossen sich, und ihr ging durch den Kopf, wie angenehm es war, ihren Körper wieder spüren zu können …

Ari saß auf dem sandigen Boden und entspannte sich, als sie die vertrauten Gesichter und eine ihr vertraute Welt um sich herum erkannte. „Ich weiß nicht, wie wir miteinander verwandt sein können." Die schöne Dschinniya mit dem pechschwarzen Haar lächelte und legte sich auf einen Felsen.

Lilif.

Fahles Mondlicht spiegelte sich auf der stillen Oberfläche eines Sees, der von schwarzen Bergen umgeben war.

Der Dschinn, der genauso schwarzes Haar wie Lilif hatte, lächelte ihr zu, als er erfrischt vom mitternächtlichen Schwimmen aus dem See stieg. „Muss ich dir das genauer erklären?"

Sie warf lachend einen Kiesel nach ihm. „Natürlich nicht! Du weißt, was ich meine. Wir sind so unterschiedlich. Ich bin ..."

„Kindisch, verwöhnt, unerträglich?" Er grinste.

„Zerstörerisch wollte ich sagen."

Sein Lächeln erstarb, und er blickte sie ernst an. „Das stimmt."

„Und dir ist die Ordnung am wichtigsten. Du willst, dass alles seinen Platz hat."

Er zuckte mit den Schultern. „Wir gleichen einander aus."

Jetzt musste sie lächeln. „Ich glaube, der Gebieter mag mich so, wie ich bin."

Die Augen ihres Bruders funkelten belustigt. „Er dürfte deutlich mehr für dich empfinden als nur das."

„Er kennt mich nicht", flüsterte sie und sah hinauf in den Nachthimmel. Ein gefährlicher Ausdruck blitzte in ihren Augen auf. „Er glaubt, er würde alles wissen ... Ich allerdings werde ihn überraschen."

Ihrem Bruder war anzumerken, dass er sich plötzlich unbehaglich fühlte. „Mach dir nichts vor, Lilif, du wirst ihn niemals kontrollieren können. Niemals."

Als hätte sie ihn nicht gehört, sah sie ihren Bruder flehentlich und mit großen Augen an. „Was immer auch geschehen mag, versprich mir, immer für mich da zu sein."

Mit zerknirschter Miene und traurigem Blick kam er zu ihr. „Das kann ich dir nicht versprechen. Ich liebe dich und trotzdem kann ich dir das nicht versprechen."

Tränen schimmerten in ihren Augen. „Soll es denn von nun an so sein zwischen uns? Keine Versprechen, kein Vertrauen? So ist es also, erwachsen zu sein?"

„Nein, Schwester." *Er schüttelte den Kopf und wischte ihr zärtlich eine Träne von der Wange.* „So ist es, unsterblich zu sein."

„Nein."

„Nein."

„Ari."

„Nein."

„Ari, wach auf." Jemand schüttelte sie, und starke Hände griffen nach ihren Handgelenken. Ari schlug die Augen auf und schloss sie schnell wieder, weil das Tageslicht sie blendete. Jemand strich mit dem Finger über ihre Wange. Jai. Ari zwang sich, die Augen zu öffnen. Er sah großartig aus ... und besorgt. „Du hattest einen Albtraum", sagte er sanft zu ihr und setzte sich wieder auf den Sessel, den er ans Bett geschoben hatte. „Möchtest du darüber reden?"

Mühsam setzte Ari sich auf. O Gott, sie musste dringend duschen. Ganz reizend. „Hi." Sie lächelte verlegen.

„Hey." Sein Lächeln ließ ihr Herz schneller schlagen. „Was war das für ein Traum?", fragte er rau.

Ari runzelte die Stirn. „Ich habe immer wieder diese Träume …"

„Und das sagst du mir erst jetzt?"

„Darf ich mal ausreden?", fragte Ari frustriert.

Jai entschuldigte sich nicht, sondern sah sie erwartungsvoll an.

„Die Träume haben angefangen, nachdem Charlie uns von seinem Wunsch erzählt hat. Also noch bevor wir im Haus deines Vaters waren."

„Aha …"

„Ich sehe immer die gleiche Dschinniya. Wunderschön, mit langem schwarzem Haar. Sie ist unsterblich. Und dann ist da noch dieser andere Kerl, mit dem sie ständig streitet und kämpft. Das Gemälde im Haus deines Vaters … Die Frau darauf sieht ihr erstaunlich ähnlich."

Jai zog verwirrt die Augenbrauen zusammen. „Du träumst von Lilif? Der Ersten der Lilif-Dschinn? Der Mutter der Sieben Könige der Dschinn?"

Ari nickte. „Ja, ich glaube schon."

„Und worum geht es in diesen Träumen?"

„Ganz ehrlich?" Ari schüttelte den Kopf. „Ich habe nicht die leiseste Ahnung."

Jai überlegte einen Moment lang und seufzte. „Vielleicht hat es gar nichts zu bedeuten. Ihr seid miteinander verwandt – sie ist die Mutter des White Kings. Warum fragen wir deinen Onkel nicht danach, wenn wir ihn das nächste Mal sehen?"

Obwohl der Red King Ari das Leben gerettet hatte, zögerte sie noch immer. „Meinst du, das ist eine gute Idee?"

Jai erstarrte. „Vertraust du ihm nicht?"

„Ich weiß es nicht. Tust du es?"

„Ich weiß es auch nicht."

Seufzend fragte Ari: „Wie geht es eigentlich Charlie? Fallon hat mir erzählt …"

Ihr Bodyguard nickte und beugte sich zu ihr. Der Mann war einfach heiß.

„Charlie schafft das", sagte Jai. „Die Roes behandeln ihn wie einen Superhelden, weil er Fallon gerettet hat. Das hilft ihm natürlich. Langsam begreift er, dass er nur aus Notwehr gehandelt hat."

„Ich bin stolz auf ihn."

„Gut." Jai holte tief Luft. „Wie stolz genau?"

Verwirrt sah Ari ihn an und zog die Decke höher. „Was meinst du denn damit?"

„Bist du stolz wie eine Frau, die in ihn verliebt ist, oder wie eine Frau, die eine rein platonische Beziehung zu ihm hat?"

Ari musste sich ein Lachen verkneifen. Mit der Frage hätte sie nun wirklich nicht gerechnet. Jai war heute ausgesprochen mitteilsam und wissbegierig.

Dann erst begriff sie, warum er das wissen wollte, und ihr Herz schlug schneller. „Rein platonisch. Wieso? Ist alles in Ordnung mit dir? Geht's dir gut?"

Jetzt ergriff er ihre Hand. Ungläubig beobachtete Ari das und blickte ihn fragend an.

„Ja, mit mir ist alles in Ordnung. Mir geht es mehr als gut. Mir geht es ausgezeichnet."

„Ach ja?" Sie fühlte sich auf einmal ganz schwach.

Als hätte er das gespürt, stand Jai plötzlich auf. Ari wollte ihn schon zu sich aufs Bett ziehen, beschloss aber, dass sie vorher duschen und ihre Zähne putzen sollte. *Du bist so ein Mädchen*, schalt sie sich in Gedanken.

„Wir reden weiter darüber, wenn es dir etwas besser geht", versprach Jai und küsste sie auf die Wange. Ihre Haut schien an der Stelle, wo sein Mund sie berührt hatte, zu glühen.

„Ari?", flüsterte er. In dem Moment sah sie es. Sein Blick, seine Augen verrieten endlich alles. Sie bedeutete ihm etwas! Und er hatte seine Meinung geändert. Er hatte sich endlich für sie entschieden. Bitte, flehte sie in Gedanken. *Bitte, lass seine Liebe zu mir groß genug sein.*

„Sag es mir jetzt", flüsterte sie und zog ihn zurück ans Bett.

„Wir sollten damit warten, bis …"

„Nein." Sie schüttelte den Kopf. „Jetzt."

Jai schluckte und umfasste ihr Gesicht mit beiden Händen. „Ich habe dich angelogen. Zwischen uns war nie nur körperliche Anziehung. Bitte verzeih mir, dass ich so lange gebraucht habe, um das zuzugeben. Verzeih mir, dass ich so lange gebraucht habe, um mich … für dich zu entscheiden."

Aris Kinn zitterte, und es ängstigte sie, wie glücklich sie in diesem Moment war. „Hast du dich wirklich für mich entschieden, Jai?"

Er nickte. „Von jetzt an und für immer."

Ari konnte nichts dagegen tun, sie begann zu strahlen, und ihre Augen leuchteten. „Wirklich?"

Jai lachte. „Ich will, dass du niemals daran zweifelst." Er beugte sich zu ihr. Seine Lippen berührten schon fast ihre. Ari hielt den Atem an …

In dem Moment flog die Tür auf, und Jai drehte sich um. Die Eindringlinge, die ihnen gerade diesen unglaublichen Moment vermasselten, waren der Red King und Fallon.

Fallon hatte hektische Flecke auf den Wangen, als sie nun an Aris Bett lief. „Charlie!", rief sie. „Sie haben ihn abgeholt!"

Erschrocken beugte Ari sich vor. „Wie? Abgeholt? Was meinst du damit? Und wer sind ‚sie'?"

Der Red King trat einen Schritt näher und sah sie mitfühlend an. Zumindest vermutete Ari, dass es Mitgefühl war. „Er wird gerade nach Mount Qaf eskortiert, wo er für den Mord am Sohn des Gleaming Kings vor Gericht gestellt wird."

„Aber wenn ein Hybride einen anderen Hybriden tötet, kommt es nie zu einem Gerichtsverfahren", warf Jai ungläubig ein.

„Es handelt sich allerdings nicht um irgendeinen Hybriden, sondern um den Sohn eines Königs", entgegnete Red.

Unmöglich! Ari fasste es nicht. Charlie sollte dafür vor Gericht gestellt werden, dass er Dalí, der Ari gejagt hatte, gestoppt und im Kampf umgebracht hatte? Nein, das konnte nicht sein. Wütend vergaß sie alle Erschöpfung und Müdigkeit. Mit Schwung warf sie die Bettdecke zurück. „Wir müssen sofort los. Auf der Stelle."

Der Red King seufzte. „Es ist zu gefährlich, dich nach Mount Qaf mitzunehmen. Genau das will der White King erreichen! Wenn du mitkommen würdest ... Sicher wärst du nur in meinen Privatgemächern im Palast des Sultans."

Unter einem Dach mit Azazil. Kalte Angst beschlich Ari, doch sie verdrängte sie. Hilflos zuckte sie die Achseln, als sie Jais besorgten Blick bemerkte. „Es geht hier um Charlie."

Mit versteinerter Miene ergriff Jai ihre Hand. „Dann brechen wir jetzt nach Mount Qaf auf."

„Können wir den Prozess noch abwenden?", fragte Ari nervös. „Haben wir eine Chance, ihn da rauszuholen?"

Der Red King hob herablassend eine Augenbraue. „Da Gleaming ihn selbst unter Anklage stellen wird, sollten wir durchaus eine Chance haben."

Fallon erhob sich vom Fußende des Bettes. „Meine Eltern erlauben nicht, dass ich mit nach Mount Qaf komme." Sie sah Ari an. „Er hat mich gerettet, Ari. Und jetzt musst du ihn retten."

„Mach dir keine Sorgen. Ich rette ihn", versicherte Ari. „Und wenn es das Letzte ist, was ich tue."

EPILOG

ZWILLINGSFLAMMEN

Beim letzten Mal hatte Ari vom Palast nur die große Empfangshalle mit den unzähligen Spiegeln gesehen. Heute fror sie nicht mehr in Mount Qaf, obwohl man ihr versicherte, dass hier immer noch tiefster Winter herrschte. Seit sie ihre Dschinn-Kräfte aktiviert hatte, spürte sie keine Kälte mehr. Deshalb stand sie jetzt auch nur mit Jeans und T-Shirt bekleidet in dem kleinen Empfangssalon.

Vorhin im Hotel hatte sie nur schnell geduscht und sich dann von den Mitgliedern der Gilde verabschiedet. Selbst Miss Maggie war nicht mitgekommen. Ari vermisste sie jetzt schon. Der Red King hatte nur sie und Jai mit nach Mount Qaf genommen.

Zu dritt standen sie nun vor einem riesigen Kamin, in dem ein gewaltiges Feuer prasselte. Außerdem befanden sich noch eine Chaiselongue, zwei Ledersessel und ein wunderschöner Sekretär im Salon. An den Felswänden waren Bücherregale befestigt, und Vorhänge blähten sich vor den Balkontüren. Jai starrte fasziniert auf die Berge hinaus.

Bist du zum ersten Mal in Mount Qaf?

Er warf Ari ein Lächeln zu, das ihn unsagbar jungenhaft wirken ließ. ***Ja. Es ist … unglaublich.***

„Ich fasse es nicht", stieß der Red King hervor und sah sich im Salon um, in den sie ein Shaitan geführt hatte.

Ari bekam sofort Angst. „Was denn?"

„Dieser Salon gehört zu Asmodeus' Gemächern."

„Asmodeus?", wiederholten Ari und Jai im Chor.

„Damit bin ich gemeint", erklang eine vertraute samtweiche Stimme. Erschrocken drehten sie sich um.

Ari blieb der Mund offen stehen.

Vor ihr stand ein gut aussehender junger Mann ... Nein, ein Dschinn. Missmutig ließ er den Blick über Red und Jai schweifen, bevor er neugierig Ari betrachtete. *Nein, unmöglich! Das konnte nicht sein!*

„Sultan Azazil lässt sich entschuldigen. Er ist derzeit sehr beschäftigt und bat mich, unsere Gäste im Palast zu begrüßen."

„Wie erstaunlich, dass du dich dazu bereit erklärt hast." Der Red King verengte die Augen zu schmalen Schlitzen.

Asmodeus zuckte nur mit den Schultern, und Ari spürte, wie kalte Angst in ihr hochkroch.

Jai?

Ja?

Lilif? War Asmodeus ihr Bruder?

Ihr Zwilling. Jai blickte sie an. *Woher weißt du ...*

Sie bekam keine Luft mehr. *Von ihm habe ich auch geträumt.*

Jai machte ein ernstes Gesicht. *Klingt nicht gut.*

Nein, tut es nicht. Ich dachte allerdings immer, Lilif würde zu den Ifrit gehören. Asmodeus ist doch aber ein Marid, oder?

Stimmt. Sie sind sozusagen die Dschinn-Version von zweieiigen Zwillingen. Und außerdem uralt, rätselhaft und zwei Wesen, denen man besser nicht in die Quere kommt. Wir müssen herausfinden, warum du von ihnen tr…

„Junge Leute", sagte Asmodeus unvermittelt. „Wissen die eigentlich nicht, dass es unhöflich ist, sich hinter dem Rücken anderer Leute zu unterhalten?"

„Tja." Red trat einen Schritt vor. „Danke für die Begrüßung. Ich nehme die beiden dann jetzt mit in meine Gemächer."

Mit hochgezogenen Augenbrauen gab Asmodeus die Tür frei.

Beim Hinausgehen musste Ari sich den Dunklen Ritter noch einmal ansehen. Er war sogar noch größer als der Red King. Um seinen Hals entdeckte sie einen Ring, der an einem Lederband hing. Erstaunt blickte sie ihm ins Gesicht. Um vorzutäuschen, dass er das Siegel noch immer beschützte, trug er eine Kopie. Als sein kalter Blick sie traf, ergriff sie unwillkürlich Jais Hand.

Red schwieg, während er sie kurz darauf durch die langen Korridore des Palasts führte. Erst nach ein paar Minuten sagte er: „Jai, du weichst Ari nicht von der Seite, solange wir hier sind, hast du verstanden?"

„Ja, Hoheit."

„Und, Ari?" Red wirbelte herum, sodass auch die anderen beiden stehen bleiben mussten. „Solltest du dich noch einmal allein mit Asmodeus in einem Raum befinden – und damit meine ich auch, wenn Jai bei dir sein sollte –, wirst du mich sofort rufen."

„Ist er gefährlich?"

Red nickte. „Aus irgendeinem Grund interessiert er sich für dich, und ich weiß nicht, warum."

Ari bekam eine Gänsehaut, und Jai legte den Arm um sie. Sie lächelte ihn dankbar an. „Wann beginnt Charlies Verhandlung?", fragte sie, als sie weitergingen.

„Morgen", antwortete Red scharf. „Gleaming hat den Vorsitz, aber Azazil wird den Prozess überwachen, weil du in die Angelegenheit verstrickt bist, Ari. Morgen wird auch ein kritischer Tag für dich, Ari. Ob Charlie verurteilt wird, wissen wir nicht." Er warf ihr einen besorgten Blick zu. „Aber du hast deinen ersten öffentlichen Auftritt in der Welt der Dschinn. Azazil hat es dem Gleaming King verboten, deine wahre Bedeutung zu erwähnen. Im Prozess bist du die Tochter des White Kings, und deshalb hat Dalí versucht, seine Talismane mit deinem Blut zu verstärken. Es ist gar nicht so selten, dass Zauberer so etwas mit dem Blut einer Jungfrau versuchen."

Ari errötete.

„Allerdings hat es immer viele Gerüchte gegeben, die sich um ein Kind von Sala und dem White King ranken. Die Leute werden versuchen, die Wahrheit dahinter herauszufinden. Und das kann auch neue Feinde bedeuten."

Zuerst drohte ihre Angst Ari zu überwältigen, doch dann spürte sie die Kraft des Siegels in sich. „Lilif selbst könnte hinter mir her sein, und auch das würde mich nicht davon abhalten, Charlie zu retten."

Der Red King beäugte Ari argwöhnisch, als sie den Namen seiner Mutter erwähnte. Schließlich nickte er. „So sei es."

– ENDE –

DANKSAGUNG

Mein großer Dank gilt meiner Mutter und meinen Freunden – wundervollen und ehrlichen Testlesern. Doch ich bin euch nicht nur für eure Kritik dankbar, sondern auch für eure Unterstützung und euer Verständnis, wenn ich mal wieder wochenlang untertauche und mich nur mit meinen Romanfiguren beschäftige. Ein riesiges Dankeschön auch an die freien Lektorinnen Ashley McConnell und Alicia Cannon für den wundervollen Feinschliff des Manuskripts. Ihr seid fantastisch! Und ein Dankeschön geht an Claudia McKinney von *Phatpuppy Art*, die mich mit der Covergestaltung jedes Mal überrascht.

Dann ein großes Smiley – ☺ – und ein weiteres Dankeschön an all die Bücher-Blogger da draußen und auch an meine tollen Fans, die mich täglich unterstützen. Ich liebe euch, Leute!

Und schließlich noch ein Wort des Danks an dich, an meinen Leser. Du bist wunderbar! Ich hoffe, du hattest Spaß mit den Dschinn!

„In Touch" mit MIRA!

→ Das **Verlagsprogramm** elektronisch abrufbar

→ Interaktiv dabei sein:
Buchbesprechungen, **Gewinnspiele**, **Aktionen**, **Leseproben** und vieles mehr.

→ Folgen Sie uns auf **Twitter**, **Facebook**, **Instagram**, **Pinterest** und **google+**

→ www.mira-taschenbuch.de

MIRA TASCHENBUCH

Lesen Sie auch von Samantha Young:

SPIEGEL-Bestsellerautorin

Samantha Young
Flammenmädchen

Bislang war Aris größtes Problem die zerbrochene Beziehung zu Charlie, ihrem bestem Freund und ihrer heimlichen Liebe. Doch in der Nacht ihres 18. Geburtstags findet sie sich unvermutet in Mount Qaf wieder, dem Reich der Dschinn. Und nach dem, was sie dort über ihre wahre Herkunft erfährt, hat sie ganz andere Sorgen. Denn plötzlich steckt sie mitten im Machtkampf der Feuergeister. Bodyguard Jai soll sie beschützen. Aber vor wem? Und für wen? Kann Ari dem arroganten jungen Dschinn mit den faszinierenden grünen Augen wirklich trauen? Und warum ist Charlie auf einmal wieder so interessiert an ihr – und ihren neuen Kräften?

Band-Nr. 65093
10,99 € (D)
ISBN: 978-3-95649-007-1
368 Seiten

Vampire waren gestern – jetzt kommen die Gargoyles!

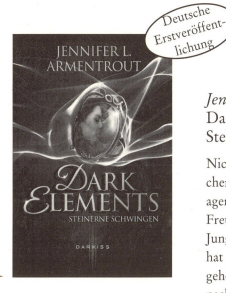

Deutsche Erstveröffentlichung

Band-Nr. 65099
12,99 € (D)
ISBN: 978-3-95649-048-4
eBook: 978-3-95649-348-5
448 Seiten

Jennifer L. Armentrout
Dark Elements:
Steinerne Schwingen

Nichts wünscht Layla sich sehnlicher, als ein ganz normaler Teenager zu sein. Aber während ihre Freundinnen sich Gedanken um Jungs und erste Küsse machen, hat sie ganz andere Sorgen: Layla gehört zu den Wächtern, die sich nachts in Gargoyles verwandeln und Dämonen jagen. Doch in ihr fließt auch dämonisches Blut – und mit einem Kuss kann sie einem Menschen die Seele rauben. Deshalb sind Dates für sie streng tabu, erst recht mit ihrem heimlichen Schwarm Zayne, dem Sohn ihrer Wächter-Ersatzfamilie. Plötzlich wird sie auf einem ihrer Streifzüge von dem höllisch gut aussehenden Dämon Ash gerettet … und er offenbart ihr das schockierende Geheimnis ihrer Herkunft!

„Armentrouts fantastische Geschichte hat anbetungswürdige Jungs und einen Twist, den du nie kommen sehen, wirst."
New York Times-*Bestsellerautorin Abbi Glines*

Der packende Auftakt der neuen Fantasy-Serie von
Erfolgsautorin Jordan Dane!

Deutsche Erstveröffentlichung

Band-Nr. 65094
10,99 € (D)
ISBN: 978-3-95649-017-0
eBook: 978-95649-319-5
368 Seiten

Jordan Dane
Indigo: Das Erwachen

„Ich will dich sehen, aber es ist zu gefährlich. Du darfst nicht nach mir suchen. Versprich es mir." Als Rayne Darby die Nachricht ihres Bruders Luke auf ihrem Anrufbeantworter hört, ist sie völlig verwirrt. Überstürzt macht Rayne sich auf die Suche, bemerkt jedoch bald, dass sie verfolgt wird. In einem Tunnel sieht sie dann plötzlich ein blaues Licht, das von einem fremden Jungen ausgeht. Er hat die Arme ausgestreckt, die Lippen geöffnet in einem stummen Schrei – und ihre Verfolger ergreifen die Flucht. Ihr Retter heißt Gabe – mehr gibt er nicht von sich preis. Er scheint jedoch zu wissen, wo Luke steckt ...

„Danes erster Band zu ihrer neuen Serie ist sensationell. Er vereint starke Charaktere mit einer packenden und einfallsreichen Handlung, die einen nicht mehr loslässt. Die Leser werden dieses Buch lieben und den nächsten Band mit Spannung erwarten. Fantastisch! Ein wahrer Schatz."
Romantic Times Book Reviews